O Conde de Monte Cristo

ALEXANDRE DUMAS

O Conde de Monte Cristo

Texto adaptado

Adaptação
Walter Sagardoy

Principis

Esta é uma publicação Principis, selo exclusivo da Ciranda Cultural
© 2021 Ciranda Cultural Editora e Distribuidora Ltda.

Adaptado do original em francês
Le Comte de Monte-Cristo

Texto
Alexandre Dumas

Adaptação
Walter Sagardoy

Preparação
Jéthero Cardoso

Revisão
Fernanda R. Braga Simon

Produção editorial e projeto gráfico
Ciranda Cultural

Diagramação
Fernando Laino | Linea Editora

Design de capa
Ana Dobón

Imagens
Funnybear36/shutterstock.com;
Vinap/shutterstock.com

Dados Internacionais de Catalogação na Publicação (CIP) de acordo com ISBD

D886c	Dumas, Alexandre
	O conde de Monte Cristo / Alexandre Dumas ; adaptado por Walter Sagardoy. - Jandira, SP : Principis, 2021.
	288 p. ; 15,5cm x 22,6cm. - (Clássicos da literatura mundial)
	Adaptação de: Le Comte de Monte-Cristo
	ISBN: 978-65-5552-298-3
	1. Literatura francesa. 2. Romance. I. Sagardoy, Walter. II. Título. III. Série.
2021-132	CDD 843.7
	CDU 821.133.1-31

Elaborado por Vagner Rodolfo da Silva - CRB-8/9410

Índice para catálogo sistemático:
1. Literatura francesa : Romance 843.7
2. Literatura francesa : Romance 821.133.1-31

1ª edição em 2021
www.cirandacultural.com.br
Todos os direitos reservados.
Nenhuma parte desta publicação pode ser reproduzida, arquivada em sistema de busca ou transmitida por qualquer meio, seja ele eletrônico, fotcópia, gravação ou outros, sem prévia autorização do detentor dos direitos, e não pode circular encadernada ou encapada de maneira distinta daquela em que foi publicada, ou sem que as mesmas condições sejam impostas aos compradores subsequentes.

Capítulo 1

Em 24 de fevereiro de 1815, a torre de vigia do porto de Marselha sinalizou a chegada do *Pharaon*. Uma multidão de curiosos imediatamente se juntou no cais, como sempre acontecia quando um navio se aproximava, especialmente quando ele pertencia a alguém da cidade.

A embarcação avançava devagar. Os que entendiam de navegação, porém, logo perceberam que, se a má sorte tivesse mesmo atacado, não tinha sido contra o navio de três mastros, que avançava em condições perfeitas, com a âncora prestes a ser lançada. Ao lado do piloto via-se um jovem que, em pé, observava todos os movimentos do navio.

A expectativa da multidão afetou tanto um dos espectadores que ele não se conteve: pulou em um pequeno barco e mandou o remador levá-lo até o navio.

O marinheiro deixou o seu posto ao lado do piloto e se inclinou sobre a amurada do navio. Era um jovem alto e ágil, de cerca de 20 anos, com expressivos olhos escuros e cabelos negros. Tinha aparência calma e determinada, indicando que era uma daquelas pessoas que desde a infância se acostumaram a enfrentar o perigo.

– Salve, Edmond Dantès! – cumprimentou o homem de dentro do barco. – Que rosto triste é esse? O que aconteceu?

– Uma tremenda desgraça, senhor Morrel – respondeu o jovem. – Perdemos o nosso capitão Leclère.

– O que aconteceu com ele? – perguntou o dono do navio.

– Morreu de meningite. Foi tudo muito inesperado. O capitão Leclère teve uma conversa longa com o comandante do porto na escala que fizemos em Nápoles e deixou a cidade muito agitado. Ele ardia de febre e morreu em três dias. Nós o sepultamos segundo nossas tradições e agora ele repousa no mar, na altura da Ilha de El Giglio[1]. Trouxemos a sua espada e a condecoração para a viúva.

– Bem, *monsieur* Edmond, somos todos mortais. – disse o dono do navio, visivelmente aliviado. – E a carga?

– Está em bom estado. Esta viagem vai lhe render uns bons vinte e cinco mil francos!

O marinheiro interrompeu a conversa para dar ordens e coordenar a atracação. Jogou uma corda para o senhor Morrel e acrescentou:

– O seu guarda-livros, Danglars, lhe dará todos os detalhes. Preciso cuidar da ancoragem e pôr o navio de luto.

Danglars se aproximou do patrão, que subira até o navio com a agilidade de um marinheiro. O guarda-livros era um homem de uns 25 anos, servil com seus superiores e insolente com os subordinados. A tripulação tinha tanta aversão a ele quanto estima por Dantès.

– Pois é, senhor Morrel – disse o guarda-livros. – Perdemos o nosso capitão, um homem excelente, que envelheceu entre o céu e o mar defendendo os interesses de uma empresa tão importante quanto a Morrel & Son.

– Sim – respondeu o proprietário, observando Dantès trabalhar. – Mas acho que um marinheiro não precisa ser velho para entender do ofício. Nosso amigo Edmond parece conhecê-lo bem, sem precisar receber instruções de ninguém.

– Sim. – Danglars lançou um olhar de ódio para Dantès. – É jovem e tem muita autoconfiança. O capitão mal havia morrido e ele, sem consultar ninguém, assumiu o comando do navio. Por causa dele, perdemos um dia e meio no litoral da Ilha de Elba, em vez de virmos diretamente para Marselha.

---

[1] A Isola del Giglio, em italiano, é uma comuna da região da Toscana, província de Grosseto, Itália. Situa-se a dezesseis quilômetros ao largo da costa da Toscana, sendo uma das sete ilhas que formam o arquipélago toscano. (N.T.)

– Como imediato do capitão, era obrigação dele assumir o comando.
– Morrel foi firme em sua fala e em seguida chamou Dantès.

– Um momento, senhor – respondeu o jovem, que concluiu a tarefa de supervisionar os marinheiros a soltarem a âncora e ordenando que a bandeira fosse hasteada a meio mastro.

– O senhor vê, ele já se imagina capitão.

– E é – disse o armador. – Por que não lhe daríamos esse posto? Ele é jovem, mas parece capaz e experiente.

Dantès se aproximou e Danglars se afastou um pouco.

– Gostaria de saber o motivo do atraso em Elba – interpelou-o Morrel.

– Não sei, senhor. Eu segui as últimas instruções do capitão Leclère, que ao morrer me deu um pacote endereçado ao marechal Bertrand.

Morrel olhou ao seu redor e puxou Dantès para um canto.

– Como está o imperador? – perguntou com ansiedade.

– Muito bem, até onde pude ver, senhor – respondeu Dantès.

– Você falou com ele?

– Foi ele quem falou comigo, senhor – disse Dantès, sorrindo. – Perguntou-me sobre o navio e a rota; eu lhe disse que pertencia à firma Morrel & Son. Ele disse que conhecia a firma e que havia um Morrel no mesmo regimento dele em Valência.

– É verdade! – exclamou o senhor Morrel, encantado. – Foi Policar Morrel, meu tio. Você fez muito bem em seguir as instruções do capitão Leclère e ir até a Ilha de Elba, mas é melhor que ninguém saiba que você entregou um pacote para o marechal e conversou com o imperador.

– Mas eu nem sei o que o pacote continha, e o imperador só fez algumas perguntas...

Os inspetores da saúde pública e da alfândega se aproximaram, e Dantès foi atendê-los. Danglars se aproximou do armador.

– Parece que ele lhe explicou os motivos da escala... – disse a Morrel.

– Da forma mais satisfatória possível – interrompeu-o o armador. – Não há mais nada a dizer sobre isso. Foi o capitão Leclère quem o mandou fazer uma escala em Porto Ferrajo, na Ilha de Elba.

– Falando do capitão Leclère, Dantès lhe deu uma carta dele? Acredito que, além do pacote, o capitão lhe entregou uma carta.

– Como o senhor sabe que ele tinha um pacote a ser entregue?
Danglars ficou vermelho.

– Eu estava passando pela porta do capitão, que estava aberta, e o vi entregar um pacote e uma carta a Dantès.

O marinheiro se aproximou nesse momento e Morrel o convidou a jantar em sua casa.

– Peço que me desculpe, mas devo a minha primeira visita ao meu pai. Mas agradeço a honra do convite.

– Há outra pessoa que espera impacientemente a sua chegada... a bela Mercedes.

Dantès sorriu.

– Muito bem – disse o dono do navio –, três vezes ela me perguntou se eu tinha notícias do *Pharaon*. Você vai despertar inveja: ela é muito bonita. Mas agora vá cuidar dos seus interesses, depois de ter cuidado tão bem dos meus. Precisa de dinheiro?

– Não, obrigado, senhor. Guardei todo o meu pagamento. São quase três meses de salário.

– Só mais uma coisa: antes de morrer, o capitão não lhe deu uma carta para mim?

– Não, senhor. Mas isso me lembra que preciso lhe pedir quinze dias de licença, para me casar e fazer uma viagem a Paris.

– Tire o tempo de que precisar. O *Pharaon* não parte antes de três meses, mas esteja aqui então, porque o navio não pode zarpar sem seu capitão.

– O senhor disse sem seu capitão? – perguntou Dantès, os olhos brilhando de alegria. – Realmente é sua intenção me fazer capitão do *Pharaon*?

– Tenho de falar antes com meu sócio. Mas acho que ele vai concordar. Eu não quero mais segurá-lo. Até logo.

Dantès pulou no barco, sentou-se e pediu que o remador o levasse à Cannebière, a principal rua de Marselha que dá para o mar.

– Pai, meu querido e velho pai! – Dantès falou ao chegar a casa.

Com um grito de alegria, o velho se voltou. Viu o filho e, pálido e trêmulo, o abraçou.

– O que o senhor tem, pai? Está doente?
– Não, meu querido Edmond... Nem um pouco. Mas eu não o esperava, e a alegria repentina de vê-lo foi um choque.
– Acalme-se. Eu voltei e nós vamos ser felizes juntos.
– Certo, meu filho – respondeu o pai. – Fale-me dos seus planos.
– O nosso bom e velho capitão Leclère morreu, pai, e é provável que, com a ajuda do senhor Morrel, eu fique no lugar dele. O senhor está entendendo? Capitão aos 20 anos, com um salário de cem luíses! Com meu primeiro salário vou lhe comprar uma casinha com jardim. Mas, pai, qual é o problema? O senhor não parece bem.
– Não é nada, vai passar – disse o velho, mas ele cambaleou e perdeu o equilíbrio.
– Um copo de vinho vai restabelecer as suas forças – disse o jovem, procurando a bebida no armário.
– Não perca o seu tempo procurando – disse o pai. – Não temos vinho.
– Nem um pouco de vinho? – perguntou Dantès. – O senhor está passando necessidade? Mas quando eu viajei deixei duzentos francos com o senhor!
– Sim, mas você se esqueceu de uma pequena dívida com o nosso vizinho, Caderousse. Ele me cobrou e ameaçou procurar o senhor Morrel. Com medo de que isso prejudicasse você, paguei.
– Mas eu devia cento e quarenta francos para Caderousse. Se o senhor pagou a ele, passou três meses com apenas sessenta francos?
– Você sabe que eu preciso de muito pouco.
– Que Deus me perdoe! – exclamou Edmond, jogando-se de joelhos aos pés do pai.
Naquele momento Caderousse entrou.
– Então você voltou, Edmond? – perguntou sorrindo o vizinho, um homem alto com uma massa de cabelo negro.
– Voltei e estou a seu dispor – respondeu Dantès, de forma educada, mas fria.
– Não estou precisando de nada, obrigado. Ouvi dizer que teve sorte, e o senhor Morrel tem grande consideração por você.
– Ele tem sido muito bom para mim.

– Então você não deveria ter-se recusado a jantar com ele. Quem quer ser capitão de um navio não deve desagradar o patrão.

– Ele o convidou para jantar? E você não foi? – o pai perguntou, interrompendo o diálogo.

– Não, pai, queria primeiro ver o senhor – disse Dantès, sorrindo. E, voltando-se para Caderousse, acrescentou: – Espero conseguir ser capitão sem ter que bajular ninguém.

Alguns minutos depois de Dantès sair, Caderousse desceu a escada que levava para a rua. Danglars o esperava na esquina.

– E aí, você o viu? Ele falou da esperança de se tornar capitão? – perguntou-lhe Danglars.

– Falou como se já estivesse decidido.

– Ora, ele ainda não é capitão! E continua apaixonado pela bela catalã?

– Sim, foi se encontrar com ela. Mas não sei se as coisas vão bem com Mercedes. Toda vez que ela vem à cidade, está acompanhada por um catalão jovem, alto e bonito, a quem ela trata de primo.

– Você acha que ele está apaixonado por ela?

– Acho que sim.

– Então vamos beber um copo de vinho na taverna perto do bairro catalão.

Os dois foram a uma taverna que ficava próxima da colina, atrás da qual, havia séculos, se estabelecera uma colônia de pescadores catalães.

Enquanto isso, em uma casa situada na única rua daquele bairro isolado, uma linda morena, de olhos escuros e suaves, recusava outra vez um pedido de casamento.

– Fernand, eu já lhe disse, gosto de você como de um irmão, mas meu coração pertence a outro. Eu amo Edmond Dantès. Nenhum outro será o meu marido. Vou amá-lo enquanto viver.

Fernand baixou a cabeça. Neste momento ouviu-se a voz de Dantès:

– Mercedes! Mercedes!

A moça saiu correndo e abriu a porta, gritando:

– Edmond!

Edmond e Mercedes caíram nos braços um do outro. Na sua imensa felicidade, os dois se esqueceram de tudo e de todos. De repente, porém, Edmond percebeu o rosto carrancudo de Fernand olhando-os.

– Quem é este cavalheiro? – perguntou para Mercedes.

– É o meu primo Fernand. Ele será o seu melhor amigo, pois é meu amigo.

Ainda segurando uma das mãos de Mercedes, Edmond estendeu a outra para o jovem catalão. Mas a sua cordialidade foi recebida com frieza. Fernand permaneceu mudo e imóvel como uma estátua.

– Eu não corri para encontrar um inimigo com você, Mercedes – disse Edmond.

– Um inimigo? Você não tem um inimigo aqui, Edmond. – Olhando fixamente para o catalão, ela continuou a se dirigir a Dantès: – Fernand, que é para mim como um irmão, vai apertar-lhe a mão em manifestação de amizade.

Como que hipnotizado, Fernand deu a mão a Edmond. Mas o aperto de mão foi curto, e ele saiu às pressas. Foi-se afastando, andando a esmo, desesperado e puxando os cabelos, quando ouviu:

– Ei, Fernand, do que você está fugindo?

O jovem parou, virou-se e viu Caderousse sentado em uma taverna com Danglars.

– Sente-se conosco. Você está com tanta pressa que não pode passar algum tempo com os seus amigos? – perguntou Caderousse.

– Especialmente com amigos que têm uma garrafa cheia de vinho? – acrescentou Danglars.

Fernand olhou para ambos e não respondeu. Enxugou o suor que lhe escorria pelo rosto e foi até a mesa dos dois. Ao se sentar, apoiou a cabeça nos braços cruzados sobre a mesa.

– Deus me livre, Fernand – disse Caderousse –, você parece um amante rejeitado!

– Que história é essa? – indagou Danglars.

– Estou bem – respondeu Fernand, sem levantar a cabeça.

– Veja como é a vida, um dos melhores e mais corajosos catalães está apaixonado por uma moça que parece gostar do imediato do *Pharaon*...

– E daí? – disse Fernand, levantando a cabeça e olhando firmemente para Caderousse. – Mercedes é livre para amar quem ela quiser, não é?
– Eu sempre soube que um catalão não aceita ser suplantado por um rival. Creio que Fernand seja terrível em sua vingança.
– Pobre rapaz! – exclamou Danglars.
– Olhe lá! – gritou Caderousse, de repente. – Lá no alto da colina! São os dois, andando de mãos dadas.
Danglars observou atentamente a expressão agoniada do rosto de Fernand.
Então Caderousse viu que o casal começou a se aproximar e gritou:
– Ei, Edmond. Você não reconhece mais os amigos? Que orgulho é esse?
– Não sou orgulhoso, mas estou apaixonado e o amor torna um homem mais cego que o orgulho – respondeu Dantès.
– Bravo! Bela desculpa!
Danglars o interrompeu:
– Imagino que o seu casamento se realizará em breve, Dantès – falou, dirigindo-se ao casal com uma mesura.
– Logo que possível, senhor Danglars – respondeu Edmond. – Amanhã ou depois de amanhã daremos a ceia de noivado aqui nesta taberna. Está convidado, Danglars, assim como Caderousse e, claro, Fernand.
Os dois apaixonados se afastaram, felizes, enquanto os três continuaram a conversar.

O dia seguinte amanheceu ensolarado e radiante. A mesa da festa foi preparada no salão da taverna. A ceia estava marcada para o meio-dia, mas desde as onze horas convidados impacientes enchiam o salão. A maioria era de marinheiros do *Pharaon* e soldados amigos de Dantès.
Os noivos, com quatro damas de honra e o pai de Edmond, chegaram com Mercedes. Fernand vinha atrás, com um sorriso maligno.
Nem Edmond nem Mercedes notaram o sorriso... Estavam tão felizes que só tinham olhos um para o outro.
Danglars e Caderousse cumprimentaram os noivos. O primeiro ficou ao lado de Fernand, e o segundo, do velho Dantès. O pai de Edmond caminhava todo orgulhoso, apoiado em sua bengala entalhada, trajando seu melhor terno preto, enfeitado de belos botões de aço.

O próprio Dantès estava vestido com simplicidade, com sua farda da Marinha mercantil.

Na entrada da taverna, Morrel, que havia chegado, foi encontrá-los, seguido pelos outros convidados. Dantès imediatamente tirou o braço da noiva do seu próprio braço e o colocou, respeitosamente, no braço do patrão. O armador e a noiva, ruborizada, lideraram o cortejo pela escada de madeira em direção ao salão onde seria a festa.

Logo que todos se sentaram, os pratos foram servidos: saborosas salsichas de Arles e todas as iguarias fornecidas pelo mar – lagostas e camarões em suas cascas rosadas, ouriços-do-mar, moluscos.

– Que festa silenciosa! – observou o velho Dantès, tomando um gole do aromático vinho amarelo. – Nem parece que há trinta pessoas alegres reunidas aqui!

– Um marido nem sempre está alegre – respondeu Caderousse

– Na verdade, eu estou feliz demais para ficar alegre – disse Dantès. – Se é isso que quis dizer, meu vizinho, tem toda razão. A felicidade tem um efeito peculiar; às vezes ela oprime tanto quanto a tristeza.

– Você está pressentindo algum problema? – perguntou Danglars.

– O que me alarma é que eu acho que estou tendo a felicidade com muita facilidade. Eu não sei se mereço a honra de me tornar marido de Mercedes – disse Dantès.

– Marido ou noivo? Você está andando depressa demais – resmungou Caderousse.

– É verdade que Mercedes ainda não é minha mulher, mas... – Dantes tirou o relógio do bolso – o será dentro de uma hora e meia.

Fernand fechou os olhos e se apoiou na mesa, para não cair. E soltou um gemido, mas ele não foi ouvido, perdendo-se no meio das ruidosas congratulações.

– Vou amanhã para Paris – continuou Dantès. – Quatro dias para ir, quatro para voltar e um dia para realizar a minha incumbência.

Danglars mantinha Fernand sob vigilância e, naquele momento, notou que o catalão, que estava sentado perto da janela, subitamente se levantou para em seguida voltar a sentar-se. Quase no mesmo instante ouviu-se um barulho na escada. O tropel de muitos homens e o tumulto de muitas vozes misturados com o retinir de espadas abafaram o som das vozes. As risadas morreram. De repente foram ouvidas três fortes batidas na porta.

– Abram, em nome da lei! – bradou uma voz.

A porta foi aberta, e o comissário de polícia entrou, seguido de quatro soldados armados e um cabo.

– Do que se trata? – perguntou o dono do navio, aproximando-se do comissário, a quem conhecia. – Temo que isso seja um engano.

– Se for um engano, senhor Morrel, fique sossegado que será esclarecido – respondeu o comissário. – Trago uma ordem de prisão que deve ser cumprida. Qual dos senhores, cavalheiros, é Edmond Dantès?

– Sou eu, senhor – respondeu ele, agitado, mas com dignidade.

– Edmond Dantès, você está preso em nome da lei.

– Preso? Mas por qual motivo?

– O senhor saberá a respeito no primeiro interrogatório.

Resistir era inútil, mas o velho Dantès não entendeu isso. Ele se jogou aos pés do policial e implorou, mas suas lágrimas e súplicas foram em vão.

– Não há motivo para alarme, senhor – disse o comissário. – Quando tudo for esclarecido, ele será solto em seguida.

Dantès se entregou, dizendo:

– Pode ter certeza de que é um engano e que tudo será esclarecido antes de eu chegar à cadeia.

– Sem dúvida – disse Danglars. – Estou pronto a testemunhar pela inocência dele.

Dantès desceu a escada atrás do policial e, cercado por soldados, entrou na carruagem que estava à espera.

– Adeus, Edmond, meu Edmond! – soluçou Mercedes, debruçando-se sobre a sacada.

– Até logo, minha Mercedes! – respondeu Dantès, pondo a cabeça para fora da janela da carruagem, que já partia.

Quando a carruagem desapareceu na primeira curva, no Forte de São Nicolau, o senhor Morrel disse a todos que esperassem por ele, pois iria descobrir o que estava acontecendo.

Algum tempo depois os convidados que tinham ficado na sacada gritaram animados:

– Uma carruagem! Deve ser o senhor Morrel.

Mercedes e o velho Dantès correram para receber o armador. A expressão de seu rosto era bastante sombria.

– Meus amigos, é uma questão muito mais grave do que pensamos.

– Não sei do que se trata, mas tenho certeza de que ele é inocente! – falou Mercedes, em tom de desespero.

– Eu também acredito na inocência de Dantès, mas ele é acusado de ser um agente da facção bonapartista – disse o senhor Morrel.

A consternação e o desânimo tomaram conta de todos diante de tão grave acusação. Em silêncio, as pessoas começaram a se dispersar.

Capítulo 2

O senhor Morrel foi para a cidade, na esperança de receber mais notícias de Edmond por meio do vice-procurador do rei, o senhor Villefort, a quem conhecia. O seu guarda-livros e Caderousse o acompanharam.
– Dá para acreditar nisso, Danglars? – perguntou o armador.
– O senhor talvez se lembre de que eu lhe disse que Dantès ancorou perto da Ilha de Elba sem motivo aparente. Suspeitei de alguma coisa.
– Você falou sobre essas suspeitas para alguém?
– Deus me livre! – exclamou Danglars, acrescentando em voz baixa: – O senhor sabe que também é suspeito de ser simpatizante de Napoleão, porque seu tio foi um militar do antigo governo, nem sequer tenta esconder suas inclinações políticas. Portanto, se eu tivesse mencionado as minhas suspeitas, poderia ter prejudicado não apenas Edmond, mas também o senhor. Existem coisas que é dever de um subordinado dizer ao seu patrão, mas esconder de todas as outras pessoas.
– Certo, Danglars. Você é um bom homem. Eu não me esquecerei dos seus interesses se o pobre Dantès se tornar capitão – respondeu Morrel.
– Como assim, senhor?
– Perguntei a Dantès a opinião dele sobre você e se ele tinha alguma objeção a mantê-lo no seu cargo, pois me pareceu notar uma certa frieza entre vocês dois ultimamente.

– O que ele respondeu, senhor?

– Disse que houve algum desentendimento pessoal entre vocês, mas que qualquer pessoa que mereça a confiança do seu amo pode contar com a dele.

"Grande hipócrita!", pensou Danglars, mas manteve-se impassível.

– O *Pharaon* está sem capitão – continuou Morrel.

– Ainda faltam pouco mais de três meses para o navio ser lançado ao mar e esperamos que Dantès seja libertado até lá. Enquanto isso, estou ao seu dispor.

– Obrigado, Danglars. Você está autorizado a assumir o comando do *Pharaon* e supervisionar o carregamento do navio. Não podemos permitir que essa desgraça prejudique os negócios.

Morrel então se despediu.

"Até agora tudo está correndo bem", pensou Danglars, satisfeito. "Já sou capitão temporário e, se conseguir fazer aquele tolo do Caderousse ficar de boca fechada, logo terei o cargo definitivamente."

Naquele mesmo dia, outra ceia de noivado foi interrompida em Marselha. Em uma grande mansão de um bairro luxuoso da cidade celebrava-se com um banquete a aliança entre o vice-procurador do rei, Gérard de Villefort, e a filha do marquês de Saint-Méran. Os presentes, sentados à mesa do marquês, eram a elite da fina sociedade antibonapartista e monarquista local.

Os convidados ainda estavam à mesa, conversando animadamente. O dono da casa, com a condecoração da Cruz de São Luís no peito, levantou-se e propôs um brinde à saúde do rei Luís XVIII. Todos ergueram suas taças com entusiasmo.

– Villefort, é que os bonapartistas não tinham nem a nossa convicção, nem o nosso entusiasmo, nem a nossa devoção – disse a mãe da noiva.

– Não, madame. O que eles tinham era o fanatismo no lugar de todas essas virtudes. Napoleão era como um deus para esses plebeus ambiciosos. Para eles, o Usurpador não era um legislador e um mestre, mas a personificação da igualdade.

– Igualdade?! – exclamou a marquesa. – Isso que você disse tem um sabor revolucionário muito forte. Mas eu o perdoo, já que não se pode esperar que o filho de um girondino esteja completamente livre da velha influência.

Um rubor intenso se espalhou pelo semblante de Villefort.

– É verdade que o meu pai foi um girondino, senhora, mas ele não votou pela morte do rei. Meu pai sofreu como a senhora durante o Reino do Terror e por pouco não perdeu a cabeça no mesmo cadafalso em que rolou a do seu pai.

– É verdade – disse a marquesa Saint-Méran. – Se isso tivesse acontecido, porém, os dois teriam subido no patíbulo por razões opostas. Prova disso é que, enquanto a minha família apoiava os príncipes no exílio, o seu pai não perdeu tempo em aderir ao novo governo, e que, depois que o cidadão Noirtier se tornou um girondino, o conde Noirtier se tornou um senador.

– Mamãe – interrompeu Renée –, a senhora prometeu não discutir mais essas dolorosas reminiscências.

– Concordo plenamente com a senhorita Saint-Méran – disse Villefort. – Da minha parte, descartei não só os pontos de vista como também o nome do meu pai. O meu pai foi, e possivelmente ainda é, um bonapartista e tem o nome de Noirtier. Eu sou um monarquista e me chamo Villefort.

– Bravo, Villefort! – interveio o marquês. – Sempre exortei a marquesa a deixar o passado para trás. Espero que você tenha mais sorte do que eu nesse sentido.

– Muito bem, então – retomou a marquesa –, deixemos o passado para trás. Mas, Villefort, se um conspirador cair nas suas mãos, não se esqueça de que muitos olhos estarão voltados para você, já que se sabe que você vem de uma família que talvez tenha alianças com os conspiradores.

– Ora, senhora – respondeu Villefort –, o meu profissionalismo me compele a ser severo. Já tive em mãos diversos julgamentos políticos que me deram a oportunidade de provar as minhas convicções.

Nesse momento um criado entrou na sala, sussurrou algo no ouvido de Villefort e lhe entregou uma carta. O vice-procurador do rei pediu licença e se levantou, voltando alguns minutos depois.

– Renée, um marido que trabalha com a lei é algo que ninguém quer – disse ele, olhando com ternura para a noiva. – Não tenho nenhum momento que seja só meu. Estou sendo convocado até na ceia do meu noivado.

– O que foi? – perguntou ela, com ansiedade.

– Se o que diz esta carta for correto, parece que foi descoberto um pequeno complô bonapartista. Eis aqui a denúncia – disse ele, lendo em voz alta a carta: – "O procurador do rei é informado por este intermédio que um certo Edmond Dantès, imediato do *Pharaon*, que chegou hoje de manhã procedente de Esmirna, foi encarregado por Murat de entregar uma carta ao Usurpador[2]; e, pelo Usurpador, de entregar uma carta a um grupo bonapartista em Paris. A informação sobre esse crime pode ser corroborada com a prisão de Dantès, pois a referida carta será encontrada com ele, na casa de seu pai ou na sua cabine no *Pharaon*".

– Mas esta carta é endereçada ao procurador do rei, e não a você – rebateu Renée. – Além disso, é uma carta anônima.

– Você tem razão, mas o procurador do rei está ausente, de modo que a carta foi entregue a seu secretário, que tem instrução de abrir toda a correspondência. Depois de fazê-lo, ele me procurou e, não me encontrando, ordenou a prisão do homem.

– Então o culpado já está preso? – perguntou a marquesa.

– A senhora quer dizer o acusado – corrigiu Renée.

– Não negligencie o seu dever ficando conosco. Atenda ao chamado do serviço ao rei – interrompeu o marquês.

Villefort mal tinha deixado a sala e já assumiu o ar grave de um homem chamado a decidir a vida de outro. Na realidade, porém, a não ser pela posição política do seu pai, que poderia prejudicar o seu futuro se não mantivesse distância dele, Gérard de Villefort estava, naquele momento, tão feliz quanto um homem poderia estar. Já era rico e, apesar de ter apenas 27 anos, ocupava uma alta posição no tribunal de justiça. E estava prestes a se casar com uma linda jovem, a quem amava. Não com um amor apaixonado, mas, sim, com um afeto calculado: sua prometida pertencia a uma das famílias mais influentes, tinha um dote de cinquenta mil coroas e a perspectiva de herdar outro meio milhão.

---

[2] Napoleão ficou conhecido como "usurpador de coroas". Por volta do ano de 1804, Napoleão seria coroado imperador da França. Um dos convidados dele foi o papa Pio VII; essa seria a demonstração de que a França estaria refazendo os laços com a Igreja. A forma como ocorre a coroação serve para mostrar que Deus está acima dos homens e dos reis. Quem vai receber a coroa deve ajoelhar-se de frente para o papa e receber a coroa. Só que, quando foi receber a coroa do papa, Napoleão a tomou da mão dele e se autocoroou, mostrando, assim, que estava acima da Igreja. Por esse fato ele é considerado "usurpador de coroas". (N.T.)

À porta, o comissário de polícia o esperava. Isso fez com que ele deixasse seus sonhos de lado e voltasse a pôr os pés no chão.

– Aqui estou eu, senhor. Li a carta. O senhor fez muito bem em prender esse homem. Agora, enquanto caminhamos, me dê todas as informações que tiver sobre ele e a conspiração – disse ao comissário.

– Por enquanto não sabemos nada sobre a conspiração. Todos os papéis encontrados com o homem foram selados e estão sobre a sua mesa. O senhor sabe, pela denúncia, que o prisioneiro é Edmond Dantès, primeiro imediato do *Pharaon*, navio usado no comércio de algodão com Alexandria e Esmirna, pertencente a Morrel & Son, de Marselha.

– Ele serviu à Marinha?

– Não, senhor. É jovem demais. Tem apenas 19 ou 20 anos.

Neste momento, quando os dois passavam por uma esquina, o senhor Morrel se aproximou deles.

– Senhor Villefort! É muita sorte encontrá-lo. Houve um engano inexplicável: o imediato do meu navio, Edmond Dantès, acaba de ser preso.

– Eu sei – respondeu Villefort. – E estou indo para interrogá-lo.

– Meu senhor – continuou o senhor Morrel –, o senhor não conhece o acusado, mas eu conheço. Eu o recomendo de todo o coração.

– Pode ficar sossegado, se o prisioneiro for inocente, será solto. Se for culpado, cumprirei meu dever. – E despediu-se friamente do armador.

Ao chegar a sua própria casa, para onde Dantès havia sido levado, Villefort assumiu um ar grave, entrou, atravessou a sala e dirigiu-se ao escritório. Depois de fazer as perguntas de praxe ao acusado, o vice-procurador do rei indagou:

– O que você estava fazendo quando foi preso?

– Estava na minha ceia de noivado, senhor – disse o jovem. – Estou prestes a me casar com uma moça a quem amo há três anos – acrescentou.

Villefort manteve a expressão impassível, mas sentiu no coração certa simpatia por aquele homem que falava com paixão e que celebrava o seu noivado.

– Você serviu à Marinha de Guerra durante o governo do Usurpador?

– Estava prestes a ser convocado quando ele caiu.

– Disseram-me que você tem posições políticas extremas – acusou Villefort, que na verdade nunca recebera tal informação.

– Posições políticas extremas, senhor? É quase uma vergonha dizer, mas nunca tive uma posição política. Mal tenho 19 anos, e não sei de nada. As minhas opiniões são pessoais e se limitam a três sentimentos: amo o meu pai, respeito o senhor Morrel e adoro Mercedes.

Enquanto Dantès falava, Villefort observava seu rosto franco e cordial. Com a sua experiência com criminosos, percebeu que o jovem era inocente. Apesar da severidade do interrogatório, Dantès tinha manifestado, por meio de palavras, expressão facial e gestos, apenas gentileza e respeito pelo vice-procurador do rei.

– Você tem inimigos? – perguntou.

– Acho que não. Felizmente, não tenho posição para despertar inimizades.

– Talvez você não tenha inimigos, mas pode ter despertado inveja – ponderou Villefort.

– Se alguém tem inveja de mim, prefiro não saber quem é, porque isso poderia transformar a minha amizade em ódio.

– Você está errado, deve sempre saber onde está pisando. Você me parece um jovem valoroso e, por isso, vou fugir à regra e lhe mostrar a denúncia que fizeram contra você. Aqui está a carta. Você reconhece esta letra?

– Não, não reconheço – disse Dantès, com o cenho franzido ao ler a carta. E acrescentou, com ar de gratidão: – Tenho muita sorte de ser interrogado pelo senhor.

– Então me responda com toda a franqueza. O que existe de verdade nesta acusação anônima?

– Em parte é verdade, e em parte, mentira. Quando deixamos Nápoles, o capitão Leclère ficou doente. Não tínhamos médico a bordo, e ele se recusava a desembarcar em alguma cidade antes de chegarmos a Elba. Foi piorando e no terceiro dia, sentindo que ia morrer, me chamou e me fez jurar que eu faria o que ele me mandasse. Disse que era um assunto da maior importância, e eu jurei. Mandou que eu assumisse o comando, me dirigisse para a Ilha de Elba e entregasse uma carta ao marechal. O capitão me deu um anel que, afirmou, faria com que eu fosse recebido sem dificuldade. Disse que o marechal me entregaria outra carta, com uma missão. Ele me pediu que realizasse essa missão, que era para ser dele. No dia seguinte ele morreu.

– O que você fez então?

– O que tinha de fazer. O pedido de um moribundo é sagrado para qualquer pessoa e, para um marinheiro, o pedido de um superior é uma ordem a ser cumprida. Dirigi-me, portanto, a Elba, aonde cheguei no dia seguinte. Desembarquei sozinho e cumpri as instruções do capitão. Como ele dissera, o anel abriu todas as portas, e o marechal me encarregou de entregar uma carta pessoalmente a uma pessoa em Paris. Já em Marselha, desembarquei e fui ver meu pai e minha noiva. Fui preso durante a ceia do meu noivado. Minha intenção era me casar uma hora depois e ir amanhã para Paris, para concluir a minha missão, quando fui preso.

– Acredito que você me disse a verdade – disse Villefort. – Se você foi culpado de alguma coisa, foi apenas de imprudência. Entregue-me a carta que você recebeu em Elba e poderá se juntar aos seus amigos.

– Estou livre? – exclamou Dantès, dominado pela alegria.

– Mas, antes, entregue-me a carta.

– Deve estar com o senhor, já que me foi tirada junto com os meus outros papéis.

– A quem ela era endereçada?

– Ao senhor Noirtier, Rua Coq Héron, Paris.

Essas palavras caíram nos ouvidos de Villefort rápidas e inesperadas como um raio. Então, retirou a carta do pacote de documentos e ficou olhando para ela, com um terror incontrolável.

–Para o senhor Noirtier, Rua Coq Héron, 13 – murmurou, pálido. – Você mostrou esta carta a alguém?

– A ninguém, senhor.

– Você sabe o que diz esta carta?

– Não, senhor.

"Ah, se ele soubesse o conteúdo dessa carta! E se, algum dia, ele souber que Noirtier é meu pai, estou perdido", pensou Villefort. "Perdido para sempre!"

Esforçando-se para falar com voz firme, dirigiu-se ao prisioneiro:

– Não posso libertá-lo imediatamente, como gostaria. Primeiro tenho de consultar o juiz de instrução. Mas você estará livre o mais rapidamente possível. A principal acusação contra você tem a ver com esta carta, e vou queimá-la – disse Villefort, dirigindo-se para a lareira. Jogou o papel nas chamas e ficou olhando-o até ser reduzido a cinzas.

– Obrigado. O senhor é mais do que justo, é a própria bondade!

– Ouça bem, vou mantê-lo aqui. É possível que outra pessoa venha interrogá-lo. Se isso acontecer, repita tudo o que me contou, mas não diga nada sobre esta carta.

– Sim, senhor.

Villefort tocou o sino, e o comissário entrou. O vice-procurador do rei deu-lhe instruções em voz baixa e mandou Dantès seguir o comissário.

O jovem obedeceu às instruções, não sem antes fazer uma reverência e olhar Villefort com gratidão.

A porta mal havia se fechado e Villefort jogou-se na cadeira. Se tivessem chamado o juiz de instrução em vez dele, estaria perdido! Aquele pedaço de papel teria sido a sua ruína, pensou.

De repente, uma ideia iluminou-lhe o rosto. "A carta que seria a minha ruína pode ser a minha fortuna!", pensou.

Depois de ter verificado que o prisioneiro não estava na antecâmara, tomou às pressas o caminho para a casa da noiva.

O tribunal de justiça se comunicava, de um lado, com a casa do vice-procurador do rei, e do outro com a prisão. Ao sair do gabinete de Villefort, Dantès foi ladeado por dois guardas, que o levaram para um corredor escuro e tortuoso, onde havia uma porta no fundo. Dantès foi empurrado para dentro da cela; a porta se fechou atrás dele com estrondo. Ficou ali por algum tempo, pedindo a Deus que aquele engano se resolvesse. Pouco depois ouviu o barulho dos soldados:

– Viemos buscá-lo – disse um deles.

Acreditando que vinham libertá-lo por ordem do vice-procurador do rei, Dantès saiu calmamente da cela e se colocou no meio dos soldados. Foi levado até uma carruagem, que tomou a direção do cais. Dali, tomaram um barco, sob a escolta de outros soldados.

Dantès juntou coragem e perguntou aos dois guardas que estavam mais próximos dele:

– Senhores, eu sou o capitão Dantès, um francês honesto e leal, apesar de ser acusado de traição. Pela sua honra de soldado, para onde estamos indo?

– Você vive em Marselha e não sabe para onde estamos indo? – indagou um deles.

– Meu Deus, o Château d'If! – exclamou, horrorizado. – Não podem estar me levando para lá. Não cometi crime algum!

Dantès tentou atacar os guardas e pular no mar, mas foi contido. A partir daí, ele parecia estar anestesiado.

Um grande tremor sacudiu seu corpo enquanto era levado para a cela no Château d'If. As lágrimas o sufocavam. Perguntava-se qual crime cometera para merecer aquela cruel punição.

Ficou por longo tempo trancado ali, ora imóvel, ora aos berros, ora implorando.

O carcereiro voltou, acompanhado de quatro soldados.

– O diretor deu ordens para transferir o prisioneiro para as masmorras. Os loucos devem ficar junto com os loucos.

Ao chegar à casa da noiva, Villefort encontrou os convidados tomando café no salão.

– Eis aí o nosso guardião do Estado! – exclamou um convidado. – Conte-nos as novidades! – pediu outro.

– Senhor marquês – disse Villefort, dirigindo-se ao futuro sogro –, dar-me-ia a honra de uma conversa em particular?

O marquês pegou Villefort pelo braço e os dois saíram juntos da sala.

– O que aconteceu?

– Um caso que considero muito grave e que exige a minha partida imediata para Paris. O senhor me daria uma carta para o rei?

– Para o rei? Eu não ouso escrever a Sua Majestade!

– Não peço que o senhor escreva a carta. Gostaria que pedisse que o senhor Salvieux o fizesse.

– Se a questão é tão urgente, meu caro Villefort, vá arrumar as suas coisas que eu faço Salvieux escrever a carta.

Villefort saiu às pressas. Ao chegar a sua casa, percebeu, nas sombras, uma pessoa à sua espera. Era Mercedes. Sem ter notícias de Edmond, ela fora inquirir o vice-procurador.

Ela se aproximou e pôs-se diante da porta da casa dele. Dantès falara sobre sua noiva, e Villefort imediatamente soube que era ela. Ficou admirado com sua beleza e dignidade. Quando Mercedes lhe perguntou sobre Dantès, Villefort sentiu como se fosse ele o culpado, e ela, a juíza.

– O homem de quem você fala é um criminoso. Não posso fazer nada por ele. Já não está nas minhas mãos.

Constrangido com o olhar direto e as súplicas da jovem, Villefort a empurrou para o lado, entrou na casa e trancou a porta.

Sentia-se arrasado. Estava acostumado a condenar homens à morte sem o menor arrependimento. Mas ele os considerava culpados! Se, naquele momento, Mercedes tivesse entrado e lhe pedido, em nome de Deus, que lhe devolvesse o amado, Villefort teria assinado a libertação de Dantès, ainda que isso o prejudicasse.

No entanto a única pessoa que entrou foi o valete, informando a Villefort que a carruagem o esperava.

A pobre Mercedes voltara para casa, seguida por Fernand. Desesperada, atirou-se na cama. Fernand se ajoelhou ao lado dela.

O senhor Morrel não desistia: procurou todos os seus amigos e todos os homens influentes da cidade, mas a notícia de que Dantès fora preso como um bonapartista já havia se espalhado, e o armador só encontrou frieza, medo e recusas. Voltou para casa, desesperado.

Caderousse ficou apreensivo; porém, em vez de tomar alguma atitude para ajudar Dantès, fechou-se em casa com duas garrafas de vinho. Danglars era o único que não sentia remorso. Estava feliz, pois se vingara de Dantès e conseguira o posto de capitão do *Pharaon*.

Capítulo 3

Enquanto Villefort viajava a toda velocidade para Paris, o rei recebia uma pessoa no seu gabinete no Palácio das Tulherias.

– O que o senhor disse, meu caro Blacas? – perguntou Luís XVIII a um homem grisalho de feições aristocráticas.

O rei, sentado em sua mesa de nogueira, fazia anotações na margem de uma edição de Horácio[3].

– Senhor, tenho todos os motivos para acreditar que está se formando um temporal no sul da França.

– Ora, o senhor deve estar mal informado. Sei que o tempo está muito bom na região de Marselha.

– Senhor – continuou Blacas, como se não tivesse ouvido a brincadeira do rei –, não poderia enviar homens de sua confiança para as províncias do sul, para avaliarem a situação? Acho que não estou errado em temer alguma tentativa desesperada...

– Da parte de quem?

– De Bonaparte ou de seus aliados.

---

[3] Horácio (65 a.C. - 8 a.C.) foi um poeta lírico, satírico e moralista político, o primeiro literato profissional romano. Exerceu enorme influência sobre toda a literatura ocidental. Wikipedia. (N.E.)

– Meu caro Blacas – respondeu Luís XVIII –, suas informações alarmantes me impedem de trabalhar.

– E a sua segurança, senhor, me impede de dormir. Um homem que merece a minha confiança acaba de chegar com a notícia de que existe uma grave ameaça contra o rei. Eu procurei Vossa Majestade sem demora.

Nesse momento foi anunciada a chegada do ministro da polícia, o barão Dendré.

– O senhor chega no momento certo – disse o rei. – Conte ao duque as notícias mais recentes recebidas sobre Bonaparte. Não esconda nada, por mais grave que seja. Elba é um vulcão prestes a explodir?

– Senhor – disse o ministro de polícia, dirigindo-se a Blacas –, todos os servos fiéis de Sua Majestade têm motivo para se regozijar. Bonaparte está enlouquecendo de tanto tédio.

– O que o senhor tem a dizer sobre isso, Blacas? – perguntou o rei, sem levantar os olhos do livro.

– Digo que ou o ministro de polícia está errado ou eu estou. Apesar de achar que é impossível que o ministro de polícia esteja enganado, peço que o senhor ouça o homem que trouxe as notícias de que falei a Vossa Majestade.

– Com o maior prazer, duque. Recebo quem o senhor quiser. O senhor tem um relatório mais recente, Dendré? Este é de onze dias atrás.

– Não, senhor. Espero um novo a qualquer momento. Posso ir ao meu gabinete para verificar se chegou algo na minha ausência e voltar em dez minutos.

– Enquanto isso, senhor – disse Blacas –, vou buscar o meu mensageiro. Ele cobriu duzentas e vinte léguas em menos de três dias.

– Para que tanta fadiga e ansiedade se a mensagem poderia ser transmitida por telégrafo em três ou quatro horas?

– O senhor Villefort não quis poupar esforços para lhe trazer uma informação valiosa, senhor – respondeu Blacas.

– Senhor Villefort? É este o mensageiro? – perguntou o rei, com interesse renovado.

– Pensei que o senhor não o conhecesse.

– Conheço, sim. É um jovem sério, intelectual e, sobretudo, ambicioso. Além disso, o nome do pai dele é Noirtier.

– Noirtier, o girondino? O senador Noirtier? E o senhor deu emprego ao filho de um homem como esse?

– Blacas, Villefort é ambicioso. Ele sacrificaria tudo para obter o que quer, até o próprio pai. Vá buscá-lo.

Quando Blacas voltou com Villefort, o rei lhe pediu que contasse tudo em detalhes.

– Senhor, eu vim a Paris para informar Vossa Majestade que descobri uma conspiração. O Usurpador conseguiu três navios e planeja algum tipo de ataque para tomar-lhe o trono. Vossa Majestade está ciente de que o senhor da Ilha de Elba manteve altos contatos na Itália e na França?

– Sim – respondeu o rei. – De onde o senhor recebeu as informações?

– De um homem que estava sob observação havia já algum tempo e cuja prisão ordenei no dia anterior à minha partida de Marselha. É um marinheiro de quem eu suspeitava ser simpático a Bonaparte e que esteve secretamente em Elba – reportou Villefort. – Ele se encontrou com o grande marechal, que o encarregou de transmitir uma mensagem para alguém em Paris. A missão era preparar os partidários de Bonaparte para um retorno do Usurpador ao poder.

– Onde está este homem?

– Na prisão, senhor. Temo que se trate de uma conspiração séria.

Nesse momento o ministro da polícia entrou, pálido, trêmulo e com uma expressão de terror no rosto.

Diante da agitação de seu ministro, Luís XVIII indagou:

– Que agitação é essa, barão? Tem a ver com o que eu acabo de ouvir do senhor Blacas e que foi confirmado por Villefort?

– Senhor, o Usurpador partiu de Elba na semana passada e desembarcou há dois dias na França, em um pequeno porto próximo de Antibes.

– O Usurpador está na França! Está marchando em direção a Paris?

– Não sei, senhor – respondeu o barão. – O despacho não informa.

– Como recebeu esse despacho?

– Por telégrafo, senhor – respondeu o ministro, baixando a cabeça e com o rosto muito afogueado.

Luís XVIII deu um passo à frente e cruzou os braços, como teria feito Napoleão.

– Então, sete exércitos aliados depuseram aquele homem, e um milagre me colocou no trono dos meus pais, depois de um exílio de vinte e cinco anos. Nesse período eu estudei, analisei os homens e as coisas desta França que me fora prometida. Para quê? Para no fim de tudo isto uma força que eu tinha na mão destruir-me!

Virando-se para Villefort, o rei falou:

– O senhor sabe se há outras notícias que podem estar ligadas a esta conspiração? A morte do general Quesnel, que se supunha ser suicídio, aparentemente foi um assassinato. Ele estava infiltrado nos círculos bonapartistas, mas na realidade era totalmente fiel a mim. Concorda comigo que ele pode ter sido vítima de uma armadilha bonapartista?

– Sim, senhor. Vossa Majestade não tem mais informações?

– Sabemos que Quesnel recebeu um homem e estamos atrás de quem marcou o encontro. Temos a sua descrição: um homem de pouco mais de 50 anos, de cabelo castanho e olhos escuros, com sobrancelhas cerradas e de bigode. Vestia um sobretudo azul, com uma condecoração da Legião de Honra.

Villefort ouvia, pálido. Mas, ao saber que o desconhecido conseguira escapar dos que o perseguiam, sentiu-se aliviado.

– Procure este homem! – ordenou o rei ao ministro da polícia. – Se as provas mostrarem que o general Quesnel foi vítima de um assassino, farei com que o autor do crime seja punido severamente. – Voltando-se para Villefort, acrescentou: – O senhor deve estar cansado. Vá repousar. Está hospedado na casa do seu pai?

– Não, Vossa Majestade. Estou no Hotel de Madrid. Provavelmente nem verei meu pai.

– Ah, sim! – disse o rei, com um sorriso. – Esqueci-me de que o senhor não está em bons termos com o senhor Noirtier. Um sacrifício pela causa real, pelo qual será recompensado. – O rei tirou do peito a Cruz da Legião de Honra e a entregou a Villefort, dizendo: – Por enquanto, fique com esta cruz.

Os olhos de Villefort se encheram de lágrimas de alegria e orgulho. Ele pegou a cruz e a beijou.

Os acontecimentos se seguiram muito rapidamente. A história da volta de Napoleão é bem conhecida. Deixou o exílio em Elba, desembarcou em

Cannes e marchou sobre Paris. A monarquia tremeu em seus alicerces inseguros e caiu.

Villefort, portanto, não ganhou nada do rei, a não ser gratidão e a Cruz da Legião de Honra, que ele teve a prudência de não exibir.

O novo imperador mal havia ocupado o gabinete que anteriormente fora dele e, depois, de Luís XVIII quando começaram os distúrbios populares em Marselha.

Napoleão teria, sem dúvida, demitido Villefort se não fosse pela proteção de Noirtier.

Villefort foi mantido no cargo, mas seu casamento foi adiado. Se o imperador permanecesse no trono, Gérard de Villefort precisaria de uma aliança diferente, e essa seria providenciada por seu pai. Se, ao contrário, houvesse uma segunda Restauração, e Luís XVIII fosse reconduzido ao trono, a influência do marquês de Saint-Méran seria fortalecida, e o casamento seria mais conveniente do que nunca.

Quanto a Dantès, continuou na prisão, sem saber da queda de Luís XVIII nem da restauração de Napoleão.

Durante esse período curto do império restaurado, conhecido como Os Cem Dias, o senhor Morrel procurou Villefort por duas vezes com renovados apelos pela libertação de Dantès. O vice-procurador do rei o acalmou com promessas e esperanças. Finalmente, Napoleão foi derrotado na batalha de Waterloo, pela Marinha inglesa, em 1815. Morrel nunca mais procurou Villefort, percebendo que já tinha feito todo o possível pelo seu jovem amigo.

Quando Luís XVIII voltou ao trono, Villefort pediu para ser promovido ao cargo de procurador do rei em Toulouse, no que foi atendido. Quinze dias após ser alçado ao cargo, casou-se com a senhorita de Saint-Méran.

Quando Napoleão desembarcou na França, Danglars percebeu que a denúncia que fizera contra Dantès se justificava. Para ele, essa coincidência extraordinária era obra da divina providência. Quando Napoleão chegou a Paris, Danglars teve medo. Dantès poderia aparecer a qualquer momento e, sabendo do motivo da sua prisão, ficaria sedento de vingança. Conseguiu que o senhor Morrel lhe desse uma recomendação para um mercador espanhol, mudou-se para Madri e não se ouviu mais falar dele por muito tempo.

Napoleão fez um apelo a todos os homens capazes – apelo ouvido por Fernand, que deixou Mercedes e se juntou às forças do imperador, levando no coração a esperança de um dia se casar com a amada. Sua devoção a Mercedes e a pena que fingia sentir por seu sofrimento conseguiram inspirar nela afeição e gratidão. Mercedes ficou sozinha e era vista, com lágrimas nos olhos, andando pelo bairro catalão ou pela praia. Apenas a religião a salvou do suicídio.

O velho Dantès perdera a esperança. Cinco meses depois de ter sido separado do filho, ele deu o último suspiro nos braços de Mercedes. O senhor Morrel pagou as despesas do enterro e as poucas dívidas que o velho deixou. Era preciso coragem para ter esse tipo de gesto. O Sul estava em chamas, e era crime ajudar o pai de um suposto bonapartista perigoso como Dantès, mesmo que o velho estivesse no leito de morte.

Capítulo 4

Dantès passou por todos os diversos estágios de miséria e desespero que afetam um prisioneiro. Primeiro, sentia o orgulho nascido da esperança e da consciência da sua inocência; depois, sentiu-se tão degradado que começou a duvidar da própria inocência; finalmente, o orgulho deu lugar à súplica, mas não era a Deus que ele rogava, mas ao homem.

Dantès implorou para ser levado de sua masmorra para outra. Qualquer mudança, mesmo para pior, seria bem-vinda e ocuparia sua mente por alguns dias.

Então, ele se voltou para Deus. Lembrou-se das orações que sua mãe lhe ensinara e nelas encontrou significados novos. A tristeza foi dando lugar à fúria. Ele blasfemava, aos berros, e tinha ataques de raiva em que se jogava contra as paredes. Começou a desejar os piores tormentos para quem quer que fosse responsável por ele estar naquele abismo profundo. Muitas vezes dizia a si mesmo: "Quando era forte e livre, vi no navio o céu se abrir e o mar rugir e se encapelar. Eu sentia a morte próxima e usava toda a minha força e habilidade para fugir dela, em uma luta contra Deus! Hoje a morte é bem-vinda!".

Esse pensamento trouxe-lhe resignação. A sua mísera existência lhe parecia quase suportável, já que poderia se desfazer dela. Poderia morrer de duas formas: enforcando-se ou recusando-se a comer. Ele se decidiu pela segunda maneira. Quase quatro anos já se haviam passado desde que tomara essa decisão.

Para não fraquejar, Dantès jogava a comida pela janela logo depois que o carcereiro a trazia. No começo, fazia isso com prazer, depois com deliberação; por fim, com pesar. Um dia não teve forças para se levantar e jogar a comida fora. No dia seguinte já não enxergava e ouvia com dificuldade. Por volta das nove horas da noite, quando estava deitado na esperança de estar morrendo, Dantès ouviu um barulho na parede.

Edmond levantou a cabeça para ouvir melhor. Parecia o barulho de uma enorme garra afiada ou de um instrumento cavando a rocha. Apesar de enfraquecido, o cérebro do jovem se agarrou à ideia que está na cabeça de todo prisioneiro: a liberdade. Mas logo o barulho cessou.

Algumas horas depois, porém, recomeçou, desta vez mais alto e mais próximo. Edmond foi para um canto da cela, retirou uma pedra que ficara solta por causa da umidade e bateu com ela três vezes contra a parede, no ponto em que o barulho era mais alto. O som parou à primeira batida. "É um prisioneiro", pensou Dantès, sentindo imensa alegria. "Se fosse alguém fazendo um trabalho na prisão, o barulho não teria sido interrompido depois das batidas", pensou.

Três dias se passaram sem que o som se repetisse. Mas uma noite ele recomeçou, mais baixo. Dantès percebeu que quem fazia o barulho trocara o instrumento com que cavava. Ele queria ajudar, mas não tinha nenhuma ferramenta de metal. Quebrou sua moringa e escondeu os dois pedaços mais pontudos. Começou a trabalhar à noite, mas os cacos de cerâmica logo perderam a ponta. Então, deitou-se e esperou pela manhã. A esperança lhe dava paciência.

Em três dias ele conseguiu, tomando todos os cuidados, tirar todo o reboco de uma pedra. Só precisava deslocá-la. Tentou em vão com as mãos, as unhas e os cacos de cerâmica. Foi então que teve uma ideia. O carcereiro sempre lhe trazia a sopa à noite em uma panela com cabo de ferro. Ele pôs o prato no chão, perto da entrada da cela, e, ao chegar com a sopa e entrar na cela, o carcereiro pisou no prato, quebrando-o. Olhou de um lado para outro, em busca de outro lugar onde despejar a sopa, mas não encontrou nada.

– Deixe a panela – disse Dantès para o carcereiro. – Amanhã você traz outro prato e leva a panela.

O carcereiro deixou a panela. Dantès tomou a sopa e aguardou por algum tempo. Depois, jogou-se à tarefa de soltar a pedra usando o cabo da panela como alavanca. Com pouco mais de uma hora de trabalho ele conseguira abrir um buraco de uns cinquenta centímetros de diâmetro. Juntou o reboco que havia caído no chão e o espalhou pelos cantos da cela. Trabalhou a noite toda e, quando amanheceu, recolocou a pedra na parede, empurrou a cama contra ela e se deitou para dormir.

Ao lhe trazer o café, o carcereiro disse que não iria substituir o prato porque Dantès quebrava tudo.

– Fique com a panela, que eu lhe sirvo a sopa.

Dantès olhou para o alto e agradeceu a Deus. O fato de ficar com o cabo de ferro da panela fez com que se sentisse tão grato à providência divina como nunca havia sentido nos anos em que fora feliz.

Passou o dia trabalhando. À noite, depois de mais duas horas cavando, encontrou um obstáculo. Ele logo entendeu que era uma viga de pedra, por isso teria de cavar por cima ou por baixo da pedra.

– Ai, meu Deus! – exclamou em voz alta. – Depois de ter-me privado da minha liberdade, depois de ter-me tirado da paz da morte e depois de me chamar de volta à existência, meu Deus, tenha piedade de mim e não me deixe morrer de desespero!

– Quem fala de Deus e de desespero no mesmo fôlego? – perguntou uma voz que parecia vir de baixo da terra.

– Ah... – murmurou ele. – Ouço a voz de um homem! Em nome de Deus! – exclamou Dantès. – Quem é o senhor?

– E quem é o senhor? – perguntou a voz.

– Um prisioneiro francês infeliz – respondeu Dantès, com dificuldade.

– O seu nome? Profissão? Há quanto tempo está aqui?

– Edmond Dantès, marinheiro. Estou aqui desde 28 de fevereiro de 1815.

– Do que é acusado?

– De conspirar pela volta do imperador – respondeu Dantès.

– O quê? Volta do imperador? O imperador não está mais no trono?

– Ele abdicou em 1814 e foi banido para a Ilha de Elba. Há quanto tempo está aqui para não saber isso?
– Desde 1811.
Edmond tremeu. Aquele homem estava encarcerado havia quatro anos a mais que ele.
– Não cave mais – disse a voz. – Só me diga a que altura está o buraco que fez.
Depois de trocarem informações, Dantès ouviu:
– A falta de uma bússola estragou tudo. O que eu acreditava ser a parede da fortaleza é a parede que você está cavando!
– Mas a parede da fortaleza dá acesso apenas para o mar.
– Era o que eu desejava. Pretendia me jogar no mar e nadar até uma ilha. Encha o buraco com cuidado, pare de cavar e espere até eu voltar a entrar em contato.
– Não me deixe só novamente! – suplicou Dantès. – Vamos fugir juntos e, se não conseguirmos, vamos conversar. Vamos falar das pessoas que amamos.
– Sou só no mundo.
– Então o senhor vai aprender a me amar. Eu vou amá-lo como amo ao meu pai!

A partir daquele momento, a felicidade de Dantès não tinha limites. Ele andou de um lado para outro na cela, o coração batendo forte. Não ficaria mais só.
À noite, Dantès esperou em vão que o seu vizinho tirasse proveito do silêncio e da escuridão para retomar a conversa com ele. Na manhã seguinte, porém, depois que o carcereiro trouxe a refeição matinal e foi embora, Dantès ouviu três batidas na parede.
Enquanto os dois trocaram as primeiras palavras, o pedaço de terra sobre o qual Dantès estava inclinado subitamente cedeu. Ele pulou para trás, e uma massa de pó e pedras soltas caiu de um buraco um pouco abaixo da abertura que tinha feito. Então ele viu uma cabeça aparecer, e finalmente um homem rastejou com grande agilidade pelo novo buraco.
Dantès se jogou nos braços do homem e o levou para perto da janela da cela, para ver melhor o seu rosto.

Baixo, cabelos embranquecidos mais pelo sofrimento do que pela idade, tinha as feições fortes marcadas por rugas profundas. Maltrapilho, parecia ter pelo menos 65 anos, mas a agilidade nos movimentos sugeria menos idade.

– Vamos ver se conseguimos esconder dos carcereiros qualquer traço da minha entrada – disse o recém-chegado. Ele levantou a pesada pedra com a maior facilidade e a encaixou no buraco.

– Esta pedra foi removida de forma muito descuidada – disse, balançando a cabeça. – Você não tem nenhuma ferramenta?

– O senhor tem? – perguntou-lhe Dantès, espantado.

– Fiz algumas. Só me falta uma lima. Tenho formão, torquês e pé de cabra. Aqui está o meu formão – disse ele, mostrando uma lâmina afiada e forte com um cabo de faia.

– Como o senhor fez isso?

– Com a braçadeira da minha cama. Fiz um buraco de uns quinze metros com isso. E pensar que todo o trabalho foi em vão! Não há como fugir.

– O senhor pode me dizer quem é?

– Sou o abade Faria, italiano, prisioneiro no Château d'If desde 1815 e, antes disso, por três anos na fortaleza de Fenestrella. Em 1811 fui transferido do Piemonte para a França.

– Mas por que está preso?

– Porque em 1807 projetei o esquema que Napoleão tentou realizar em 1811. Como Maquiavel[4], eu desejava que a Itália se tornasse um império grande, compacto e poderoso. Confiei em quem me traiu, e meu plano falhou. Nem Napoleão conseguiu realizá-lo. A Itália é um país amaldiçoado. – O abade baixou a cabeça.

– Então o senhor abandonou toda esperança de fuga? – perguntou Dantès. – Por que não começar de novo?

– Começar de novo! Você não imagina quanto eu lutei. Demorei quatro anos para fazer as minhas ferramentas, e faz dois anos que estou escavando.

---

[4] Nicolau Maquiavel (1469-1527) foi um filósofo, historiador, poeta, diplomata e músico de origem florentina do Renascimento. É reconhecido como fundador do pensamento e da ciência política moderna pelo fato de ter escrito sobre o Estado e o governo como realmente são, e não como deveriam ser. Fonte: Wikipedia. (N.E.)

Acho que o melhor é esperarmos até que aconteça alguma coisa que nos dê uma oportunidade de fugir.

– O que o senhor fez na prisão esse tempo todo, antes de começar a cavar?

– Escrevi e estudei.

– Em que papel, com que pena e tinta?

– Fiz tudo. Quando você vier à minha cela, eu lhe mostro todo um volume, *Tratado sobre a possibilidade de uma monarquia geral na Itália*, com as reflexões e pesquisas de toda a minha vida.

– Como escreveu?

– Em duas camisas. Inventei um preparado que deixa o linho liso e polido como pergaminho. Também fiz algumas excelentes penas para escrever com a cartilagem da cabeça daquelas pescadas grandes que eles às vezes nos dão. Havia uma lareira na minha cela, fechada antes de eu vir para cá. Dissolvi um pouco de fuligem em uma porção de vinho que eles me trazem aos domingos e obtive uma tinta. Para as notas às quais eu queria chamar atenção, furava os meus dedos, escrevendo-as com o sangue.

– Posso ver tudo isso?

– Siga-me.

Com essas palavras, o abade entrou novamente na passagem subterrânea e desapareceu. Dantès o seguiu.

Ao entrar, o jovem examinou a cela do abade com muito cuidado, mas não viu nada de extraordinário.

O velho foi até a lareira, retirou uma pedra, atrás da qual havia uma cavidade profunda. De lá, tirou três ou quatro rolos de linho de quase meio metro de comprimento. As tiras de tecido estavam numeradas e cobertas de escrita.

– Aqui está tudo. São setenta e oito faixas, que eu terminei há apenas uma semana.

Em seguida ele mostrou todos os produtos que criara.

Dantès ficou pensativo e lhe ocorreu que o homem poderia esclarecer o mistério da sua infelicidade.

– No que você está pensando? – perguntou-lhe o abade com um sorriso, atribuindo a contemplação do companheiro à admiração.

– Estou pensando que o senhor me contou a sua vida, mas que não sabe nada da minha.

– Conte-me a sua história, então.

Dantès contou-lhe sobre a viagem à Índia, duas ou três para o Oriente e a sua última viagem, a morte do capitão Leclère, o pacote que lhe fora confiado, a carta endereçada a um certo senhor Noirtier. Depois contou sobre a chegada a Marselha, o encontro com o pai, **o seu amor por** Mercedes, a sua ceia de noivado, a prisão, o interrogatório, o **encarceramento**, a transferência para o Château d'If.

Após ouvir toda a história de Dantès, **o abade disse:**

– Se você quer encontrar o autor de um crime, procure descobrir quem levaria alguma vantagem com ele. Você estava prestes a ser nomeado capitão do navio e a se casar com uma moça bonita, não é? Quem tinha interesse em não deixar que você fosse nomeado capitão do *Pharaon?* E alguém não queria que você se casasse com Mercedes?

– Danglars, o imediato do navio, não queria que eu fosse o capitão.

– Quem estava por perto na sua última conversa com o capitão Leclère?

– Ninguém. Mas espere... havia uma porta aberta, e Danglars passou bem na hora em que o capitão me entregava o pacote para o grande marechal.

– Estamos na pista certa. O que você fez com a carta que o grande marechal lhe entregou?

– Eu a segurei na mão.

– Então, quando você saiu, todos podiam ver que levava uma carta?

– Sim. Tanto Danglars quanto os outros.

– Preste atenção e tente se lembrar de todos os detalhes. Você se lembra das palavras da denúncia?

– Lembro, sim. Li três vezes e tenho as palavras gravadas na cabeça.

Dantès as repetiu.

– É tão claro como o dia – disse o abade. – Você deve ter um coração muito nobre e uma mente muito simples para não ter desconfiado desde o início. Agora, a segunda pergunta: seria do interesse de alguém que você não se casasse com Mercedes?

– Sim, Fernand, um jovem catalão que a amava.

– Ele poderia ter escrito a carta?

– Não, ele não conhecia os detalhes que constavam da denúncia.

– Danglars e Fernand se conheciam?

– Agora me lembro! Na véspera do meu noivado, eu os vi juntos na taverna. Danglars estava amável e alegre, mas Fernand parecia pálido e agitado. Um alfaiate, Caderousse, que eu conheço muito bem, estava com eles, totalmente bêbado.

– Quem interrogou você?

– O vice-procurador.

– Você lhe disse tudo?

– Tudo. Ele parecia perturbado ao ler a carta anônima. Parecia abalado com o meu infortúnio.

– Você tem certeza de que ele estava perturbado por sua causa?

– Ele me deu uma grande prova da sua solidariedade. Queimou a carta comprometedora diante dos meus olhos.

– Ah! Este homem pode ser um patife. A conduta do vice-procurador foi sublime demais para ser natural. A quem era dirigida a carta?

– Ao senhor Noirtier, de Paris.

– Você sabe de algum motivo egoísta para o vice-procurador ter destruído a carta?

– Não, mas ele me fez prometer que eu não falaria a ninguém sobre a carta e disse que isso era do meu interesse.

– Noirtier? Eu conheci um Noirtier na Etrúria, um girondino. Qual era o sobrenome do vice-procurador?

– De Villefort.

O abade caiu na risada.

– O que foi? – perguntou Dantès, abismado.

– Agora o quadro está completo. Você é cego. Esse Noirtier é o pai do vice-procurador. O nome dele é Noirtier de Villefort.

Dantès começou a entender a situação, e muitos detalhes que lhe pareciam incompreensíveis começaram a fazer sentido. Ele correu para a abertura que levava à sua cela. Queria ficar sozinho.

Passou as horas seguintes deitado na cama, imóvel, os olhos fixos no nada. Iria se vingar de todos!

A voz do abade, convidando-o para cear com ele, afastou-o de seus devaneios.

– Quase me arrependo de ter-lhe contado o que contei. Eu instilei no seu coração um sentimento que antes não havia, a vingança – disse o abade.

– Não quero falar sobre isso – disse Dantès. E pediu: – O senhor não poderia transmitir a mim um pouco do seu conhecimento? – sugeriu Dantès.

– Quando eu lhe ensinar Matemática, Física, História e as três ou quatro línguas vivas que falo, você saberá tudo o que sei. Não vai levar mais do que dois anos para você aprender tudo.

A resposta do abade era um sim para Dantès, e naquela mesma noite os dois prisioneiros traçaram um plano para a educação do jovem e o puseram em execução no dia seguinte.

Ao cabo de um ano, Edmond Dantès era um homem diferente. Mas notava que o abade Faria parecia um pouco mais desanimado. Certo dia o abade parou de repente e exclamou:

– Se pelo menos não houvesse uma sentinela!

– O senhor encontrou uma forma de fugir? – perguntou Dantès, animado.

– Só se a sentinela da plataforma fosse surda e cega.

– O guarda será surdo e cego – disse o jovem, de forma tão determinada que assustou o abade.

– Nada disso! Nada de derramamento de sangue!

Três meses se passaram.

– Você é forte? – o abade perguntou a Dantès um dia.

Sem responder, o jovem pegou o formão e o dobrou, deixando-o curvo, e em seguida o endireitou outra vez.

– Você promete não matar a sentinela a não ser como último recurso?

– Prometo, pela minha honra – respondeu Dantès.

– Então talvez consigamos realizar a nossa tarefa.

– Quanto tempo vai demorar?

– Pelo menos um ano. Ouça o meu plano.

O abade mostrou a Dantès um desenho feito por ele, que mostrava a própria cela e a de Dantès, assim como a passagem que as unia. No meio da passagem eles cavariam um túnel, que os levaria até embaixo da plataforma onde a sentinela montava guarda.

Naquele mesmo dia os dois começaram a trabalhar. No fim de quinze meses, o buraco e a escavação sob a plataforma estavam feitos. Teriam de esperar uma noite de lua nova para que o plano desse certo. Para evitar que a estrutura cedesse, decidiram pôr debaixo da pedra uma viga que haviam encontrado nos alicerces. Dantès estava pondo a viga quando ouviu um grito de dor. Correu para o abade e o encontrou com o rosto muito pálido, os punhos cerrados e a cabeça coberta de suor.

– Rápido! – chamou-o o abade. – Preciso lhe falar algo. Estou muito doente. Senti os sintomas pela primeira vez um ano antes de ser preso. Contra essa doença só há um remédio. Corra até a minha cela e levante o pé da cama. É oco e dentro dele há um pequeno vidro cheio de um líquido vermelho. Não, me ajude a voltar à minha cela, enquanto ainda tenho forças.

Dantès se arrastou pelo túnel, puxando seu companheiro, e com muita dificuldade conseguiu levá-lo até a cela e colocá-lo na cama.

– Obrigado – disse o abade, trêmulo. – Estou tendo um ataque de catalepsia. Quando eu estiver imóvel, frio e aparentemente morto, coloque de oito a dez gotas desse líquido na minha garganta e talvez eu me recupere.

– Talvez?

O abade teve outro ataque, súbito e violento, e, depois de uma última convulsão, ficou lívido, inerte e mais frio e pálido que o mármore.

Edmond esperou até parecer que a vida tinha deixado o corpo do abade, e só então colocou com cuidado dez gotas do líquido vermelho na garganta do amigo.

Uma hora se passou, e por fim uma coloração fraca começou a surgir pelo rosto de Faria e ele começou a se mexer.

– Está salvo! Está salvo! – exultou o jovem.

O abade, ainda sem poder falar, indicou a porta, com visível ansiedade. Dantès prestou atenção e ouviu os passos do carcereiro. Então correu para a passagem, repôs a pedra atrás de si e voltou para a sua cela.

Um instante depois o carcereiro entrou e, como sempre, encontrou o prisioneiro na cama.

Depois que ele saiu, Dantès, ansioso demais para comer, voltou para a cela do abade.

– O meu primeiro ataque durou apenas meia hora, deixando-me apenas com fome – disse o abade. – Hoje não consigo mexer nem meu braço nem minha perna direita. O terceiro ataque vai me deixar totalmente paralisado ou me matará.

– Vamos esperar uma semana, um mês, dois meses para o senhor recuperar as suas forças. Tudo está pronto para a nossa fuga. Quando se sentir forte o suficiente para nadar, executaremos o nosso plano.

– Eu nunca mais poderei nadar. Fuja, meu filho. Você é jovem, ágil e forte. Não se preocupe comigo.

– Por tudo o que é sagrado, juro que não o deixarei até que a morte leve um de nós!

– Eu aceito, obrigado. E você vai ser recompensado por essa devoção desinteressada. Mas agora você precisa encher o túnel que fizemos. Pela manhã, depois que o carcereiro levar sua refeição, venha aqui. Tenho algo importante para lhe dizer.

Na manhã seguinte, quando Dantès entrou na cela de seu amigo, encontrou-o sentado, com uma expressão resignada no rosto. O abade segurava na mão esquerda um pedaço de papel.

– Olhe bem para isto – disse. – Agora que já testei o seu caráter e a sua lealdade, posso lhe contar tudo. Este pedaço de papel é o meu tesouro, e a partir de hoje a metade dele pertence a você.

– Seu tesouro? – gaguejou Dantès.

– Este tesouro realmente existe e, como não poderei tomar posse dele, um dia ele será todo seu.

– Meu amigo, é melhor descansar um pouco. Amanhã o senhor me conta essa história, se quiser.

– Eu posso ter um novo ataque amanhã ou depois. Leia este papel, que nunca mostrei a ninguém.

O papel tinha algumas frases incompletas, pois uma das bordas estava queimada. A data era de 25 de abril de 1498.

– Só vejo frases interrompidas e palavras soltas. O fogo tornou as palavras ininteligíveis.

– Eu consegui reconstruir cada frase e descobri todo o significado. Mas, antes, deixe-me contar a história deste pedaço de papel e você poderá julgar por si mesmo.

– Quieto! – pediu Dantès. – Ouço os passos do... Tenho que ir embora... Até logo.

O jovem ficou satisfeito de escapar assim de uma história e de uma explicação que confirmariam o seu temor de que o ataque de catalepsia havia privado o seu amigo da razão. Passou todo o dia na sua cela. À noite, Faria tentou ir até a cela de Edmond. Ao ouvir os seus esforços para se arrastar, o jovem estremeceu. Uma das pernas do abade estava inerte, e ele não podia usar um dos braços. Edmond o ajudou a atravessar a abertura estreita que levava à sua cela.

– Aqui estou. Não adianta tentar fugir. Ouça o que eu tenho a dizer.

Edmond pôs o abade sobre a cama e se sentou no banquinho.

– Você já sabe que fui secretário e amigo íntimo do conde Spada, o último príncipe com este nome. É a esse valoroso senhor que eu devo toda a felicidade da minha vida. Ele não era rico, mas sua família fora rica e ainda vivia confortavelmente. O conde era o último descendente da família cuja fortuna fora reduzida ao palácio, com seus vinhedos e a sua biblioteca. Durante gerações falou-se de um tesouro que teria sido deixado por um ancestral em um testamento, mas nem o tesouro nem o testamento jamais foram encontrados. Ao morrer, o conde Spada me deixou todas as suas posses.

E o abade continuou:

– Em 1807, um mês antes da minha prisão e quinze dias depois da morte do conde, eu me preparava para me mudar de Roma. Tinha vendido o palácio e, com a biblioteca que havia herdado, iria para Florença. Já estava escuro quando peguei um velho pedaço de papel amarelado e o aproximei de uma vela. Então eu vi letras amareladas aparecer. Aquele era o testamento dos ancestrais do conde Spada, e as palavras só eram visíveis quando a tinta era exposta ao calor. Apaguei o fogo, aproximei o papel chamuscado da vela e lá estava escrito que o cardeal César Spada deixara um tesouro em lingotes, ouro, dinheiro, joias, diamantes e pedras preciosas enterrado em uma pequena caverna na Ilha de Monte Cristo. O documento dizia que ninguém mais sabia da existência daquele tesouro e descrevia o local onde ele havia sido guardado.

– E o que o senhor fez diante desta descoberta?

– Parti imediatamente de Roma, levando comigo o início do meu trabalho sobre a unidade do reino da Itália. A polícia imperial, porém, me observava havia algum tempo, e a minha partida súbita levantou suspeitas. Fui preso quando estava prestes a embarcar, no porto de Piombino.

Faria fez uma pausa e, olhando para Dantès com expressão quase paternal, prosseguiu:

– Agora, meu amigo, você sabe tanto quanto eu. Se algum dia nós escaparmos juntos, metade do meu tesouro é seu. Caso eu morra aqui e você escapar sozinho, todo ele pertencerá a você. A família Spada foi extinta, e o conde fez de mim o seu herdeiro.

Depois de guardar apenas para si o segredo sobre o tesouro por tanto tempo, o abade agora conversava todos os dias sobre ele. Pedia a Dantès, que já estivera na Ilha de Monte Cristo, que a descrevesse para ele. Fez o jovem decorar o testamento e o destruiu, aconselhou-o a não perder um minuto sequer e a ir diretamente para lá se conseguisse a liberdade.

Nessas conversas, as horas passavam mais depressa. Uma noite Edmond acordou, ouvindo um barulho estranho. Era uma voz lastimosa que tentava articular o seu nome. Ele se levantou, puxou a cama, retirou a pedra e correu para a cela do amigo. À luz da vela, viu o rosto contorcido do velho.

– Ah, meu amigo, agora só deve pensar em você, em como suportar o cativeiro e em como fugir. Está na hora da minha morte.

– Não fale assim. Você vai ficar bom. – Edmond pegou o frasco, que ainda continha um pouco do líquido vermelho, e falou: – Ainda temos um pouco dessa poção.

– Não há mais esperança – respondeu Faria. – Mas, se você insiste, me dê doze gotas. E agora, por favor, me leve para a cama.

Edmond fez o que o abade pediu

– Desejo-lhe toda a felicidade e prosperidade, meu filho, eu o abençoo.

Um ataque violento interrompeu as palavras do abade.

– Adeus, adeus! Não se esqueça de Monte Cristo! – murmurou com dificuldade.

Foram as suas últimas palavras. Durante toda a noite Dantès ficou velando o abade. Estava na hora de o carcereiro trazer a comida, e ele tinha de estar na própria cela. Depois que o carcereiro foi embora, Dantès se escondeu na passagem subterrânea, tentando saber o que acontecia na cela do abade. Ouviu o ranger da cama, as vozes dos soldados, algumas palavras de compaixão, misturadas com brincadeiras rudes e risadas. Não demorou, porém, para as vozes se calarem. Depois de cerca de uma hora, chegou o médico da prisão, e Faria foi declarado oficialmente morto. Dantès ouviu um movimento de pessoas entrando e saindo, o farfalhar de um pano grosso, o ranger da cama.

– É para hoje à noite, então? – Dantès ouviu alguém dizer, com voz de comando.

– Devemos guardar o cadáver?

– Para quê? Tranque a porta. Por volta das dez horas cuidaremos dele.

A porta foi trancada, os passos e as vozes foram sumindo, deixando atrás de si o silêncio da morte.

Dantès levantou a pedra com cuidado e olhou ao redor da cela do abade. Sobre a cama, estendido e mal iluminado por um raio fraco de luz que entrava pela janela, ele viu um saco de tecido rústico. Era a mortalha de Faria. Estava de novo sozinho! Não seria melhor morrer, como Faria? Aos poucos, porém, foi dominado por um forte desejo de vida e de liberdade.

– Nada de morrer, depois de tanto sofrimento! Desejo reconquistar a felicidade que me foi tirada. Antes de morrer tenho de punir os meus algozes e devo recompensar alguns amigos.

Uma terrível ideia lhe veio à cabeça. Já que apenas os mortos saíam daquela prisão, ele tomaria o lugar do morto.

Rapidamente Dantès abriu o saco com a faca feita por Faria, tirou o corpo, carregou-o para a sua própria cela e o colocou na cama, cobrindo-o bem. Voltou para a outra cela, pegou a agulha e a linha da prateleira do abade, tirou e escondeu suas roupas, de forma que os soldados sentissem a carne nua dentro do pano. Entrou e fechou o saco, que costurou por dentro. Se o carcereiro tivesse chegado naquele momento, teria ouvido as batidas do seu coração.

A espera lhe pareceu muito longa, mas finalmente ouviu passos na escada. Armou-se de toda a coragem e prendeu a respiração. A porta foi aberta. Ele viu, através do tecido que o cobria, duas sombras se aproximar da cama. Uma terceira ficou junto à porta, com uma lanterna na mão. Cada um dos dois homens pegou o saco por uma das extremidades.

Puseram o corpo em um ataúde. Edmond se concentrava em se manter rígido quando sentiu, de repente, o ar fresco e frio da noite e o cortante vento noroeste.

Os homens caminharam por alguns minutos, pararam e puseram o ataúde no chão. Dantès ouviu os passos de um dos soldados sobre as pedras, afastando-se. Então uma corda foi amarrada em seus pés, o ataúde foi levantado mais uma vez, e a procissão continuou. O barulho das ondas contra a rocha sobre a qual o Château fora construído era mais distinto a cada passo.

– O abade corre o risco de se molhar – disse um dos soldados, e os três riram.

– Aqui está bom – disse outro.

Dantès sentiu-se ser levantado pela cabeça e pelos pés e balançado de um lado para o outro.

– Um! Dois! Três!

Com essa contagem, Dantès foi lançado no espaço. Depois de um tempo que lhe pareceu uma eternidade, o jovem sentiu o contato com a água gelada, e seu corpo afundou como uma flecha. Ele tinha sido jogado no mar, que era o cemitério do Château d'If.

Capítulo 5

Apesar do choque e de se sentir asfixiado, Dantès segurou a respiração e, com a faca que mantinha na mão para uma emergência, rapidamente abriu o saco. Em seguida, curvou-se para alcançar a corda que amarrava suas pernas e, em um esforço desesperado, rompeu-a bem no momento em que sentia que não aguentaria mais a falta de ar. Nadou até a superfície.

Dantès pôs a cabeça para fora apenas o suficiente para puxar o ar e mergulhou novamente, com medo de ser visto. Quando voltou a emergir para encher os pulmões outra vez, já estava a uns cinco metros do local onde fora jogado no mar. O céu escuro prenunciava tempestade, mas a imagem do Château d'If lhe dava mais medo.

O jovem, que fora considerado o melhor nadador de Marselha, ainda conseguia dominar a água, apesar de todos aqueles anos de inatividade forçada. Nadou por uma hora, até que de repente sentiu uma forte dor no joelho. Havia se chocado em uma rocha. Porém não se importava com a dor, pois chegara à Ilha de Tiboulen.

Agradecendo a Deus, caminhou pela areia até um canto cercado de pedras e deitou-se sobre uma delas. Exausto, mergulhou no sono delicioso, consciente da sua felicidade, apesar do vento e da tempestade.

Depois de cerca de uma hora, acordou com um trovão. Viu em seguida, à luz de um raio, um navio de pesca ser jogado para cima e para baixo pelas ondas do mar. Não demorou e ouviu um grande estrondo, seguido de gritos. Depois, silêncio.

Aos poucos a tempestade se acalmou e as enormes nuvens escuras se dirigiram para o Oeste. Depois, surgiu uma luz avermelhada no horizonte. Amanhecia.

Devia ser perto de cinco horas. Dantès sabia que em duas ou três horas o carcereiro daria pela falta dele. Barcos cheios de soldados armados iniciariam a caça ao fugitivo pelo mar, e a polícia de Marselha, alertada, faria as buscas em terra. Com frio e fome, Dantès pediu ajuda a Deus.

Mal tinha terminado a sua prece quando viu um pequeno navio de um mastro, que reconheceu ser genovês. Lembrou-se dos tripulantes do barco que naufragara. Poderia se passar por um deles. Rapidamente, mergulhou no mar, nadou até uma rocha sobre a qual estava um boné de marinheiro e o colocou na cabeça. Em seguida, usando como canoa uma das tábuas do casco do navio que flutuava, remou com os braços na direção do barco genovês. Foi coberto por uma forte onda e não viu nem ouviu mais nada.

Quando voltou a abrir os olhos, estava no convés do navio. Um marinheiro esfregava suas pernas com um tecido de lã, e outro levava uma cuia com rum à sua boca.

– Quem é você? – perguntou-lhe em francês o capitão, com sotaque italiano.

– Sou um marinheiro maltês – respondeu Dantès em italiano. – Vínhamos de Siracusa, com uma carga de vinho e grãos. Naufragamos ontem à noite durante a tempestade. Hoje de manhã vi o seu navio e tentei nadar até aqui. Muito obrigado, os senhores salvaram a minha vida.

– Fui eu quem puxou você pelos cabelos – interveio um marinheiro. –Você mais parece um bandido, com essa barba de quinze centímetros de comprimento.

Durante todos os anos em que estivera preso, nunca nem seu cabelo nem sua barba tinham sido cortados.

– Certa vez eu estava em grande perigo – inventou ele – e fiz uma promessa para a Madonna del Pie de la Grotta. Se escapasse, ficaria dez anos sem cortar a barba e o cabelo. Os dez anos se completam hoje, e eu por pouco não comemoro a data morrendo afogado.

– O que vamos fazer com você? – perguntou o capitão.

– O que o senhor quiser – respondeu Dantès. – Sou um bom marinheiro. Pode me deixar no primeiro porto que encontro trabalho.

– Pegue o leme e vejamos como você se sai.

Dantès obedeceu.

– Cabos a sotavento – gritou.

Os quatro marujos da tripulação obedeceram, sob o olhar atento do capitão.

– Mudando de curso!

Os tripulantes fizeram o que lhes foi ordenado.

– Amarrar!

Essa ordem também foi executada, e a embarcação rumou no sentido da Ilha de Rion.

– Bravo! – gritou o capitão.

– Bravo! – ecoaram os marinheiros.

– Está vendo? – disse Dantès, entregando o leme para o timoneiro. Eu posso ser útil a vocês.

Foi então que ouviram o disparar de um canhão e viram uma pequena nuvem branca sobre a cúpula do Château d'If. Os marinheiros trocaram olhares significativos.

– Um prisioneiro fugiu do Château d'If e eles estão dando o alarme – disse Dantès, com toda a calma. E, voltando-se para o marinheiro que o tirara da água, acrescentou: – Que dia é hoje?

– Vinte e oito de fevereiro de 1829.

Fazia exatamente catorze anos que Dantès fora preso. Ele tinha 19 anos ao entrar no Château d'If e 33 ao fugir. Com um sorriso triste nos lábios, perguntou-se o que teria acontecido a Mercedes. Pensou com ódio nos três homens a quem devia o seu longo e cruel cativeiro e renovou o juramento de se vingar de forma implacável de Danglars, Fernand e Villefort.

Logo no primeiro dia a bordo do *Jeune Amélie*, Dantès entendeu que seus companheiros eram contrabandistas. Ao salvá-lo, ele pensou, o capitão poderia suspeitar de que ele tivesse alguma ligação com as autoridades. Mas ficou mais confiante de que se tratava mesmo de um marinheiro diante da destreza com que o jovem manobrou o navio e, ao ouvir o alarme no Château d'If, deve ter percebido que ele não estava do lado da lei.

Ao desembarcarem em Livorno, cidade que conhecia bem, Dantès foi direto a um barbeiro na Via San Fernando e mandou cortar barba e cabelo. Ao terminar, viu-se no espelho pela primeira vez em catorze anos. Já não tinha o rosto redondo, alegre e sorridente. O rosto estava afilado; a boca havia adquirido linhas firmes e resolutas; as sobrancelhas tinham se arqueado debaixo de uma única ruga de pesar; os olhos traziam uma profunda tristeza; a pele, depois de todos aqueles anos sem tomar sol, adquirira a palidez dos nobres do norte da França. Os conhecimentos profundos que aprendera se refletiam em uma expressão de inteligência e confiança.

Edmond sorriu ao ver o seu reflexo. Nem mesmo seu melhor amigo, se ainda tivesse amigos, o reconheceria. Nem ele reconhecia a si mesmo.

Eles estavam em Livorno havia menos de uma semana, e o navio já estava carregado de musselinas estampadas, tecidos de algodão e tabaco. Toda a mercadoria estava sem o selo da alfândega, e Dantès tinha de levá-la para a Córsega, onde outros assumiriam a tarefa de transportar a carga para a França.

Partiram, e Dantès se viu mais uma vez velejando pelo oceano azul, como tantas vezes sonhara enquanto estava preso. Na manhã seguinte, o navio passou pela Ilha de Monte Cristo e prosseguiu seu curso para a Córsega. Ele ficou olhando para aquela ilha com uma expressão estranha no rosto. Mas, na prisão, aprendera a esperar.

Apesar da oferta de emprego permanente do capitão, Edmond agradeceu e aceitou fazer parte da tripulação do *Jeune Amélie* apenas por três meses. Nos dois meses e meio seguintes, travou conhecimento com todos os contrabandistas do litoral do Mar Mediterrâneo e aprendeu os sinais com que eles se identificavam uns aos outros. Nesse período, passou umas vinte vezes pela Ilha de Monte Cristo, mas nunca teve a chance de desembarcar.

Uma noite o capitão o convidou para ir até uma taverna na Via del Oglio, onde se reunia a nata dos contrabandistas do mundo. Discutia-se uma carga preciosa, de tapetes turcos, materiais do Levante e xales de caxemira para ser levada à França. O problema era encontrar um território neutro para a troca de carga, operação que renderia bom dinheiro aos tripulantes.

O capitão propôs a Ilha de Monte Cristo. Tremendo de alegria, Dantès se levantou para disfarçar a emoção. Ficou decidido que partiriam na manhã seguinte com destino à ilha.

O tempo amanheceu bom, e o *Jeune Amélie* deslizou pelo mar calmo e azul a toda vela. Desembarcaram às dez da noite, e tudo o que ele queria era encontrar a gruta descrita por Spada. Viu-se, então, um sinal no mar, a uma distância de meia légua; o *Jeune Amélie* respondeu com um sinal semelhante. Pouco depois surgiu o outro navio à luz da lua e lançou âncora perto do litoral. Dantès se concentrou no trabalho de descarregar o navio.

No dia seguinte ele pegou uma arma e um pouco de pólvora, deu uns tiros na direção de cabritos selvagens que saltavam de pedra em pedra e disse que ia um pouco mais longe na ilha para caçar. Ninguém estranhou ou se ofereceu para acompanhá-lo.

Dantès seguiu na direção que, supunha, poderia levar a alguma gruta. Logo ficou fora da vista dos outros marinheiros. A tripulação preparou a refeição matinal e disparou um foguete para avisá-lo. Edmond voltou correndo e, quando todos o viam saltando sobre as pedras, pisou em falso e caiu. Os marinheiros o encontraram sangrando e inconsciente. Quando por fim Dantès abriu os olhos, o capitão lhe pediu para levantar, pois teriam de partir. Edmond fez um esforço sobre-humano para obedecer à ordem, mas caiu a cada tentativa. Então, disse:

– É culpa minha se não tomei cuidado e caí. Deixem alguma comida, uma arma, um pouco de pólvora e uma picareta, para eu poder fazer algum tipo de abrigo se demorarem a voltar.

Apesar da insistência do capitão, a determinação de Dantès em ficar sozinho na ilha e a expectativa dos contrabandistas de fazerem a entrega e receberem a recompensa acabaram vencendo.

Edmond se arrastou com cuidado até uma pedra, de onde podia ver o mar com clareza. Viu os preparativos para a partida, o levantar da âncora e o zarpar do *Jeune Amélie*. Depois de uma hora, o navio havia desaparecido de vista. Então ele correu para o lugar onde estivera anteriormente, carregando nas mãos a arma e a picareta.

Começou a explorar o terreno e descobriu um pequeno rio escondido, com largura e profundidade suficientes para permitir a entrada de um pequeno navio. Imaginou que o cardeal Spada teria entrado com uma embarcação ali, antes de enterrar seu tesouro.

Mas havia um obstáculo à sua teoria, pois o único lugar próximo ao rio onde poderia haver uma caverna escondida estava fechado por uma rocha circular enorme. Ocorreu-lhe que talvez, em vez de levantada, a rocha poderia ter sido derrubada. Subiu na pedra e sua suposição foi confirmada: em uma pequena elevação vizinha estavam as marcas do local onde a pedra jazia originalmente. Entre esse ponto e a entrada da caverna havia um declive por onde o cardeal provavelmente a fizera rolar. A fresta entre a enorme pedra e a entrada da caverna tinha sido fechada com pedras menores, encaixadas cuidadosamente e cobertas com terra, capim e musgo.

De um lado, Dantès ficou animado com as indicações de que alguém se dera o trabalho de esconder alguma coisa naquela caverna. De outro, porém, ficou perplexo diante da impossibilidade de remover aquele obstáculo gigantesco. Olhando ao seu redor, viu o chifre onde guardava a pólvora e sorriu: já sabia como conseguir o que pretendia.

Com a picareta, Dantès fez uma abertura entre a pedra da caverna e a que fechava a sua entrada, enchendo-a de pólvora. Rasgou o seu lenço e fez com ele um estopim. Acendeu-o, afastando-se rapidamente.

A explosão foi quase imediata. Dantès deu um grito de alegria. Na entrada da caverna havia uma ladeira que levava a uma gruta mais profunda. Dantès foi descendo com cuidado. Ele se lembrou das palavras do testamento: "No canto mais afastado da segunda gruta". Durante horas foi golpeando, explorando, até encontrar um som mais oco e profundo. Bateu com mais força, e uma espécie de estuque caiu no chão. Percebeu que a abertura da rocha tinha sido fechada com pedras de um tipo diferente e que elas tinham sido cobertas com estuque. Aquele era o ponto que deveria golpear com a picareta!

Continuou a trabalhar e, para sua alegria, as pedras cederam, abrindo uma fenda do tamanho suficiente para ele passar. A segunda gruta era mais baixa, mais escura e mais insalubre que a primeira. A gruta estava vazia. O tesouro devia estar enterrado. Lembrando-se das instruções, foi até o canto e começou a golpear o chão com a picareta. Logo ouviu um som metálico. Com o coração aos pulos, continuou a cavar, com força redobrada. Uma arca de madeira amarrada com fitas de metal surgiu. Sobre a tampa da arca estavam gravadas as armas da família Spada: uma espada sobre um escudo oval, debaixo de um chapéu de cardeal.

Convencido de que realmente havia um tesouro dentro da arca, Edmond tentou levantá-la, mas ela era pesada demais. Tentou abri-la, mas estava trancada. Ele colocou a ponta da picareta por baixo da tampa e arrombou a arca.

Dentro dela havia três compartimentos: o primeiro estava cheio de moedas e peças de ouro vermelho; o segundo continha lingotes arranjados em ordem; e o terceiro, que não estava totalmente cheio, tinha diamantes, pérolas, rubis e joias, que Dantès fez escorregar pelos dedos como uma cascata cintilante.

Passou a noite na ilha sozinho, deliciando-se com a descoberta e tentando controlar suas emoções.

No dia seguinte, depois de se certificar de que não havia mais ninguém na ilha, Dantès foi até a caverna do tesouro, encheu os bolsos com pedras preciosas, fechou a arca e a cobriu cuidadosamente com terra, camuflando bem o local que tinha escavado. Saiu então da caverna, recolocou a pedra na entrada e apagou todas as suas pegadas.

A partir daquele momento, tinha de esperar a chegada de seus companheiros.

Os contrabandistas voltaram no sexto dia. De longe, Dantès reconheceu o *Jeune Amélie*. Embarcaram naquela mesma noite e foram para Livorno. Ao chegar à cidade, Edmond procurou um comerciante de pedras preciosas e vendeu os quatro diamantes menores que tinha por cinco mil francos cada. No dia seguinte, comprou um barco pequeno e totalmente equipado para um de seus camaradas, sob a condição de que ele partisse imediatamente para Marselha e lhe trouxesse notícias de Mercedes e do pai, e que o encontrasse depois na Ilha de Monte Cristo. O ex-prisioneiro explicou a sua súbita riqueza dizendo que, ao chegar a Livorno, soubera da morte de um tio rico que lhe deixara uma herança.

Dantès já havia cumprido o compromisso de trabalhar no *Jeune Amélie* por três meses e se despediu do capitão, recusando o convite para continuar no navio. Antes de partir para Gênova, deu a cada um dos seus camaradas uma boa quantia em dinheiro.

Assim que chegou a Gênova, comprou um pequeno iate e mandou fazer um armário secreto com três compartimentos dentro da cabine. No dia seguinte, o iate zarpava com um único tripulante.

Depois de uma viagem de trinta e cinco horas, Dantès baixou a âncora não no porto habitual, mas no pequeno rio. A ilha continuava deserta, e ele foi direto para o local do seu tesouro, encontrando tudo como havia deixado. No dia seguinte, carregou sua enorme fortuna para o iate e a trancou nos compartimentos do armário secreto.

Teve de esperar oito dias cansativos até que o outro marinheiro voltasse de Marselha. Enquanto isso, passou o tempo velejando ao redor da ilha. Ao chegar, o marinheiro lhe trouxe notícias da morte do pai, mas nenhuma de Mercedes. Ela desaparecera.

Partiram para Marselha. Em Livorno, um rápido olhar no espelho restabeleceu a sua confiança de que não estava correndo nenhum risco de ser reconhecido. Em uma clara manhã, Dantès entrou, com ousadia, no porto de Marselha, parando bem em frente ao ponto do qual, naquela noite fatal e inesquecível, tinha partido para o Château d'If.

Não conseguiu evitar um estremecimento ao ver um soldado, acompanhado pelo inspetor da saúde pública, subir a bordo. Com o autocontrole perfeito que havia adquirido, Dantès apresentou um passaporte inglês que comprara em Livorno. Esse documento era o mais respeitado na França, de modo que recebeu permissão de desembarque, sem nenhum impedimento. Na mesma noite, caminhava pela Cannebière sozinho e sem ser reconhecido, como se fosse um estrangeiro em uma terra estranha.

Capítulo 6

Um velho conhecido de Dantès, Gaspard Caderousse, tinha se mudado de Marselha e, havia sete ou oito anos, era dono de uma pequena estalagem no sul da França. Um dia ele estava, como de costume, parado à porta da hospedaria, olhando sem interesse as galinhas ciscarem e a estrada, quando avistou ao longe o vulto de um cavaleiro. Era um padre.

Ao chegar à estalagem, o cavalo parou e o homem desceu. Caderousse se aproximou, amável.

– É o senhor Caderousse? – perguntou o padre, com um forte sotaque italiano.

– Sim, senhor, a seu dispor – respondeu o estalajadeiro. – Posso lhe oferecer alguma coisa, senhor?

– Sem dúvida. Dê-me uma garrafa do seu melhor vinho e depois, com a sua permissão, podemos conversar – respondeu o abade, sentando-se a uma mesa. – O senhor está sozinho?

– Apenas com a minha mulher, mas ela está muito doente.

– Em primeiro lugar, preciso me certificar de que o senhor é quem eu procuro. Em 1814 ou 1815 o senhor conhecia um marinheiro chamado Dantès?

– Conheci muito! Pobre Dantès! – exclamou Caderousse. – Ele era um dos meus melhores amigos. O senhor tem notícias dele?

– Morreu na prisão.

O rosto afogueado de Caderousse empalideceu. Virou-se, e o abade o viu enxugar uma lágrima.

– Parece que o senhor gostava muito desse moço – continuou o abade.

– Realmente, gostava – respondeu Caderousse –, mas me pesa na consciência ter, em certa ocasião, tido inveja da sua felicidade.

– Administrei a extrema-unção a Dantès – continuou o abade, sem tirar os olhos do rosto de Caderousse. – O estranho é que, no leito de morte, ele jurou não ter a menor ideia do motivo da sua prisão. Suplicou que eu esclarecesse o mistério da sua desgraça e que limpasse o seu nome. O prisioneiro tinha um diamante de grande valor, que ganhou de um inglês rico. Antes de morrer, Dantès me entregou a pedra. Pediu que eu fosse a Marselha, vendesse o diamante e dividisse o dinheiro igualmente entre cinco pessoas, as únicas que o amaram: seu pai, três amigos e a noiva. Os amigos são Caderousse, Danglars e Fernand. O nome da namorada era... Esqueci-me! – acrescentou o abade, simulando uma tentativa de se lembrar.

– Mercedes – completou Caderousse.

– Isso mesmo – concordou o padre, com um suspiro. – Soube que o pai dele já morreu.

– É verdade. O velho faleceu menos de um ano depois da prisão de Dantès.

– Morreu do quê? – perguntou o abade.

– Ora, naturalmente, de fome...

– Não se deixa nem um animal morrer de fome – bradou o abade, levantando-se indignado. – O pobre velho foi abandonado por todas essas pessoas, que se dizem amigas do filho dele e cristãs?

– Mercedes e o senhor Morrel não o abandonaram – respondeu Caderousse. – O pobre velho desenvolveu uma aversão por Fernand, que Dantès considerava um de seus amigos.

– O senhor está dizendo que ele não era um amigo? Se souber de alguma coisa, me diga. Não quero dar a homens que foram falsos amigos uma recompensa destinada a amigos leais...

– É uma longa história. Mas o legado de Edmond agora não lhes faria falta!

– Quer dizer que ficaram todos ricos?

Caderousse relutava em contar a história ao abade, que fingiu indiferença e mudou de assunto. Dizendo que venderia o diamante, o abade tirou a pedra do bolso e a deixou na frente de Caderousse.

– Que diamante magnífico!

– Lembre-se de que foi Dantès quem quis que eu dividisse o dinheiro entre os quatro, já que o pai dele morreu.

– Vou lhe contar tudo – foi o comentário do estalajadeiro. – Depois que Dantès foi preso, seu pai, desolado, foi para casa e passou a noite toda andando de um lado para outro. Eu morava no andar abaixo do dele e também não dormi. No dia seguinte, Mercedes foi procurar o senhor Villefort e implorou por Edmond, mas foi tudo em vão. Ao voltar, passou na casa do velho Dantès e quis levá-lo para a casa dela, mas ele não aceitou. Eu ouvia tudo pela janela e queria que Mercedes conseguisse persuadi-lo, mas...

– O senhor não procurou consolar o velho? – perguntou o padre.

– Só se pode consolar quem quer ser consolado! O velho se isolou. Mercedes e o senhor Morrel tentavam vê-lo, mas sempre encontravam a porta fechada. Ele nunca atendia os dois. Aos poucos Mercedes e o senhor Morrel desistiram de visitá-lo.

Caderousse enxugou o suor e continuou:

– Um dia, não ouvi os passos dele, caminhando para lá e para cá em seu quarto. Fui até lá. A porta estava trancada, e olhei pelo buraco da fechadura. Ele parecia doente. Mandei avisar o senhor Morrel e fui chamar Mercedes. O armador trouxe um médico, que diagnosticou gastroenterite e recomendou uma dieta. O senhor Morrel foi embora, deixando discretamente uma bolsa com dinheiro na cornija da lareira. Mercedes ficou ao lado do doente. Depois de nove dias o velho morreu, amaldiçoando os responsáveis pelo seu sofrimento. Suas últimas palavras foram um pedido a Mercedes: se ela algum dia visse Edmond novamente, que lhe dissesse que seu pai havia morrido abençoando-o.

– Quem são os homens que fizeram o filho morrer de desespero e o pai, de fome?

– Dois tinham inveja dele, um por amor e o outro por ambição. Fernand e Danglars denunciaram Dantès como um agente bonapartista.

– Quem fez a denúncia? Quem é o verdadeiro culpado?
– Os dois. A carta de denúncia foi escrita no mesmo dia da ceia de noivado. Danglars a escreveu, e Fernand a pôs no correio.
– E o senhor não protestou contra uma infâmia dessas? – inquiriu o abade. – Foi cúmplice deles.
– Eles me fizeram beber tanto que eu já não era mais responsável pelas minhas ações. Tentei dissuadi-los, mas me disseram que tudo não passava de uma brincadeira.
– Mas no dia seguinte o senhor viu o que aconteceu e não disse nada.
– É verdade. Quando vi Dantès ser preso, quis contar tudo o que sabia, mas Danglars me ameaçou. A situação política da época era perigosa; tive medo e me calei. Fui covarde, mas não um criminoso. Desde então, todos os dias peço que Deus me perdoe!
– Quem é o senhor Morrel de quem o senhor falou? – interrompeu-o o padre.
– É o dono do navio em que Dantès trabalhava. Foi honesto, corajoso e bondoso. Muitas vezes intercedeu por Edmond. Por isso, durante a segunda restauração da monarquia, Morrel foi considerado um agente bonapartista e sofreu perseguição. Como eu disse, ele tentou ajudar o velho Dantès. Ainda tenho em meu poder a bolsa que ele deixou na casa dele, com dinheiro.
– E ele está vivo? Está bem?
– Na verdade, está à beira da falência – respondeu Caderousse. – Perdeu cinco navios nos últimos dois anos, foi afetado pela falência de outras três grandes empresas, e agora a sua única esperança é o *Pharaon*, o mesmo navio comandado pelo pobre Dantès.

Limpou o suor da testa e falou:
– A vida não é justa. Nunca fiz nada de errado, a não ser aquilo que acabei de contar ao senhor, e vivo na pobreza. Enquanto isso, Fernand e Danglars estão ricos. Tudo em que puseram a mão se transformou em ouro.
– Danglars foi quem instigou os dois a participarem desse crime e é o mais culpado dos dois, não é? O que é feito dele?
– Foi para a Espanha e arrumou emprego de secretário de um banqueiro. Durante a guerra napoleônica contra a Espanha, trabalhou no abastecimento

ao Exército francês e fez fortuna. Especulou com o dinheiro e quadruplicou seu capital. Casou-se com uma viúva, filha do chefe de gabinete do atual rei. Ficou milionário e recebeu um título de nobreza, por influência do sogro. Hoje é o barão Danglars, dono de uma casa na Rua do Mont Blanc e de não sei quantos milhões nos cofres.

– E Fernand, como pode um pescador pobre ter feito fortuna? – indagou o abade. – Ele não tinha os recursos nem a educação para tanto.

– Ninguém sabe direito o que aconteceu. Deve haver algum segredo na vida dele. Quando Napoleão retomou o poder, Fernand foi convocado para o Exército e participou da batalha de Ligny. Na noite seguinte à batalha ele montava sentinela à porta de um general, que tinha ligações secretas com o inimigo e que pretendia desertar e se juntar aos ingleses. Fernand, a convite do general, foi com ele. Isso teria levado Fernand a uma corte marcial, mas, com a queda de Napoleão na batalha de Waterloo, a deserção foi considerada um ato de lealdade para com a monarquia da Casa de Bourbon. Ele voltou para a França como subtenente e, com a proteção do general, foi promovido a capitão na guerra da Espanha, em 1823. Fernand era espanhol e foi enviado a Madri para agir como espião. Lá ele se encontrou com Danglars, que começava a especular na Bolsa. Os dois retomaram a velha amizade. A campanha foi muito bem-sucedida, e Fernand foi promovido a coronel e recebeu a Cruz da Legião de Honra.

– As voltas que o destino dá – murmurou o abade.

– Depois da guerra da Espanha, a Europa estava em paz, a não ser pela Grécia, que se levantou contra a Turquia e iniciou a guerra de independência. Fernand pediu e conseguiu a permissão de ser enviado para a Grécia. Naquele país, entrou para o serviço de Ali Pash, que foi assassinado, mas antes havia deixado para Fernand uma grande quantia de dinheiro, como recompensa por seus serviços. Fernand voltou para a França, sua patente de tenente-general foi confirmada, e hoje é dono de uma casa magnífica na Rua du Helder, em Paris.

– E a noiva?

– Mercedes é uma das grandes damas de Paris. No início, ficou devastada com a perda de Edmond. No meio do seu desespero, Fernand partiu. Ela não sabia do crime dele. Passou meses chorando e se lastimando, sem ter notícia de Edmond ou de Fernand. Um dia Fernand voltou, ela tomou as mãos dele, em um arroubo de alegria. Ele entendeu o gesto como uma demonstração de amor. Pensando que Edmond estivesse morto, ela enfim aceitou o pedido de casamento dele.

– O senhor voltou a ver Mercedes?

– Sim. Eu a vi durante a guerra, na cidade de Perpignon, na fronteira com a Espanha, onde Fernand a havia deixado junto com o filho.

– O senhor sabe o que aconteceu com Villefort? – perguntou o abade, mudando de assunto.

– Ele se casou com a senhorita Saint-Méran e foi embora de Marselha. Mas a fortuna deve ter sorrido para ele também, como fez com Danglars e Fernand. Apenas eu continuo pobre e esquecido.

– Engana-se, meu amigo – disse o abade. – Há ocasiões em que achamos que Deus se esqueceu de nós, mas sempre chega um momento em que descobrimos que estávamos errados. Eis aqui a prova disso. – Tirou o diamante do bolso e o entregou a Caderousse: – É seu.

– Meu? Ora, senhor, não caçoe de um pobre homem.

– O diamante deveria ser dividido entre os amigos de Edmond. O senhor foi o seu único amigo de verdade. Esse diamante vale cinquenta mil francos. Venda-o e não terá mais que viver na pobreza. Ele é seu, com uma condição.

– Que condição? – perguntou Caderousse.

– Dê-me, em troca, a bolsa de seda vermelha que Morrel deixou na casa do velho Dantès.

Ainda atônito, Caderousse foi até um grande armário de carvalho e tirou de lá uma bolsa de seda vermelha desbotada. Entregou-a ao abade, que lhe deu o diamante.

No dia seguinte a esses acontecimentos, um homem de pouco mais de 30 anos de idade, com a aparência e o sotaque de um inglês, apresentou-se no escritório do inspetor de prisões, o senhor Boville.

– Senhor – disse ele –, sou representante da firma Thomson & French, de Roma. Temos ligações de negócios com Morrel & Son há dez anos. Investimos cem mil francos na empresa e fomos informados de possíveis dificuldades por que ela passa. Por isso, mandaram-me a Marselha para avaliar a situação. Eu vim procurá-lo porque também soubemos que o senhor tem interesse na empresa.

— Infelizmente a situação é terrível – lamentou Boville. – Tenho duzentos mil francos naquela empresa, que seriam o dote da minha filha. Ela se casa dentro de quinze dias. Cem mil francos do meu investimento em Morrel & Son vencem no dia 15 deste mês, e notifiquei o senhor Morrel, mas ele me disse que, se o seu último navio não voltar até a data, será impossível para ele honrar a dívida. O meu dinheiro está perdido!

— Eu posso comprar o seu investimento – disse o inglês.

— Mesmo? – perguntou o inspetor, surpreso. – Com que desconto?

— Sem desconto, por duzentos mil francos. A nossa empresa não trabalha assim. Posso lhe pagar à vista.

O inglês tirou do bolso um pacote de notas, equivalente a mais ou menos o dobro da soma que o senhor Boville temia perder.

— Tenho de adverti-lo que o senhor não vai conseguir seis por cento dessa soma.

— Não sou eu quem se arrisca a perder esse dinheiro, mas Thomson & French, em nome de quem estou agindo. A única coisa que sei é que posso entregar esta soma ao senhor em troca de um título de transmissão de propriedade e de uma comissão.

— É mais que justo! – exclamou Boville. – A comissão em geral é um e meio por cento, mas pago cinco ou seis por cento. Quanto o senhor quer?

— Sou como a minha empresa – disse o inglês, com um sorriso. – Não faço negócios assim. A minha comissão é muito diferente. O senhor é inspetor de prisões, não é?

— Sim, há mais de catorze anos.

— Tem um registro dos prisioneiros?

— Claro. Cada prisioneiro tem um dossiê.

— Eu fui educado em Roma por um velho e pobre abade, que desapareceu de repente. Mais tarde, fiquei sabendo que ele ficou preso no Château d'If e eu gostaria de saber detalhes da sua morte.

— Qual o nome dele?

– Abade Faria.
– Ah, lembro-me muito bem. Ele morreu em fevereiro. Foi um caso muito peculiar. Um prisioneiro trocou de lugar com o defunto, provavelmente pensando que seria enterrado e que depois conseguiria fugir. Mas o Château d'If não tem cemitério, e os presos são jogados ao mar com uma bala de canhão amarrada aos pés. Imagine a surpresa do homem ao ser lançado do alto das rochas! – E, com essas palavras, o inspetor caiu na gargalhada.
– O fugitivo, então, deve ter morrido afogado – disse o inglês, forçando-se a sorrir. – Eu poderia ver os documentos referentes ao pobre abade?

Boville levou o inglês para outra sala, deu ao inglês a sua melhor cadeira, entregou-lhe um arquivo e o deixou à vontade.

O inglês não teve dificuldade em encontrar o dossiê do abade Faria e, algumas páginas adiante, o de Edmond Dantès. Lá estavam a carta de denúncia, o interrogatório, as petições de Morrel, as notas feitas por Villefort. Com cuidado, dobrou a denúncia e a pôs no bolso, leu o interrogatório, notando que o nome Noirtier não era mencionado, e também examinou uma petição assinada por Morrel e datada de 10 de abril de 1815. A carta aparentemente não foi encaminhada quando poderia ter sido útil e foi usada por Villefort, depois da restauração da monarquia, como prova contra Dantès. Havia ainda anotações em que o prisioneiro era classificado como um "bonapartista inveterado", que tinha "participado do retorno da Ilha de Elba"; a recomendação era de que fosse "mantido em confinamento solitário e sob estrita supervisão". Comparando a letra com as anotações e outras feitas por Villefort, teve certeza de que o autor era o mesmo.

O inglês se declarou satisfeito e agradeceu ao inspetor de prisões.

– É só o senhor me dar um título de transmissão de propriedade e um recibo de duzentos mil francos e eu lhe entrego o dinheiro – concluiu.

A transação foi realizada sem demora.

Capítulo 7

O pátio da Morrel & Son estava vazio e só havia dois empregados no escritório. Um deles, um jovem de uns 20 anos, chamava-se Emmanuel e estava apaixonado pela filha de Morrel. O outro era o fiel secretário de Morrel, conhecido pelo apelido de Coclès, que se recusava a acreditar que a empresa pudesse falir.

O representante de Thomson & French, de Roma, fez uma visita ao senhor Morrel, e Emmanuel o recebeu, alarmado, porque temia tratar-se de um novo credor. Tentou poupar seu patrão do constrangimento de uma entrevista, mas o estranho fazia questão de ver Morrel pessoalmente. Com um suspiro, Emmanuel pediu que Coclès acompanhasse o visitante até o gabinete do patrão. Ao subirem as escadas, deram de frente com uma bela jovem que parecia inquieta.

– O senhor Morrel está no seu gabinete, senhorita Julie? – perguntou o secretário.

– Acredito que sim – ela respondeu, hesitante.

Ao ver o estranho entrar, o senhor Morrel fechou o livro-caixa que tinha diante de si, levantou-se e lhe ofereceu uma cadeira. Catorze anos tinham deixado suas marcas no valoroso mercador.

– O senhor desejava falar comigo? – perguntou Morrel.

– Sim. Os donos da Thomson & French têm compromissos a honrar na França e coletaram todas as letras com a sua assinatura. Eles me encarregaram de recuperar o seu dinheiro e fazer os pagamentos.

– O senhor tem em seu poder letras assinadas por mim? – indagou Morrel.

– Sim – respondeu o estrangeiro, tirando um pacote de papéis do bolso. – Tenho aqui um título de duzentos mil francos transferidos para o nome de Thomson & French pelo senhor Boville. Reconhece essa dívida?

Depois que o armador a reconheceu, o inglês continuou:

– Tenho ainda letras no valor de trinta e dois mil e quinhentos francos pagáveis no fim deste mês, de diversos portadores, e papéis no valor total de cinquenta e cinco mil francos, transferidos por Palcas & Wild & Turner, de Marselha. Isto está certo?

– Reconheço essas dívidas – disse Morrel, cujo rosto refletia o sofrimento que tudo aquilo lhe causava.

Depois de um pequeno silêncio, o inglês voltou a falar:

– Sim. No entanto não vou esconder que, apesar de toda a sua probidade até o momento, fala-se em Marselha que o senhor não está em condições de honrar esses compromissos.

– Vou dar uma resposta direta. Pagarei se meu navio chegar em segurança ao porto. Caso isso aconteça, meu crédito será restaurado, e poderei honrar meus compromissos. Se o *Pharaon* me desapontar, serei obrigado a suspender os pagamentos.

– O *Pharaon* é a sua última esperança, então?

– Sem dúvida. E as coisas parecem mal paradas. O navio saiu de Calcutá em 5 de fevereiro e já deveria ter chegado há mais de um mês.

Barulho de pessoas correndo na escada e de lamentos interromperam a conversa dos dois. A porta se abriu e Julie entrou, o rosto banhado em lágrimas.

– Papai! Tenha coragem! – exclamou a moça.

– Então o *Pharaon* naufragou? – perguntou Morrel, com voz estrangulada.

Diante do sinal afirmativo da filha, o pai acrescentou:

– E a tripulação?

– Está salva! Foi salva por um navio de Bordeaux que acaba de chegar ao porto.

– Graças a Deus! – exclamou Morrel. – Pelo menos isso!

A senhora Morrel entrou, soluçando, seguida por Emmanuel. Ao fundo estavam sete marinheiros. Ela se sentou perto do marido e pegou a mão dele. Julie ainda repousava a cabeça no ombro do pai. Emmanuel ficou no meio da sala, como uma ligação entre a família Morrel e os marinheiros, que ficaram próximos da porta.

– O que aconteceu, Penelon? Onde está o capitão Gaumard? – perguntou o dono da casa.

Um velho marinheiro se aproximou, com o chapéu nas mãos.

– O capitão adoeceu e ficou em Palma – explicou Penelon. – Com a graça de Deus, ele deve chegar a Marselha dentro de alguns dias.

– E o que aconteceu com o *Pharaon*?

– Tudo parecia correr bem. Quando o capitão percebeu que uma tempestade se formava, mandou recolher as velas. Tentamos de tudo, mas não foi possível para salvar o navio. O senhor entende, todos amávamos o *Pharaon*, mas amávamos mais as nossas vidas.

– Agiram muito bem, meus amigos! – disse Morrel. – Eu sabia que a culpa não era dos senhores, mas apenas da minha má sorte. Quanto devo aos senhores?

– Não falemos disso agora, senhor Morrel.

– Ao contrário, temos de resolver isso – respondeu o patrão.

– Já que insiste, o senhor nos deve o pagamento de três meses, mas...

– Coclès – interrompeu-o Morrel, dirigindo-se ao secretário. – Pague duzentos francos a cada um desses bons homens.

– Senhor – disse Penelon, visivelmente comovido –, já conversei com meus camaradas e decidimos que, por enquanto, cinquenta francos para cada um é o suficiente. Podemos esperar pela diferença.

– Muito obrigado, meus amigos, muito obrigado. Mas os senhores devem pegar o dinheiro e, se encontrarem outro trabalho, aceitem.

Houve um murmúrio entre os marinheiros.

– Está nos despedindo? – perguntou Penelon, obviamente ofendido.

– Não tenho mais navios e, portanto, não preciso de marinheiros – disse Morrel, à beira das lágrimas. – Por favor, deixem-me sozinho. Agradeço a todos.

Coclès saiu da sala, seguido pelos marinheiros e, por último, por Emmanuel. Dirigindo-se para a mulher e a filha, o armador acrescentou:

– Por favor, saiam vocês duas também. Preciso conversar com este cavalheiro.

Elas se retiraram, olhando para o estranho, de quem tinham se esquecido completamente. Os dois homens ficaram a sós.

– Pois bem. Não tenho mais nada a lhe dizer – afirmou Morrel, afundando na cadeira. O senhor ouviu tudo.

– Sim, mas estou convencido de que o senhor não merece essa má sorte, e gostaria de lhe ser útil. Sou um dos seus principais credores, não sou?

– O senhor possui as letras com vencimento mais próximo.

– O senhor gostaria que a data do resgate fosse adiada? – perguntou o desconhecido.

– Isso sem dúvida salvaria a minha honra e, consequentemente, a minha vida.

– De quanto tempo o senhor precisa?

– Três meses – respondeu Morrel, depois de hesitar um instante.

– Hoje é 5 de junho, e agora são onze horas. Renove essas letras para 5 de setembro, e nessa data, às onze horas, estarei aqui.

– Vou esperá-lo – disse Morrel. – O senhor será pago ou estarei morto.

As últimas palavras foram ditas tão baixo que o estranho mal as ouviu. As letras foram renovadas, e as velhas, destruídas.

Na escada, o visitante se encontrou com Julie, que o esperava, mas, constrangida, não conseguia dizer nada.

– Senhorita – disse ele –, um dia vai receber uma carta assinada por Simbad, o marinheiro. Faça exatamente o que a carta pedir, por mais estranhas que as instruções pareçam. Promete?

– Sim! – respondeu a jovem, sem entender muito bem o que o homem estava falando.

O inglês saiu e, no pátio, encontrou-se com Penelon.

– Venha comigo, meu amigo – disse o estranho. – Gostaria de falar com o senhor.

Os três meses transcorreram em tentativas incansáveis e malsucedidas por parte de Morrel de renovar o seu crédito. Na manhã de 5 de setembro, com o rosto devastado pela preocupação, ele se mostrou ainda mais afeiçoado à mulher e à filha. Em seguida, subiu para o gabinete e não quis que nenhuma das duas o acompanhasse. Julie ficou parada, sem saber o que fazer, quando foi surpreendida por um forte abraço e um beijo na testa. Levantou os olhos e deu um grito de alegria:

– Maximilian, meu irmão!

Ao ouvir o grito, a senhora Morrel veio correndo e se jogou nos braços do filho.

– Mãe, o que aconteceu? – perguntou o jovem. – A sua carta me deixou muito apreensivo, e me apressei para vir ter com a senhora.

– Julie, vá dizer ao seu pai que Maximilian está aqui – disse a mãe, puxando o filho de lado.

A moça se apressou a obedecer, mas no primeiro degrau encontrou um jovem com uma carta na mão.

– A senhorita é Julie Morrel? – perguntou o rapaz, com um forte sotaque italiano.

Diante da confirmação, ele lhe entregou a carta, que dizia:

> *Vá imediatamente até a Alameda de Meilhan, número 15, e peça ao porteiro a chave da sala no quinto andar. Entre, pegue a bolsa de seda vermelha que está no canto da cornija da lareira e a entregue ao seu pai. É importante que ele receba essa bolsa antes das onze horas. Não se esqueça de que a senhorita me prometeu obediência.*
>
> *Simbad, o marinheiro*

Julie ficou inquieta. Deveria fazer o que a carta dizia? E se fosse uma armadilha? Indecisa, procurou Emmanuel. Depois de ouvir toda a história, ele decidiu acompanhá-la.

– Vamos, então!

Enquanto isso, a senhora Morrel havia contado tudo ao filho. Maximilian foi procurar o pai, a quem encontrou saindo do quarto e escondendo alguma coisa debaixo do casaco. Morrel soltou um grito de surpresa ao ver o filho, que o abraçou. Em seguida, o jovem se afastou dele, pálido como a morte.

– Pai, por que está com duas pistolas debaixo do casaco?

– Maximilian, meu filho. Você é um homem e um homem honrado – disse Morrel, olhando para o jovem. – Vamos conversar a portas fechadas.

– Leia isso – ordenou o pai, no gabinete, apontando um livro-caixa.

– Então, dentro de meia hora o seu nome estará desonrado – disse Maximilian, arrasado, depois de ler o papel.

– O sangue lava a desonra! – respondeu Morrel.

– O senhor tem razão, pai. Eu compreendo.

Abraçaram-se e, por um momento, aqueles dois corações nobres bateram um de encontro ao outro.

– Pai, me abençoe! – pediu ele, ajoelhando-se aos pés do pai.

Morrel tomou a cabeça do filho entre as mãos e, beijando-a diversas vezes, disse:

– Eu o abençoo, meu filho. Que você consiga que o nosso nome não fique desonrado. Trabalhe, tenha coragem.

– Meu pai! – gemeu o filho. – Só queria que o senhor pudesse viver!

– Daí eu seria considerado um homem que não cumpriu a sua palavra. Se eu viver, você terá vergonha do meu nome. Quando eu estiver morto, você vai poder levantar a cabeça e dizer que é filho de um homem que se matou porque, pela primeira vez na vida, não conseguiu honrar os seus compromissos. E agora, meu filho, por favor, me deixe só. Mais uma vez, adeus.

Depois que o filho saiu, Morrel se afundou na cadeira, com os olhos fixos no relógio. Faltavam apenas sete minutos. As pistolas estavam carregadas. Pegou uma delas e abriu a boca, tomado por uma angústia mortal.

Ouviu então a porta se abrir. O relógio estava prestes a bater as onze horas, e Morrel não se virou. Pôs a pistola na boca e... ouviu um grito da filha. Virou-se e viu Julie. A pistola caiu-lhe das mãos.

– Pai! – gritou a moça, jogando-se nos braços dele e, ao mesmo tempo, entregando-lhe a bolsa de seda vermelha. – O senhor está salvo!

– Salvo? Como assim?

– Sim, salvo. Olhe aqui.

Morrel teve um sobressalto ao ver a bolsa, pois tinha a impressão de que já lhe pertencera. Dentro da bolsa encontrou um recibo de 287.500 francos e um diamante, grande como uma noz, com um pedaço de pergaminho em que estava escrito: o dote de Julie.

Morrel pensou que devia estar sonhando. Naquele momento o relógio bateu onze badaladas.

– Explique, minha filha – disse ele. – Onde você encontrou esta bolsa?

– Na cornija de uma saleta miserável no quinto andar do número 15 da Alameda de Meilhan – respondeu a moça, sem saber que aquele era o antigo endereço do velho Dantès.

– Mas esta bolsa não é sua!

Julie mostrou ao pai a carta que recebera.

Emmanuel entrou correndo, gritando:

– O *Pharaon* chegou!

– O quê? Você ficou louco, Emmanuel? Você sabe muito bem que ele naufragou.

Em seguida entrou Maximilian:

– Pai, como pôde dizer que o *Pharaon* naufragou? Ele está chegando ao porto!

Juntos, saíram em direção à rua. A senhora Morrel se reuniu a eles.

– O *Pharaon*! O *Pharaon*! – gritava a multidão que assistia à chegada do navio.

Um navio com letras brancas na popa, que diziam *Pharaon* (Morrel & Son, Marselha) avançava. Era uma réplica perfeita do outro *Pharaon* e também trazia uma carga de algodão e cochonilha. No convés, o capitão Gaumard dava as ordens.

Enquanto Morrel e seu filho se abraçavam, sob os aplausos dos espectadores, um homem cujo rosto estava semiescondido por uma barba negra e assistira à cena atrás de uma guarita murmurou para si mesmo:

– Seja feliz, nobre coração. Seja abençoado por todo o bem que já fez e ainda fará!

Com um sorriso de alegria, deixou seu esconderijo, sem ser observado, desceu os degraus que levavam à água e gritou três vezes:

– Jacopo! Jacopo! Jacopo!

Uma chalupa apareceu e o levou até um belo iate. Pulou no convés com a agilidade de um marinheiro e de lá, mais uma vez, olhou a cena feliz no cais.

– Agora, adeus à bondade, à humanidade e à gratidão. Adeus a todos os sentimentos que alegram o coração. Desempenhei o papel da providência em reconhecimento aos bons. Que o deus da vingança agora me permita punir os perversos!

Murmurando essas palavras, ele fez um sinal, e o iate se afastou.

Capítulo 8

No sábado anterior ao carnaval do ano de 1838, chegaram a Roma dois jovens pertencentes à elite de Paris, o visconde Albert de Morcerf e o barão Franz d'Épinay. Eles se hospedaram no Hôtel de Londres, onde tinham uma suíte reservada.

Todo o resto daquele andar fora alugado para um cavalheiro imensamente rico. O proprietário do hotel, senhor Pastrini, não tinha certeza se ele era siciliano ou maltês.

Os jovens gostaram da suíte e pediram o jantar e uma carruagem para os dias seguintes. Na manhã seguinte, a carruagem estava à porta do hotel. Eles foram à Praça São Pedro e, no fim do dia, retornaram ao hotel.

Quando acabaram de jantar, o dono do hotel se aproximou.

— Fiquei sabendo que os senhores pediram uma carruagem para hoje à noite e que sua intenção é visitar o Coliseu, fazer o itinerário pela Porta del Popolo, seguir os muros externos e voltar pela Porta San Giovanni.

— Foi exatamente isso que eu disse ao cocheiro.

— Esse itinerário é muito perigoso, para se dizer o mínimo! Depois do anoitecer não é seguro entrar por aquelas portas. Ali é a área dominada pelo bandido Luigi Vampa.

– Está ouvindo, meu velho? – perguntou Albert a Franz. – Vamos viver uma aventura! Vamos encher a nossa carruagem de armas e, em vez de Luigi Vampa nos atacar, seremos nós que o atacaremos. Nós o capturaremos e o levaremos a Sua Santidade, o papa, que nos perguntará que recompensa desejamos por esse grande serviço prestado. Pediremos uma carruagem para o carnaval.

– É melhor não se defender ao ser atacado por bandidos – disse o dono do hotel.

– O quê? – reagiu Albert, que se revoltava diante da ideia de se deixar roubar sem resistir. – E por que não?

– Seria inútil. O que alguém poderia fazer contra uma dúzia de bandidos que pulam sobre o senhor com as armas apontadas para a sua cabeça?

– Pois bem, Pastrini – disse Franz –, diga-nos quem é esse Luigi Vampa. É plebeu ou nobre? Jovem ou velho? Alto ou baixo?

– Eu o conheci ainda menino. Era pastor em uma fazenda pertencente ao conde de San Felice. Ele deve ter uns 22 anos agora. Quando era adolescente, matou o chefe de uma gangue de bandidos e tomou o seu lugar.

– Acho que se trata de um mito – interveio Albert. – Duvido da existência desse bandido.

– Existe sim! – afirmou com convicção o hoteleiro. – Ele costuma sequestrar os estrangeiros e pedir resgate. Se não receber o dinheiro no tempo em que pede, dá um tiro na cabeça ou enterra um punhal no coração do refém.

– O que você acha agora? – perguntou Franz a seu amigo. – Ainda quer ir passear no Coliseu?

– Sem dúvida, se a rota for pitoresca – foi a resposta.

Os raios da lua passavam pelas aberturas dos maciços muros do gigantesco e lúgubre Coliseu, e a carruagem parou a pouca distância da Meta Sudans. O cocheiro abriu a porta, e os dois jovens desceram. À frente deles, como que saído do nada, apareceu um guia turístico. Os três entraram naquela estrutura magnífica da Antiguidade, e Franz se afastou, deixando o seu amigo aos cuidados do guia. Subiu alguns degraus e se sentou à sombra de uma coluna, em um ponto de onde tinha uma vista abrangente do Coliseu.

Estava ali havia cerca de quinze minutos quando ouviu passos se aproximar. Aguçou os ouvidos e os olhos e percebeu que não estava enganado. Um homem surgiu por entre as sombras e subiu até o alto da escada. Instintivamente, Franz se escondeu atrás da coluna e ficou observando. As sombras cobriam parcialmente o misterioso indivíduo, de modo que o jovem francês não podia ver distintamente o seu rosto.

Minutos depois surgiu outro homem.

– Desculpe-me por fazê-lo esperar, Excelência. Venho do Castelo de Santo Ângelo e tive muita dificuldade em me encontrar com Beppo.

– Quem é Beppo?

– É um empregado da prisão, a quem pago uma pequena taxa todos os anos em troca de informações sobre o que está acontecendo no palácio de Sua Santidade.

– Ah, entendo. Vejo que o senhor é um homem prudente!

Então o primeiro homem perguntou:

– Falando nisso, quais são as novidades?

– Haverá duas execuções na terça-feira, às duas da tarde. Um dos condenados será *mazzolato*. É um imprestável que assassinou o padre que o criou e, portanto, não merece piedade. O outro será *decapitato*. Este, Vossa Excelência, é o nosso pobre Peppino.

– O que esperava, meu caro amigo? O senhor provocou tamanho terror no governo pontifical e nos reinos vizinhos que agora eles vão usar o caso de Peppino para uma punição exemplar.

– Mas ele nem sequer pertence ao meu bando. É um pobre pastor cujo único crime foi me abastecer.

– Isso faz dele seu cúmplice. Veja, porém, que ele está sendo tratado com alguma consideração. Em vez de ser morto a bordoadas, como acontecerá com o senhor caso eles algum dia lhe ponham as mãos em cima, eles se satisfizeram com a guilhotina.

– Estou disposto a fazer qualquer coisa para evitar a execução desse pobre coitado, que se meteu em encrenca por me prestar um serviço. Por *la Madonna!* Que covarde seria eu se não fizesse alguma coisa pelo pobre rapaz!

– Acho que tenho um plano para ajudá-lo.

– Que plano é esse, Excelência?

– Dou dez mil piastras a um amigo meu, que vai conseguir o adiamento da execução de Peppino por um ano. Durante esse tempo, dou outras dez mil piastras a outra pessoa que conheço, que vai tornar possível a fuga de Peppino da prisão.

– Tem certeza de que isso dará certo?

– Vou fazer mais com o meu ouro do que seus homens com os seus punhais e pistolas.

– Esplêndido! Mas como teremos a confirmação de que a execução foi adiada? Queremos estar de prontidão se o plano falhar.

– Isso é fácil. Aluguei a última sacada do Café Ruspoli. Se o adiamento for obtido, as janelas dos cantos estarão cobertas por cortinas de damasco amarelo, e a do centro, por damasco branco, com uma grande cruz vermelha.

– Excelente! Mas quem vai entregar a ordem de adiamento?

– Mande um dos seus homens disfarçado de frade ao meu hotel, e eu a entrego a ele. A batina dará a ele acesso junto ao patíbulo. Ali ele entregará a bula ao encarregado, que a dará ao carrasco. Enquanto isso, eu o aconselho a informar Peppino desse plano, para ele não morrer de medo ou enlouquecer.

– Se o senhor salvar Peppino, pode contar não apenas com a minha devoção, mas também com a minha obediência absoluta.

– Cuidado com o que diz, meu amigo. Posso lhe cobrar essa promessa um dia desses. Mas silêncio! – acrescentou o homem, baixando a voz. – Ouço passos. É melhor não sermos vistos juntos.

– Adeus então, Excelência. Pode confiar em mim como confio no senhor.

Os dois homens se afastaram, separadamente.

Então Franz ouviu a voz do amigo, chamando-o. Dez minutos depois, os dois voltavam para o hotel, e Albert falava sobre tudo o que aprendera naquela noite, mas o amigo o ouvia sem prestar atenção.

No dia seguinte, à noite, os dois amigos conversavam, fumando o seu último charuto na sala de sua suíte, antes de se recolherem, quando a porta se abriu.

– *Permesso?* – interrompeu Pastrini.

– Entre – respondeu Franz.

– Tenho ótimas notícias – disse o hoteleiro. – Vossas Excelências sabem que o conde de Monte Cristo está hospedado no mesmo andar que os senhores.

Ao tomar conhecimento do problema que enfrentam, ele lhes ofereceu duas cadeiras na sua carruagem e na sacada que alugou no Palácio Ruspoli.

Albert e Franz trocaram olhares.

– Não podemos aceitar a oferta de um estranho – disse Albert.

Nesse momento ouviu-se uma batida à porta.

– Entre – ordenou Franz.

Um criado uniformizado apareceu e falou, entregando dois cartões ao dono do hotel:

– Do conde de Monte Cristo para Franz d'Épinay e o visconde Albert de Morcerf. – Voltando-se para os jovens, o criado acrescentou: – O conde de Monte Cristo pede permissão para lhes fazer uma visita amanhã de manhã.

– Diga ao conde que nós é que teremos a honra de fazer uma visita a ele – disse Franz, retribuindo a cortesia e satisfeito porque, depois das apresentações formais, eles poderiam aceitar o convite para o carnaval.

– Os senhores aceitam o convite? – perguntou o dono do hotel, logo que o criado se retirou.

– Claro que sim – respondeu Albert.

A menção ao Palácio Ruspoli, porém, fez Franz se lembrar da conversa que ouvira no Coliseu. O homem da capa seria o conde?

Na manhã seguinte, Franz perguntou ao dono do hotel se não havia uma execução programada para aquele dia. Pastrini confirmou, e o jovem francês pediu mais informações sobre o assunto.

– Acabaram de me trazer as *tavolette* – informou o hoteleiro.

– O que é isso?

– São placas de madeira, afixadas nas esquinas e nos lugares públicos na noite anterior à execução – respondeu o italiano, pegando as tabuletas que estavam penduradas na parede e as entregando a Franz. – O objetivo é pedir que os fiéis rezem para que Deus conceda aos culpados o arrependimento sincero – acrescentou.

Franz leu as *tavolette*:

Seja notório a todos que os seguintes condenados serão executados na Praça del Popolo, por ordem do Tribunal Rota Romana, na terça-feira,

22 de fevereiro, o primeiro dia do carnaval: Andrea Rondolo, acusado do assassinato do honrado e venerável padre dom Cesare Terlini, cônego da Igreja de São João de Latrão, e Peppino, conhecido como Rocca Priori, acusado de cumplicidade com o detestável bandido Luigi Vampa. O primeiro será mazzolato, *e o segundo,* decapitato. *Todas as almas caridosas são solicitadas a rezar, pedindo a Deus que conceda a esses dois infelizes a graça do arrependimento sincero.*

Era exatamente o que Franz ouvira na noite anterior, nas ruínas do Coliseu. Nesse momento, Albert apareceu, pronto para sair.

– O senhor acha que já podemos apresentar nossos cumprimentos ao conde de Monte Cristo? – perguntou Franz a Pastrini.

– Sem dúvida. O conde de Monte Cristo acorda cedo.

O dono do hotel saiu à frente e eles o seguiram.

– *I signori francesi* – informou Pastrini ao criado, que abriu a porta dos aposentos do conde.

O criado fez uma mesura e os convidou a entrar. Foram levados a uma sala luxuosamente decorada, e os sofás e poltronas suntuosamente estofados convidavam a sentar.

– Tenham a bondade de se sentar. Vou informar ao conde que Vossas Excelências estão aqui – disse o criado, desaparecendo em seguida.

Quando ele abriu a porta, o som de uma *guzla* chegou aos ouvidos dos dois amigos, desaparecendo em seguida, quando fechou.

Franz e Albert olharam um para o outro e, em seguida, para o mobiliário, os quadros e os troféus, encantados. A porta, então, abriu-se e o dono de todas aquelas riquezas entrou na sala.

Albert levantou-se e se dirigiu a ele, mas Franz ficou grudado à sua cadeira. Quem entrava não era outro senão o homem da capa que ele havia visto no Coliseu.

– Bom dia, senhores – saudou o conde.

– Franz e eu estamos muito agradecidos, conde – disse Albert.

– Ora, se Pastrini tivesse me informado sobre os seus problemas, eu os teria aliviado da sua ansiedade antes. Estou contente em ser-lhes útil.

Os dois jovens fizeram uma mesura. Franz ainda não tinha encontrado nada a dizer e achava difícil acreditar que aquele era o mesmo homem que vira no Coliseu.

– Espero que os senhores me deem a honra de tomar o desjejum comigo – convidou o conde.

– Não, senhor, isso seria abusar da sua hospitalidade – respondeu Albert.

– De forma alguma. Ao contrário, terei um grande prazer em recebê-los. E talvez os senhores possam retribuir a cortesia um dia, em Paris. Bertuccio pôs a mesa para três pessoas.

Os três se levantaram e passaram para a sala de jantar. No final da refeição, o anfitrião perguntou:

– E agora, o que os senhores vão fazer?

– Desculpe-nos, conde – disse Franz, olhando o relógio. – Temos muito a fazer. Ainda não providenciamos as nossas fantasias.

– Não se preocupem com isso. Temos uma sala reservada na Praça del Popolo, e lá os senhores encontrarão qualquer traje a fantasia que quiserem e poderão se trocar ali mesmo.

Nesse momento o criado entrou na sala.

– Excelência, um homem com hábito de frade deseja falar com o senhor.

– Oh, sim. Sei o que ele quer – disse o conde; e, voltando-se para os visitantes, convidou: – Tenham a bondade de ir para o salão, onde encontrarão excelentes charutos Havana. Estarei com os senhores em um minuto.

Os dois jovens se levantaram e foram em direção à porta que o conde lhes havia indicado, enquanto o anfitrião, depois de renovar suas desculpas, saía pela outra.

– Voltei – disse o conde, juntando-se a eles logo depois. – Se os senhores desejarem participar do corso, teremos de ir a pé. A carruagem esperará por nós na Praça del Popolo. Leve alguns desses charutos, senhor de Morcerf.

– Agradeço e aceito a gentileza com grande satisfação – disse Albert. – Os charutos italianos são horríveis. Quando for a Paris, faço questão de retribuir toda essa hospitalidade.

– E não vou recusá-la. Tenho planos de ir para lá e vou lhes fazer uma visita. Agora, vamos, que não temos muito tempo.

Os três saíram juntos e, passando pela Praça di Spagna, caminharam pela Via Frattina, que os levou diretamente para o Palácio Ruspoli. A atenção de Franz estava toda voltada para as sacadas do palácio, pois não havia se esquecido do sinal que o homem de capa e seu misterioso companheiro haviam combinado no Coliseu.

– Qual é a sua sacada? – perguntou ele ao conde, procurando falar com naturalidade.

– A última – respondeu o conde, com indiferença.

Franz olhou para a sacada. As janelas dos cantos exibiam cortinas de damasco amarelo, e a do centro, de damasco branco, uma cruz vermelha. O homem da capa tinha mantido a sua palavra, e não havia a menor dúvida de que ele e o conde eram a mesma pessoa.

A essa altura o carnaval já havia começado com toda a intensidade. Trezentos mil espectadores assistiam ao desfile carnavalesco. As mulheres se inclinavam sobre as sacadas e jogavam confete sobre as carruagens que passavam e pegavam os buquês que lhes eram lançados.

Depois de duas voltas o conde parou a carruagem e pediu licença para descer, deixando o carro à disposição deles. Franz olhou para cima e percebeu que estavam em frente ao Palácio Ruspoli.

– Senhores – disse o conde, saindo –, quando se cansarem de ser atores e desejarem se tornar espectadores, sabem que têm cadeiras na minha sacada. Enquanto isso, a carruagem está à disposição.

Franz agradeceu ao conde por sua gentileza, mas Albert estava mais ocupado flertando com as moças fantasiadas de camponesas de uma carruagem que lhe atiravam buquês. Ele também jogou flores para elas e quando, uma vez mais, as duas carruagens ficaram lado a lado, uma das foliãs lhe jogou um buquê de violetas. Albert o pegou e o pôs na lapela.

Na tarde seguinte, os dois jovens voltaram a participar do corso pelas ruas de Roma na carruagem do conde. Quando estavam na segunda volta, um buquê de violetas frescas foi jogado de uma carruagem cheia de *pierrettes* para a deles. Estava bem claro que a camponesa do dia anterior trocara de fantasia. Albert pegou o ramo de flores frescas. O flerte entre ele e a desconhecida continuou durante todo o dia.

Albert pediu que o amigo não o acompanhasse ao carnaval no dia seguinte, porque acreditava que, estando só na carruagem, teria mais chances com a bela fantasiada.

Franz concordou e, no dia seguinte, assistiu ao carnaval da sacada do Palácio Ruspoli. Viu Albert passar diversas vezes na frente do palácio, levando na mão um grande buquê de camélias brancas. Não demorou muito e ele viu a encantadora camponesa segurando as flores.

Quando se encontraram no hotel, Albert, radiante, com um pedaço de papel dobrado na mão, falou:

– Eu não lhe disse? Ela me respondeu. Leia.

O bilhete dizia:

Às sete horas da noite na terça-feira, desça da carruagem em frente à Via dei Pontefici e siga o camponês romano que pegar o seu moccoletto. *Ao chegar ao primeiro degrau da Igreja de São Jacó, tenha um laço de fitas cor-de-rosa no ombro da sua fantasia de pierrô, para ser reconhecido. Até aí, você não me verá. Constância e discrição.*

– O que você acha?

– Acho que a sua aventura está ficando interessante – respondeu Franz.

Na terça-feira, último e mais tumultuado dia do carnaval, Franz e Albert passearam de carruagem pelo corso, jogando punhados de confete nos outros carros e nos pedestres. Albert levava no ombro um laço de fitas cor-de-rosa e estava triunfante. A quaresma começava às oito da noite daquele dia.

Ao entardecer, surgiu uma nova fonte de barulho e movimento quando os *moccoletti* entraram em cena. Essas velas de tamanhos variados, que ainda estavam apagadas, fazem parte de um jogo no último dia de carnaval: cada pessoa tenta, ao mesmo tempo, manter o seu *mocoletto* aceso e apagar o dos outros.

– *Moccoletti! Moccoletti!* – gritavam os vendedores ambulantes.

O brilho da primeira estrela foi o sinal: os foliões começaram a acender as suas velas e, dentro de minutos, havia cinquenta mil luzes brilhando pelas ruas. Durante cerca de duas horas os foliões acendiam, apagavam e reacendiam velas, e o corso prosseguia, em uma claridade comparável à do dia. Às sete horas, Albert, que vinha consultando o relógio de cinco em cinco minutos, desceu da carruagem com o *moccoletto* na mão. Dois ou três foliões tentaram roubar-lhe ou apagar-lhe a vela, mas o jovem conseguiu se livrar deles e continuou o seu caminho em direção à Igreja de São Jacó. A escadaria estava cheia. Logo que Albert chegou ao primeiro degrau, uma mascarada com fantasia de camponesa estendeu a mão e, sem encontrar nenhuma resistência, tirou o *moccoletto* dele. Franz, que acompanhava a cena de longe, viu os dois sair de braços dados e caminhar no meio da multidão.

De repente, tocou o sino que anunciava o fim do carnaval. No mesmo instante todos os *moccoletti* foram apagados, e os gritos, silenciados. Era como se um grande vendaval tivesse varrido toda a luz e todo o barulho de Roma. O único som que se ouvia era o das rodas das carruagens que levavam os foliões para casa.

Franz voltou para o hotel na carruagem do conde, no escuro. O jantar estava pronto para ser servido e, como ele não esperava Albert tão cedo, sentou-se sozinho à mesa. Às onze horas, Albert ainda não havia voltado, e Franz resolveu passar a noite na casa do duque de Bracciano, para a qual os dois haviam sido convidados.

Ao chegar, a primeira pergunta do duque foi por Albert e, diante da resposta de Franz, o nobre italiano se mostrou preocupado.

– É uma péssima noite para andar por aí desacompanhado – disse Bracciano. – A cidade está cheia de...

Nesse momento o duque foi interrompido pela aproximação de um criado, que procurava por Franz. Com o consentimento do patrão, o criado se dirigiu ao jovem francês.

– Excelência, o proprietário do Hotel de Londres pediu para avisá-lo que um homem o espera lá, com uma carta do visconde de Morcerf.

Franz pegou o chapéu, despediu-se rapidamente do anfitrião e foi depressa para o hotel.

– O senhor é quem me trouxe uma carta do visconde de Morcerf? – perguntou para o homem que o esperava na entrada do hotel.
– Qual é o nome de Vossa Excelência? – perguntou ele.
– Barão Franz d'Épinay.
O jovem lhe entregou a carta, e Franz entrou, deixando-o à espera de uma resposta. A carta, com a caligrafia de Albert, dizia:

Caro Franz,
Imediatamente ao receber esta, tenha a bondade de pegar a minha carta de crédito, que está na gaveta da minha escrivaninha, e, se preciso, também a sua. Vá correndo à casa Torlonia e retire quatro mil piastras, já que o título é ao portador. É premente que esta soma seja enviada para mim sem demora. Não direi mais nada, pois conto com você como contaria comigo mesmo.

Sinceramente,
Albert de Morcerf

P.S.: Agora eu acredito em bandidos italianos.

Abaixo dessas linhas, as seguintes palavras estavam escritas em uma caligrafia que lhe era estranha:

Se ale sei della mattina le quattro mile piastre non sono nelle mie mani, alle sette il conte Alberto avia cessato di vivere.

Luigi Vampa

Tudo ficou claro. Albert havia caído nas mãos do famoso bandido em cuja existência ele se recusara a acreditar. Não havia tempo a perder. Encontrou a carta de crédito de Albert, mas o amigo já havia gasto uma parte, e só sobraram três mil piastras. Franz não tinha carta de crédito em Roma e dispunha apenas de cerca de cinquenta luíses consigo.

Faltavam, portanto, setecentas ou oitocentas piastras para completar a soma exigida como resgate. Franz estava pensando no que faria quando resolveu recorrer ao conde de Monte Cristo.

O conde o recebeu em uma sala onde o jovem francês ainda não havia estado. Depois de se certificar de que estavam a sós, ele entregou a carta de Albert. O conde a leu.

– O senhor tem o dinheiro exigido? – perguntou o conde.

– Faltam oitocentas piastras.

O conde foi até a escrivaninha e abriu uma gaveta cheia de ouro.

– É absolutamente necessário enviar o dinheiro para Luigi Vampa? – perguntou o jovem, olhando de modo firme para o conde.

– O pós-escrito é explícito! – respondeu ele.

– Penso que, se nós fôssemos juntos até Luigi Vampa, ele não recusaria a liberdade de Albert ao senhor.

– Que influência eu poderia ter sobre um bandido? – indagou o conde.

– O senhor não acaba de lhe fazer um daqueles serviços que jamais são esquecidos? Não salvou a vida de Peppino?

– Quem lhe disse isso?

– Não importa. Eu sei.

O conde ficou em silêncio por um momento, pensativo.

– E se eu procurasse Vampa, o senhor me acompanharia?

– Sim, se o senhor não se incomodar.

– Pois bem. É uma noite agradável, e um passeio pela periferia de Roma vai fazer bem a nós dois. Onde está o homem que trouxe a carta?

– Na rua.

O conde se aproximou da janela e deu um assobio estranho. O mensageiro saiu da sombra junto a um muro e foi para o centro da rua.

– Suba! – disse o conde, no mesmo tom em que daria ordem a um criado seu. O mensageiro obedeceu, sem a menor hesitação.

– Ah, é você, Peppino – disse o conde, quando o homem chegou à sua suíte.

Em vez de responder, Peppino se jogou de joelhos aos pés do conde e, tomando-lhe as mãos, encheu-as de beijos.

– Então você não esqueceu que eu salvei a sua vida!

– Não, Excelência, e nunca vou me esquecer!

– Levante-se e me responda, então – disse o conde e, ao ver o olhar ansioso de Peppino para Franz, acrescentou: – Pode falar diante de Sua Excelência. Ele é um dos meus amigos.

– Então estou pronto a responder a qualquer pergunta que me fizer – disse Peppino.

– Como o visconde Albert caiu nas mãos de Luigi?

– A carruagem do francês passou várias vezes por aquela em que ia Teresa. Ele jogou flores para ela, e Teresa retribuiu a gentileza. Claro que tudo isso foi feito com o consentimento do chefe, que estava no mesmo carro.

– O quê? – exclamou Franz. – Luigi Vampa estava na carruagem das camponesas romanas?

– Ele é quem estava dirigindo, disfarçado de cocheiro.

– Quem foi ter com ele na escadaria da Igreja de São Jacó? – perguntou Franz.

– Beppo, um rapaz de 15 anos, vestido de mulher. Ele levou o francês para o lado de fora das muralhas, onde uma carruagem os esperava, no fim da Via Macello. Depois, o obrigaram a descer da carruagem e a caminhar pela margem do rio, até as catacumbas de São Sebastião, onde o esperavam, juntos, Luigi e Teresa.

– A história faz sentido – o conde disse para Franz. – O que o senhor acha?

O conde tocou a sineta, e um criado de libré apareceu.

– Mande aprontar a carruagem e pegue as pistolas – disse o patrão. – Não é preciso acordar o cocheiro. Ali nos conduzirá.

Em pouquíssimo tempo ouviu-se o barulho das rodas e uma carruagem parou à porta do hotel.

– Trinta minutos depois da meia-noite – disse o conde, olhando as horas no relógio de bolso. – Se saíssemos às cinco horas, daria tempo para chegar lá no prazo. Mas o atraso pode fazer o seu amigo ter uma noite de inquietação, de forma que é melhor irmos resgatá-lo o mais rapidamente possível.

Desceram, os dois entraram na carruagem, e Peppino se sentou na boleia, ao lado de Ali. O carro partiu. A carruagem tomou então a antiga Via Ápia. Durante o percurso, via-se com frequência, à luz da lua, uma sentinela sair de trás de um dos túmulos encontrados às margens dessa estrada. Mas os guardas sempre paravam a um sinal de Peppino e desapareciam no escuro. Pouco antes do Circo de Caracalla, a carruagem parou, Peppino abriu a porta, e o conde e Franz desceram.

– Estaremos lá em cerca de dez minutos – disse o conde ao seu companheiro.

Chamando Peppino de lado, ele lhe deu instruções em voz baixa e o italiano se afastou, levando consigo uma tocha. Franz o viu tomar uma trilha estreita e depois desaparecer no meio do capim alto.

– Vamos segui-lo – disse o conde.

Peppino os conduziu por uma trilha estreita entre as rochas. Era o acesso a uma passagem subterrânea. Os três desceram e chegaram às catacumbas de São Sebastião, com suas sepulturas em nichos. Através de um destes nichos via-se uma luz.

– Quer ver um campo de bandidos em repouso? – perguntou o conde, falando baixo e pondo a mão no ombro de Franz.

– Sem dúvida – respondeu o jovem.

– Siga-me, então – disse o conde. E dirigiu-se a Peppino: – Apague a tocha.

Peppino obedeceu, e os três avançaram em silêncio pela escuridão. O conde guiava Franz como se conseguisse ver no escuro. Chegaram a uma porta em arco, que dava para um espaço coberto grande e quadrado, totalmente cercado de nichos semelhantes aos dos túmulos. Os dois visitantes viram um homem sentado, lendo. Era o chefe do bando, Luigi Vampa. Ao redor dele estavam espalhados, em grupos, cerca de vinte bandidos. Todos tinham suas armas ao alcance das mãos. Então o conde caminhou na direção do chefe do bando.

– Meu caro Vampa – disse o visitante, com a voz calma e sem mexer um músculo –, o senhor recebe seus amigos com muita cerimônia!

– Baixar as armas! – gritou o chefe, fazendo um gesto de comando para sua tropa. – Desculpe, conde, não esperava a honra de uma visita sua e não o reconheci.

– Parece que sua memória também é fraca para outras coisas, Vampa. Não concordamos que não apenas a minha pessoa, mas também os meus amigos seriam respeitados pelo senhor?

– E por que o senhor diz que desrespeitei nosso acordo?

– O senhor sequestrou e trouxe para cá o visconde Albert de Morcerf, que é um dos meus amigos, está hospedado no mesmo hotel que eu e passeou pelo corso na minha carruagem – falou, tirando o pedido de resgate do bolso.

– Por que me deixam faltar assim com a minha palavra com um cavalheiro como o conde? – Vampa perguntou aos outros, irado.

– Está vendo? – falou o conde, dirigindo-se a Franz. – Eu sabia que havia algum engano.

– O senhor não está só? – indagou Vampa, inquieto.

– Estou com a pessoa a quem esta carta é dirigida e perante quem desejo provar que Luigi Vampa é um homem de palavra.

Franz se aproximou, e o mesmo fez o chefe dos bandidos.

– Seja bem-vindo – disse Vampa. – Vossa Excelência ouviu toda a conversa. Eu não permitiria que isso acontecesse se soubesse de quem se tratava.

– Onde está o visconde? – perguntou Franz, olhando ao redor, inquieto.

– O prisioneiro está ali – respondeu, indicando um recesso na frente de uma sentinela. – Eu mesmo vou dizer a ele que está livre.

Franz e o conde seguiram o chefe do bando, que abriu o ferrolho de uma porta. Os três viram Albert embrulhado em uma capa que alguém lhe havia cedido, dormindo profundamente em um canto.

– Ora! – disse o conde, sorrindo. – Nada mal para um homem que está para ser fuzilado às sete da manhã!

Vampa foi até onde o prisioneiro dormia, tocou-o no ombro e disse:

– Vossa Excelência poderia fazer o favor de acordar?

Albert se espreguiçou, esfregou os olhos e, tirando o relógio do bolso, exclamou:

– Mas ainda é uma e meia! Por que me acordou a esta hora?

– Para lhe dizer que o senhor está livre. Um cavalheiro a quem eu nada posso recusar veio para exigir a sua liberdade.

Albert arregalou os olhos e viu Franz e o conde.

– Sua amizade tem, realmente, um valor inestimável – disse Albert alegremente, arrumando o colarinho e os punhos da camisa. – Sou-lhe eternamente grato, primeiro pela carruagem e, agora, por este serviço.

– Se nos apressarmos, Albert – disse Franz –, ainda temos tempo de acabar a noite na festa da casa do duque.

No dia seguinte, depois de ter dançado até o amanhecer, Albert procurou o conde para lhe agradecer mais uma vez.

– Vim lhe perguntar se não há nada que eu, um dos meus amigos ou a minha família possamos fazer pelo senhor – disse o jovem. – Meu pai, o conde de Morcerf, tem uma posição de destaque tanto na Espanha quanto na França, e ele terá o maior prazer de servi-lo.

– Agradeço e aceito a sua oferta – respondeu o conde. Preciso mesmo de um grande favor seu. Nunca estive em Paris e já teria feito essa viagem indispensável há muito tempo se conhecesse alguém que me apresentasse à sociedade parisiense. A sua oferta fez com que eu me decidisse. Vou à França e gostaria de saber se o senhor se encarregará de me apresentar à sociedade da capital.

– Terei o maior prazer em fazê-lo – respondeu o jovem. – Quando pretende ir a Paris?

– Muito bem. Hoje é 21 de fevereiro. Seria conveniente que eu me apresentasse na sua casa às dez e meia da manhã do dia 21 de maio?

– Esplêndido! – respondeu Albert. – O desjejum estará à sua espera.

Albert deu seu endereço ao conde, que o anotou. Os dois se despediram, porque o conde disse que viajaria naquele dia para Nápoles e, quando chegasse, Albert já teria partido para Veneza.

Franz ouviu toda a conversa, pensativo. Ele não conseguia tirar da cabeça o estremecimento que tomara conta de todo o corpo do conde quando este dera a mão a Albert na noite anterior.

– O que deu em você? – perguntou Albert a Franz, ao voltarem para a sua suíte. – Você ficou o tempo todo com uma expressão de preocupação no rosto!

– Devo reconhecer que o conde é um homem peculiar e que não me sinto muito tranquilo com esse encontro seu com ele em Paris.

– Você deve estar maluco, meu caro Franz – disse Albert.

Capítulo 9

Na casa de Albert de Morcerf, em Paris, grandes preparativos estavam sendo feitos naquela manhã de maio. O jovem estava sentado em uma pequena sala no andar térreo, olhando sem grande interesse a correspondência e os jornais que o valete acabara de lhe trazer. Dois envelopes perfumados despertaram um pouco de sua atenção, e ele os abriu e leu.

– Como chegaram estas cartas? – perguntou ele.

– Uma veio pelo correio, e a outra foi trazida pelo valete da senhora Danglars.

– Informe à senhora Danglars que aceito o lugar que ela me oferece no seu camarote. E mande dizer a Rosa que, depois de eu sair da Ópera, vou cear com ela. Mande a ela seis garrafas de vinhos diversos.

– A que horas o senhor deseja o seu desjejum?

– Às dez e meia. A propósito, a condessa já se levantou?

– Se o visconde desejar, vou me informar.

– Isso mesmo, e peça-lhe um dos gabinetes de licores dela, já que o meu não está completo. Diga-lhe também que terei a honra de visitá-la por volta das três horas e que peço permissão para apresentar alguém a ela.

Albert se referia a sua mãe. A casa dele ficava em uma ala do grande pátio ajardinado, e a do conde e da condessa de Morcerf ficava do outro lado do mesmo pátio.

Pouco depois, o valete anunciou o senhor Lucien Debray. O visitante, um jovem alto, loiro, com terno azul, gravata branca e óculos de tartaruga, entrou na sala sem sorrir e sem dizer uma palavra.

– Bom dia, Lucien! – saudou Albert. – Isso é que é pontualidade! Eu achava que você seria o último a chegar, mas está adiantado. É realmente uma maravilha!

– Senhor Beauchamp – anunciou o criado.

– Entre, entre, ó, tu, que brandes a terrível pena! – disse Albert, levantando-se e dirigindo-se na direção do jovem. Aqui está Debray, que detesta você e se recusa a ler o que você escreve. Pelo menos, isso é o que ele diz.

– E ele tem toda razão, pois eu critico a obra dele sem nem mesmo saber o que ele faz – disse Beauchamp. – Bom dia. Que tipo de pessoa você está esperando para o desjejum, Albert?

– Um cavalheiro e um diplomata – foi a resposta.

– Isso significa esperar duas horas pelo cavalheiro e três horas pelo diplomata.

– Bobagem, Beauchamp – disse Albert. – Vamos nos sentar à mesa pontualmente às dez e meia. Enquanto isso, siga o bom exemplo de Debray e prove do meu *sherry*.

– Senhor Château-Renaud! Senhor Maximilian Morrel! – anunciou o valete.

– Estamos então todos aqui e podemos comer – disse Beauchamp. – Você só esperava mais dois convidados, se não me falha a memória.

– Morrel? – murmurou Albert, surpreso. – Quem é Morrel?

Antes que ele terminasse de falar, o senhor Château-Renaud, um jovem cavalheiro, pegou o anfitrião pelo braço e disse:

– Permita-me apresentá-lo a Maximilian Morrel, meu amigo e, sobretudo, meu salvador. Saúde o meu herói, visconde!

Um jovem alto e de aparência nobre, de testa larga, olhos penetrantes e bigode preto, entrou na sala. Usava uma farda bonita, uma mistura do estilo francês e do oriental, que caía com perfeição sobre os ombros largos e era decorada com a cruz da Legião de Honra. O jovem fez uma mesura com um movimento ágil e gracioso.

— O barão Château-Renaud sabia que me daria muito prazer conhecê-lo — disse Albert, cortesmente. — Se é amigo dele, espero que também seja meu.

— E eu espero que, surgindo a ocasião, ele faça por você, visconde, o que acaba de fazer por mim. — disse Château-Renaud.

— E o que foi?

— Ora, nada que mereça ser mencionado! Meu amigo exagera — sorriu Morrel.

— Como, nada que mereça ser mencionado? — interveio Château-Renaud. — A vida, então, não merece ser mencionada?

— Fica claro que o capitão Morrel salvou a sua vida. Conte-nos como foi — disse Beauchamp.

— Meus caros — interrompeu Debray —, estou morrendo de fome. Por favor, não comece agora a contar uma das suas histórias.

— Mas isso não nos impediria de nos sentarmos à mesa de refeições — respondeu Beauchamp. Château-Renaud pode nos contar enquanto comemos.

— Senhores — disse Albert —, ainda são dez e quinze, e os senhores sabem que estou esperando mais um convidado. — Voltando-se para Château-Renaud, acrescentou: — Sirva-se de um *sherry* e nos conte o que aconteceu.

— Vocês sabem como eu sempre quis fazer uma viagem à África — começou Château-Renaud. — Por isso, embarquei para o porto de Oran[5], de onde cheguei a Constantine[6] bem a tempo de assistir ao levantamento do cerco da cidade. Bati em retirada, com os outros. Na manhã do terceiro dia, o meu cavalo morreu de frio, pobre animal! Fui, assim, obrigado a continuar a pé. Seis árabes avançaram sobre mim a galope. Um deles encostou a sua iagatã[7] na minha garganta. Eu já sentia a ponta do aço na pele quando o cavalheiro aqui presente os atacou, salvando minha vida.

— Era o dia 5 de setembro, data em que, há alguns anos, meu pai foi salvo miraculosamente da ruína. Todos os anos eu comemoro esse dia com alguma boa ação — rebateu o jovem com um sorriso.

---

[5] Porto localizado na cidade de mesmo nome, na Argélia. Fonte: Wikipedia. (N.E.)

[6] Cidade argelina, capital da província homônima, é a capital do leste do país e um importante centro cultural e industrial. (N.E.)

[7] Facão longo ou espada curta cuja lâmina descreve uma curva em dois sentidos diferentes, o que potencializa seu uso tanto como arma cortante como perfurante. Fonte: Wikipédia. (N.E.)

— A história a que Morrel faz alusão é muitíssimo interessante – continuou Château-Renaud. – Mas agora vamos encher os nossos estômagos, e não as nossas cabeças. A que horas vai ser o desjejum, Albert?

— Às dez e meia. Teremos à mesa do nosso desjejum dois benfeitores da humanidade. Enquanto esperamos, vou contar a vocês algo sobre o meu convidado. Passei o último carnaval em Roma.

— Sabemos disso – disse Beauchamp.

— Sim, mas não sabem que fui sequestrado por bandidos. Eles me levaram a um lugar lúgubre conhecido como as catacumbas de São Sebastião. Disseram-me que teria de pagar um resgate, a bagatela de quatro mil piastras.

E Albert contou toda a história de como fora salvo pelo conde de Monte Cristo sem pagar o resgate.

— Ora, não existe nenhum conde de Monte Cristo! – rebateu Debray.

— Com licença, senhores, acho que posso esclarecer a situação – interveio Maximilian Morrel. – Monte Cristo é uma pequena ilha de que os velhos marinheiros de meu pai falavam. É um grão de areia no meio do Mediterrâneo.

— Você está certo – disse Albert. – E o homem de quem eu falo é o dono desse grão de areia. Ele deve ter comprado o título de conde na Toscana.

— Não existe nenhum conde de Monte Cristo, e o relógio está batendo dez e meia! – interveio Debray. – Vamos logo comer.

A badalada do relógio, porém, mal tinha cessado quando a porta foi aberta e o valete anunciou:

— Sua Excelência, o conde de Monte Cristo!

O conde apareceu na soleira, vestido com extrema simplicidade, mas nem a pessoa mais exigente acharia algo a criticar nos seus trajes. Ele avançou, sorrindo, na direção de Albert, que lhe apertou a mão calorosamente.

— Eu estava justamente anunciando a sua visita para estes meus amigos e convidados. Conde, tenho o prazer de lhe apresentar o conde Château--Renaud, o senhor Lucien Debray, secretário particular do ministro do Interior, senhor Beauchamp, um jornalista terrível, o terror do governo francês, e Maximilian Morrel, capitão de Saphis.

Ao ouvir aquele último nome, um leve rubor se espalhou pelo rosto pálido do conde.

– O senhor veste a farda dos novos conquistadores – disse ele, com a voz rouca e um brilho intenso nos olhos, geralmente frios. – É uma bela farda.

– Por baixo dessa farda bate um dos corações mais corajosos e nobres do Exército – disse Albert.

– Ora, senhor de Morcerf! – exclamou Morrel.

– Deixe-me falar, capitão. Acabamos de ouvir a narrativa de uma ação tão heroica do senhor que eu lhe peço permissão para apresentá-lo como um amigo meu, apesar de tê-lo conhecido apenas hoje – disse Albert. Em seguida, mudando de tom, anunciou: – Senhores, o desjejum está servido.

O grupo foi para a sala de refeições em silêncio. Logo ficou claro que o conde tinha muita moderação no comer e no beber. Naquele dia, porém, ele tinha um bom apetite, porque não comera desde a manhã do dia anterior, conforme afirmou. Diante da surpresa dos jovens, acrescentou:

– Viajei quinhentas léguas até Paris e fui obrigado a me desviar do caminho para ir a Nimes obter uma informação. Isso me atrasou e, por isso, não parei para comer.

– Mas então o senhor comeu na carruagem? – perguntou Morcerf.

– Não, eu dormi, como sempre faço quando estou entediado ou com fome, mas sem desejo de comer.

– O senhor pode comandar o sono à sua vontade? – perguntou Morrel.

– Mais ou menos. Tenho um remédio infalível.

– Isso seria algo excelente para nós, que trabalhamos na Nigéria e que nem sempre temos o suficiente para comer e raramente para beber – disse Morrel.

– Pode ser – disse Monte Cristo. – Infelizmente, porém, a minha receita seria muito perigosa se ministrada a um exército, que poderia não acordar quando fosse necessário.

– Mas sempre leva essa droga consigo? – perguntou Beauchamp.

– Sempre – respondeu Monte Cristo.

– O senhor se incomodaria se eu pedisse para ver uma dessas pílulas preciosas? – perguntou Beauchamp.

– Nem um pouco – respondeu o conde, tirando de um bolso uma caixinha escavada em uma única esmeralda, com um fecho de ouro. O conde a abriu e mostrou umas quatro ou cinco pílulas pequenas e redondas e que tinham um cheiro ácido e penetrante. A esmeralda era grande o suficiente para guardar uma dúzia de pílulas.

A caixa passou de convidado a convidado. Todos, porém, estavam mais interessados em examinar a maravilhosa esmeralda do que em ver as pílulas.

– É uma esmeralda magnífica e a maior que já vi, apesar de minha mãe ter algumas joias de família notáveis – disse Château-Renaud.

– Eu tinha três como esta – respondeu Monte Cristo. – Dei uma delas ao Grand Seigneur, que mandou encravá-la na sua espada; e a segunda a Sua Santidade, o papa, que a quis engastada na sua tiara. Guardei a terceira para mim mesmo e mandei que esculpissem uma cavidade nela.

Todos olharam para Monte Cristo, espantados. Falava com tanta simplicidade que eles não sabiam se dizia a verdade ou se era louco.

– E o que os dois soberanos lhe deram em retribuição aos seus presentes magníficos? – perguntou Debray.

– O Grand Seigneur me deu a liberdade de uma mulher. Sua Santidade, a vida de um homem.

– Não foi Peppino a quem o senhor salvou? – perguntou Morcerf. – Não foi por causa dele que o senhor usou o seu direito a um perdão?

– Talvez – respondeu Monte Cristo, com um sorriso.

– Eu já contei aos meus amigos o meu lado da história, mas gostaria que o senhor me explicasse algumas coisas. Por exemplo, como conseguiu tanto respeito de Luigi Vampa, que não respeita nada nem ninguém? Franz e eu ficamos muito admirados – disse Morcerf.

– Eu conheço Vampa há mais de dez anos – disse o conde. – Uma vez ele tentou me sequestrar. Eu, no entanto, o capturei e a doze de seus homens. Poderia tê-los entregue à justiça romana, mas os libertei.

– Sob a condição de que ele não mais pecasse! – disse o jornalista, irônico. – Acho admirável que eles tenham mantido a sua palavra com tanta consciência!

– Não, Beauchamp. Com a única condição de que eles sempre respeitassem a mim e aos meus. Por isso, eu não poderia ter deixado o nosso anfitrião nas mãos desses bandidos. Além disso, consegui assim a promessa de Morcerf de que ele vai me apresentar à sociedade parisiense.

– E manterei a minha palavra – completou Albert. – Se os meus planos derem certo, em breve poderei apresentá-lo à minha futura esposa, Eugénie Danglars.

– Eugénie Danglars! – exclamou Monte Cristo. – Um momento... O pai dela não é o barão Danglars?

– Sim, um barão que recebeu o título há pouco tempo, por serviços prestados ao Estado. O senhor o conhece?

– Não, não o conheço – disse Monte Cristo com toda a calma. – Mas logo devo ter esse prazer, porque tenho um crédito aberto junto à empresa dele por meio de Richard & Blount, de Londres, Arstein & Eskeles, de Viena, e Thomson & French, de Roma.

Ao pronunciar o último nome de banqueiros, Monte Cristo olhou disfarçadamente para Maximilian Morrel e, se esperava alguma reação, não ficou decepcionado. O jovem deu um pulo, como se tivesse recebido um choque elétrico.

– Thomson & French? – perguntou ele – O senhor conhece essa empresa?

– São os meus banqueiros em Roma – disse o conde. – Posso, de alguma forma, usar da minha influência junto a eles em seu favor?

– Talvez o senhor possa nos ajudar com averiguações, que até agora não deram em nada. Há alguns anos esses banqueiros prestaram um grande serviço para a nossa firma e, não sei por que motivo, sempre negaram tê-lo feito.

– Estou a seu dispor – respondeu Monte Cristo.

– Obrigado. Gostaria, conde, de lhe oferecer acomodações em Paris. Poderia ficar com uma suíte em uma casa encantadora no estilo Pompadour, onde vive minha irmã.

– O senhor tem uma irmã?

– Sim, uma irmã casada e muito feliz – disse o jovem Morrel. – Ela se casou há quase nove anos com o homem que ama e que permaneceu fiel ao meu pai em tempos de má sorte, Emmanuel Herbault.

– Muito obrigado, Morrel. Ficarei muito feliz em conhecer a sua irmã e o seu cunhado, mas não posso aceitar a sua gentil oferta de uma suíte, pois já tenho acomodações em Paris.

– O quê? O senhor vai ficar em um hotel? – interveio Morcerf.

– Decidi ter a minha própria casa em Paris – respondeu o conde. – Há uma semana meu administrador comprou uma propriedade e a deixou de acordo com as minhas necessidades. Ele sabia que eu chegaria hoje às dez horas e me esperava desde as nove na entrada da cidade, para me entregar este papel. Este é o meu novo endereço.

– Champs-Élysées, 30 – leu Morcerf, pegando o papel que o conde lhe estendia.

Os jovens olharam uns para os outros, atônitos. Monte Cristo apresentava, como se não fosse nada, um dos endereços de mais prestígio de Paris. Mas deveria estar falando a verdade. Por que mentiria?

– Então, se já tem casa, temos de nos contentar em prestar-lhe algum outro pequeno serviço que estiver ao nosso alcance – disse Beauchamp. – Como jornalista, posso lhe dar acesso a todos os teatros de Paris.

– Obrigado – respondeu o conde, sorrindo. – Mas eu já instruí o meu administrador para que reservasse um camarote em cada teatro. O senhor se lembra do meu administrador, senhor de Morcerf?

– Seria, por acaso, aquele valoroso senhor Bertuccio?

– Ele mesmo. O senhor o viu no dia em que me deu a honra de tomar o desjejum comigo. É um ótimo homem, que já foi soldado e contrabandista; na verdade, já fez de tudo.

– Então o senhor não tem que se preocupar com acomodações – disse Château-Renaud. – Tem uma casa na Champs-Élysées, criados e administradores. Só lhe falta uma amante.

– Tenho mais que isso. Tenho uma escrava. Os senhores arrumam as suas amantes entre as jovens da Ópera, do Teatro e do Vaudeville, mas eu comprei a minha em Constantinopla.

– Mas o senhor se esquece de que estamos na França e que, ao pisar em solo francês, a sua escrava se tornou livre – disse Debray.

– Todos os que me cercam têm liberdade de ir embora e, se o fizerem, nunca mais precisarão de mim ou de ninguém mais. Talvez seja esse o motivo por que nunca me deixam.

Os convidados havia muito já tinham terminado a refeição e fumado seus charutos.

– Meu caro Albert – disse Debray, levantando-se –, já passa das doze e trinta. Seus convidados são encantadores, mas tenho de voltar para o escritório. Você vem comigo, Morrel?

– Sim. Só quero antes entregar o meu cartão para o conde, que prometeu visitar a minha família.

Albert ficou a sós com Monte Cristo e se ofereceu para lhe mostrar a casa. O visitante se revelou um grande apreciador das coleções do jovem: quadros, armários antigos, porcelana japonesa, artigos orientais, vidros venezianos, armas de todos os países do mundo. Albert tinha pensado que seria o guia, mas foi o conde quem lhe falou sobre arqueologia, mineralogia e história natural.

Nos aposentos particulares de Albert, que constituíam um modelo de bom gosto e elegância simples, um quadro, pintado por Leopold Robert, imediatamente atraiu a atenção do conde. Era o retrato de uma jovem de 25 ou 26 anos, de pele morena e olhos muito brilhantes. Ela vestia as roupas típicas de uma pescadora catalã e olhava para o mar. O seu lindo perfil se delineava contra o azul do céu e do mar.

– É uma bela mulher que o senhor tem aqui, visconde – disse Monte Cristo, com a voz suave.

– É um retrato da minha mãe. Ela o encomendou há seis ou oito anos, durante a ausência do meu pai. Mas ele não gostou do quadro. Minha mãe o deu a mim, para que eu o pendurasse no meu quarto, onde meu pai não o veria. Mas há algo de estranho com a obra, pois, toda vez que a minha mãe o vê, ela chora. Desculpe-me por lhe contar essas coisas pessoais, mas faço isso para que o senhor não mencione o quadro, inadvertidamente, ao conversar com o meu pai. Eu escrevi a ele de Roma contando sobre o serviço que o senhor me prestou, e tanto o conde quanto a condessa estão ansiosos para conhecê-lo.

Monte Cristo fez uma mesura, mas não disse nada. Albert chamou seu valete e mandou que anunciasse a chegada dele e do conde de Monte Cristo para o senhor e a senhora de Morcerf.

Ao chegarem à casa dos pais de Albert, o conde de Morcerf os esperava na sala. Era um homem de uns 40 e poucos anos, mas parecia ter pelo menos 50 anos.

– Pai, tenho a honra de apresentar-lhe o conde de Monte Cristo, o amigo generoso que tive a sorte de conhecer em circunstâncias difíceis, das quais o senhor tem conhecimento.

— Seja bem-vindo entre nós — disse o conde de Morcerf, sorrindo. — Ao preservar a vida do nosso único herdeiro, o senhor prestou a esta casa um serviço que exige a nossa gratidão eterna.

— É uma grande honra para mim que no primeiro dia da minha chegada a Paris eu entre em contato com um homem cujos méritos estão à altura de sua reputação e a quem a fortuna nunca deixou de sorrir — disse Monte Cristo. — Mas ela ainda não tem a lhe oferecer o bastão de marechal, nas campanhas da planície de Mitidja ou da cordilheira Atlas.

— Deixei o serviço — disse Morcerf. — Houve muitas reviravoltas na política militar, e, desgostoso com certas formas de ingratidão, apresentei a minha demissão. Pendurei a espada e me joguei na política. Quis fazer isso nos vinte anos em que estive no Exército, mas não tinha tempo.

— São essas ideias que tornam a sua nação superior às outras — respondeu Monte Cristo. — Um cavalheiro de berço de ouro e dono de uma grande fortuna, o senhor se contentou em conquistar as suas promoções como um soldado obscuro. Então, depois de se tornar general, está disposto a passar por novo aprendizado, sem outras perspectivas ou recompensas, a não ser a de servir aos seus semelhantes. Realmente, conde, é digno de louvor.

— Se não temesse aborrecê-lo, conde — disse o general, obviamente encantado com as maneiras de Monte Cristo —, eu o levaria para o Senado comigo; o debate de hoje será muito interessante para os que não conhecem os nossos modernos senadores.

— Ficaria muito grato se o senhor renovasse esse convite em outro dia. Tenho esperança de ser apresentado hoje à condessa e vou esperar por ela.

— Oh, aqui está a minha mãe! — exclamou Albert.

Ao se virar, Monte Cristo viu a senhora Mercedes Morcerf, pálida e imóvel, na soleira da porta. Ela estava ali havia alguns segundos e tinha ouvido as últimas palavras da conversa.

Monte Cristo se levantou e fez uma mesura para a condessa, que retribuiu com uma reverência cerimoniosa, sem dizer uma palavra.

— O que a senhora tem, madame? — perguntou Morcerf. — Talvez o calor desta sala a incomode?

— Não — disse ela, com um sorriso. — Fiquei um pouco abalada ao ver pela primeira vez a pessoa sem cuja intervenção estaríamos agora debulhados em lágrimas e de luto. Senhor, é ao senhor que devemos a vida de nosso filho – ela agradeceu, avançando com majestade de rainha –, e eu o abençoo por sua bondade.

– Senhora, o conde e a senhora me agradecem com excesso de generosidade por uma ação muito simples. Salvar um homem, poupando assim a agonia de um pai e de uma mãe, não é um ato nobre, mas um simples ato de humanidade – respondeu Monte Cristo, com extrema suavidade e delicadeza.

– Foi muita sorte do meu filho ter encontrado um amigo como o senhor – disse Mercedes, com lágrimas nos olhos.

Morcerf se levantou e se dirigiu a ela:

– Senhora, já me desculpei com o conde – disse. – A sessão começou às duas horas, já são três, e eu tenho que falar.

– Vá, então. Tentarei compensar a sua ausência – disse a condessa. E, voltando-se para Monte Cristo, acrescentou: – O senhor nos dará a honra de passar o restante do dia conosco?

– Creia-me, condessa, que ninguém poderia estar mais grato pela sua gentil oferta do que eu, mas cheguei a Paris hoje e vim diretamente para a casa de seu filho, de forma que nem sei ainda onde fica a minha casa.

– Então, pelo menos nos prometa que teremos este prazer em outra ocasião.

Monte Cristo se curvou, sem responder, em um gesto que poderia ser tomado por assentimento.

– Então não vou detê-lo mais – disse a condessa. – Não quero que a minha gratidão se torne indiscreta ou inoportuna.

Com mais uma mesura, Monte Cristo saiu da casa e entrou na carruagem que o esperava. Ao partir, o conde notou um movimento quase imperceptível na cortina da sala em que acabara de deixar a senhora de Morcerf. Quando Albert voltou à sala, Mercedes perguntou ao filho:

– Você é um jovem perspicaz. Acha que o conde é realmente o grande senhor que parece ser?

– Ele é assim considerado, mãe. Percebo que tem muitas peculiaridades estranhas, e a mim me parece que seja um homem que conheceu o infortúnio. Parece alguém que sofreu algum grande golpe da sorte, mas que conseguiu se recuperar e se pôr acima das regras da sociedade.

– É possível – disse a condessa, mergulhada em pensamentos. – Esse homem tem amizade por você, Albert? – perguntou ela, com um estremecimento.

– Creio que sim.

– E você gosta dele?

– Gosto, apesar de Franz d'Épinay, que sempre tenta me convencer de que ele saiu de outro mundo.

– Albert, só lhe aconselho a ser prudente – disse a condessa, com um estranho terror na voz.

A condessa fechou os olhos, e Albert saiu da sala na ponta dos pés.

O conde de Monte Cristo não se esqueceu da promessa feita a Maximilian e estava ansioso para visitar o jovem, sua irmã Julie e o marido dela, Emmanuel. Na casa deles ele teria um vislumbre fugaz da felicidade, antes do seu mergulho voluntário no inferno. Essa perspectiva de uns poucos momentos de felicidade trouxe uma expressão de serenidade ao rosto de Monte Cristo.

Era meio-dia, e o conde reservou uma hora para passar com Haydée. Era como se o seu espírito oprimido precisasse se preparar para as emoções ternas, como outros espíritos têm de se preparar para as violentas.

A jovem grega ocupava uma suíte separada da do conde. Haydée estava reclinada sobre almofadas de cetim azul, as costas apoiadas contra o divã, fumando um narguilé. A beleza do seu rosto era a do tipo grego perfeito, com grandes olhos negros, nariz reto, lábios de coral e dentes que pareciam pérolas.

Quando Monte Cristo entrou na sala, a jovem o recebeu com um sorriso e lhe estendeu a mão.

– Por que o senhor agora pede permissão para me ver? – perguntou ela. – Não é mais o meu amo? Eu deixei de ser a sua escrava?

– Haydée, estamos na França, o que quer dizer que você é livre – respondeu ele, sorrindo.

– Livre para quê?

– Livre para me deixar.

– Deixá-lo! Por que eu o deixaria?

– Você pode conhecer algum jovem que lhe agrade, e eu não seria injusto a ponto de...

– Nunca vi um homem tão bonito quanto o senhor – interrompeu-o Haydée. – E nunca amei ninguém a não ser meu pai e o senhor. Meu pai me chamava de sua alegria, o senhor me chama de seu amor, e os dois me chamaram de sua criança.

Monte Cristo pegou a mão da jovem para beijá-la, mas Haydée a retirou e lhe ofereceu a face.

– Ouça, Haydée – disse o conde –, você sabe que é livre. É dona de si mesma. Pode ficar aqui e pode ir embora, se e quando desejar. Sempre haverá uma carruagem à sua disposição. Ali e Myrta a acompanharão por onde você quiser ir e estarão sob suas ordens. Só há uma coisa que eu lhe peço.

– Estou ouvindo.

– Não revele o segredo do seu nascimento, não diga uma palavra em relação ao seu passado, nunca mencione o nome de seu ilustre pai ou o de sua pobre mãe.

A moça prometeu, com os olhos cheios de lágrimas, e lhe perguntou se ele tinha planos de deixá-la.

– Você sabe que eu nunca a deixarei, minha criança. A árvore não se separa da flor, é a flor que se separa da árvore.

– Eu nunca o deixaria – disse Haydée. – Eu não saberia viver sem o senhor.

– Se você me ama como um pai, eu a amo como minha filha – respondeu o conde.

– O senhor está enganado. Eu não amava o meu pai como o amo. É muito diferente. O meu pai morreu e, no entanto, eu não estou morta, enquanto se o senhor morrer eu também morro.

Com um sorriso de extrema ternura, o conde lhe estendeu a mão, que ela beijou. Ele se sentia então preparado para a entrevista com Morrel e sua família. Afastou-se de Haydée, murmurando estes versos de Píndaro:

A juventude é a flor da qual o amor é o fruto;
Feliz o ceifeiro que colhê-lo depois de observá-lo
amadurecer lentamente.

Mais tarde, o conde chegou à casa de Emmanuel Herbault, no bairro parisiense do Marais, onde foi recebido calorosamente por Maximilian Morrel.

– Mil vezes obrigado, conde, por cumprir a sua promessa de nos visitar – disse o jovem oficial, apertando a mão do visitante com tanta cordialidade que seria impossível duvidar da sua sinceridade.

Maximilian levou Monte Cristo para o jardim, onde sua irmã, Julie, podava as roseiras, e o marido dela, Emmanuel Herbault, lia um jornal. A moça recriminou o irmão por apresentá-la com as roupas simples que usava para praticar jardinagem e pediu licença para se arrumar. Os três homens se dirigiram para a sala de visita. Monte Cristo notou que o jardineiro era o velho Penelon, cuja pele curtida traía o fato de ter sido marinheiro.

A sala era impregnada pelo perfume das flores que enchiam um enorme vaso japonês. Ouvia-se o chilreio de pássaros de um aviário próximo. Tudo naquele pequeno refúgio, inclusive os sorrisos dos moradores, exalava tranquilidade e paz.

Alguns minutos depois, a dona da casa, vestida apropriadamente e com um penteado sofisticado, juntou-se a eles.

O conde se entregou àquela atmosfera de felicidade, silencioso e pensativo, esquecendo-se de manter a conversa social. De repente, percebendo que o seu silêncio estava criando constrangimento, ele saiu, com um grande esforço, do mundo dos sonhos e disse:

– Perdoe a minha emoção, senhora. Talvez a senhora, acostumada à paz e à felicidade que encontro aqui, fique surpresa com o meu silêncio. Mas, para mim, é tão raro me deparar com o contentamento expresso em um rosto humano que não me canso de olhar para a senhora e seu marido.

– Somos muito felizes, senhor – respondeu Julie –, mas já passamos por muito sofrimento.

Diante do olhar de curiosidade do conde, Maximilian interveio:

– É uma história de família, que talvez não interesse ao senhor, acostumado aos infortúnios dos ilustres e às alegrias dos ricos. Nós sofremos amargamente.

– E Deus não lhes mandou o seu consolo na sua tristeza? – perguntou Monte Cristo.

– Mandou sim, conde – respondeu Julie. – Ele nos enviou um dos Seus anjos.

As faces do conde enrubesceram, e ele tossiu para ter uma desculpa para esconder sua emoção atrás do lenço.

– Os que nasceram em berço de ouro e nunca sentiram falta de nada não sabem quanta felicidade a vida tem – disse Emmanuel. – Também não sabem apreciar um céu límpido, aqueles que nunca confiaram a sua vida a um navio em um mar feroz.

Pálido, Monte Cristo ficou em silêncio, com medo de que sua voz traísse o turbilhão de seu coração. Depois de alguns minutos, apontou uma cúpula de vidro debaixo da qual uma bolsa de seda descansava sobre uma pequena almofada de veludo preto, entre um pedaço de papel e um diamante.

– Os senhores poderiam me explicar o significado desta bolsa?

– É o mais precioso dos tesouros da nossa família, conde – respondeu Maximilian.

– Realmente, o diamante é muito bom.

– Meu irmão não fazia alusão ao valor da pedra, que foi estimado em cem mil francos – interveio Julie. – Ele se referia ao fato de que a bolsa contém as relíquias do anjo de quem eu acabei de falar.

– Perdoe-me, senhora. Não tive intenção de ser indiscreto.

– Indiscreto? Ao contrário, nós lhe agradecemos por nos dar a oportunidade de abrir os nossos corações – respondeu a jovem. – Se quiséssemos manter em segredo a ação nobre de que essa bolsa nos faz lembrar, nós não a exporíamos assim. Preferimos que todos saibam, na esperança de que um dia o nosso benfeitor a veja e se traia pela emoção.

– Não me diga! – disse Monte Cristo, com a voz sufocada.

– Esta bolsa foi tocada pela mão que salvou o meu pai da morte, todos nós da ruína, e o nosso nome da desonra – disse Maximilian, levantando a cúpula e beijando a bolsa. – Esta carta – continuou ele, tirando um pedaço de papel de dentro dela e o entregando para o conde – foi escrita por ele no dia em que meu pai tinha tomado uma decisão desesperada, e o diamante foi dado pelo nosso benfeitor desconhecido para minha irmã, como dote.

Monte Cristo abriu a carta, que era endereçada a Julie e assinada por Simbad, o marinheiro.

– Não perdi a esperança de beijar aquela mão, como eu beijo a bolsa que ela tocou – falou Julie. – Há quatro anos, Penelon, o ex-marujo que o senhor viu no jardim, estava em Trieste e viu, no cais, um inglês que subia a bordo de um iate. Ele o reconheceu como o homem que esteve com o meu pai no dia 5 de junho de 1929 e que escreveu esta carta três meses depois. Ele tem certeza de que era ele, mas não teve coragem de lhe dirigir a palavra.

– Um inglês? – perguntou Monte Cristo, sentindo-se pouco à vontade toda vez que Julie olhava para ele.

– Sim – interveio Morrel. – Um inglês **que se apresentou a nós** como representante dos banqueiros Thomson & French, de Roma. Foi por isso que o senhor viu o meu susto quando mencionou, há alguns dias, que eles eram seus banqueiros. Por piedade, conde, nos conte o que sabe sobre esse inglês.

– Como ele se chama? – perguntou Monte Cristo.

– Só sabemos o nome que ele assinou no fim da carta, "Simbad, o marinheiro" – disse Julie, observando o conde com atenção.

– Que, evidentemente, não passa de um pseudônimo – disse Monte Cristo. – Esse homem era mais ou menos da minha altura, talvez um pouco mais alto e um pouco mais magro? Usava uma gravata alta, o casaco bem abotoado e tinha o hábito de tirar do bolso o lápis constantemente?

– O senhor o conhece, então? – interpelou-o Julie, com alegria na voz e olhando para ele cada vez com maior atenção.

– Não, só estava fazendo conjecturas. Conheci um certo lorde Wilmore, que estava sempre fazendo coisas desse tipo.

– Meu pai sempre nos dizia que não tinha sido nenhum inglês que mudou a nossa vida.

– O que o seu pai dizia? – perguntou Monte Cristo, com um sobressalto.

– Meu pai considerava o acontecido um milagre. Acreditava que um benfeitor tinha saído do túmulo para nos ajudar. Muitas vezes, sonhando, ele murmurava o nome do seu caro amigo, que havia perdido para sempre! No seu leito de morte, as suas últimas palavras foram: "Maximilian, foi Edmond Dantès!".

O conde ficou mortalmente pálido e não conseguiu falar por alguns segundos. Tirou o relógio do bolso, como se tivesse se esquecido do tempo, pegou o chapéu e se despediu apressadamente da senhora Herbault, de Emmanuel e de Maximilian.

– Passei uma hora feliz com os senhores e estou muito agradecido pela bondade com que me receberam – disse. – Permitam que eu renove minha visita de tempos em tempos.

Capítulo 10

Poucos dias depois de ter chegado a Paris, por volta das duas da tarde uma carruagem puxada por dois magníficos cavalos ingleses parou diante da porta de Monte Cristo. Dentro dela estava um homem de casaco azul com botões de seda da mesma cor, calça marrom e colete branco sobre o qual se dispunha, cruzada, uma pesada corrente de ouro. Era um homem de pouco mais de 50 anos que tentava aparentar 40. Ele mandou o cavalariço indagar se o conde de Monte Cristo estava em casa.

– Sua Excelência realmente vive aqui, mas ele está ocupado – respondeu o porteiro.

– Nesse caso, aqui está o cartão do meu senhor, o barão Danglars. Entregue-o ao conde de Monte Cristo e diga que o meu senhor parou aqui, a caminho do Senado, com o objetivo de ter a honra de conhecer o conde.

– Eu nunca falo com Sua Excelência – respondeu o porteiro. – O valete transmitirá a mensagem.

O cavalariço voltou à carruagem, abatido com o mau acolhimento que acabara de receber, e transmitiu a resposta do porteiro ao seu senhor.

– Ora, então estamos falando de um príncipe, com quem apenas o valete tem direito de falar! – ironizou Danglars. – Não importa! Como ele tem crédito junto ao meu banco, eu vou conhecê-lo quando ele quiser dinheiro.

– E gritou para o cocheiro, alto o suficiente para ser ouvido por todos os que estavam na rua: – Para o Senado!

O conde tinha sido informado da visita e examinara o barão por detrás da veneziana.

– Sem dúvida, trata-se de um animal feio – murmurou com um gesto de desgosto. – É só olhar para o homem e se vê nele a testa chata da cobra, o crânio ressaltado do abutre e o bico afiado do falcão!

Mais tarde, o conde anunciou que iria sair.

– Para onde o senhor vai? – perguntou Bertuccio.

– Para a casa do barão Danglars – respondeu o conde, dando o endereço ao cocheiro.

Ao chegar à residência do barão, o conde foi levado à sua presença.

– Eu tenho a honra de falar com o senhor de Monte Cristo?

– E eu estou falando com o barão Danglars, cavaleiro da Legião de Honra e membro do Senado? – perguntou o conde, repetindo todos os títulos que constavam do cartão do barão.

Os dois assentiram.

– Recebi uma carta dos senhores Thomson & French – disse o banqueiro.

– Estou muito satisfeito, barão. Assim, não haverá necessidade de eu me apresentar, o que é sempre constrangedor.

– Sim, mas devo confessar que não entendo muito bem o significado dela – disse Danglars, pegando o documento. – Esta carta abre crédito em meu banco para o conde de Monte Cristo para uma soma ilimitada.

– Pois bem, barão, o que há de incompreensível nisso?

– Nada, senhor, a não ser a palavra ilimitada.

– Essa palavra não existe na França?

– Existe, mas não no vocabulário de um banqueiro.

– Na sua opinião, a empresa Thomson & French não é sólida? Seria interessante eu saber disso, pois tenho bens com eles.

– Ora, eles têm uma empresa perfeitamente sólida – respondeu Danglars com um sorriso irônico. – Mas o significado da palavra ilimitada em relação a finanças é tão vago... E o que é vago é duvidoso, e na dúvida, diz o sábio, existe o perigo.

– Os senhores Thomson e French – respondeu Monte Cristo – negociam sem fixar os limites do seu crédito, mas o senhor Danglars tem um limite para o seu. Como acaba de dizer, é um sábio.

– Nunca alguém questionou o meu capital, senhor – atalhou o banqueiro, com o orgulho ferido.

– Então eu sou, obviamente, o primeiro a fazê-lo. As explicações que o senhor exige de mim, senhor, sem dúvida sugerem hesitação...

– Então, senhor, vou tentar me explicar melhor, pedindo que o senhor especifique qual a quantia que espera sacar do meu banco.

– Mas eu pedi crédito ilimitado justamente porque não sei de quanto vou precisar – respondeu Monte Cristo, resoluto.

O banqueiro então se recostou na cadeira com um sorriso arrogante e disse:

– Não tenha medo de pedir. O senhor ficará convencido de que os recursos da firma de Danglars, ainda que possam ser limitados, são suficientes para atender à mais alta demanda, mesmo que o senhor me pedisse um milhão...

– O que o senhor disse? – interrompeu-o Monte Cristo.

– Eu disse um milhão – repetiu Danglars, com a audácia dos estúpidos.

– E o que eu faria com um milhão? – perguntou o conde – Deus do céu! Eu não teria aberto uma conta por uma soma insignificante como essa. Ora, eu sempre carrego um milhão comigo – e, dizendo isso, o conde tirou do bolso dois títulos do Tesouro, no valor de quinhentos mil francos cada.

Não é qualquer coisa que deixa um homem do tipo de Danglars desarmado, mas o gesto do visitante teve esse efeito. O banqueiro ficou simplesmente aturdido. O conde retomou a palavra.

– Ora, admita que o senhor não confia nos banqueiros Thomson & French. Eu esperava por isso e me preveni. Aqui estão outras duas cartas de crédito semelhantes à que lhe foi endereçada. Uma é de Arestein & Eskeles, de Viena, para o barão Rothschild, e a outra, da Casa Baring, de Londres, para o senhor Lafitte. É só o senhor me dizer que eu o aliviarei de toda a sua ansiedade e apresentarei a minha carta de crédito para uma dessas duas empresas.

Isso foi o suficiente. Danglars se deu por vencido. Tremendo visivelmente, ele pegou as cartas de Londres e de Viena, que o conde lhe estendia, abriu-as, verificou a autenticidade das assinaturas com um cuidado que teria sido um insulto a Monte Cristo se elas não tivessem servido para enganar o banqueiro.

– Aqui estão três assinaturas que valem muitos milhões – disse Danglars, levantando-se como que para homenagear o poder do ouro, personificado no homem que tinha diante de si. – Três cartas de crédito ilimitado para as nossas empresas financeiras. Desculpe-me, conde, pois, apesar de não estar mais desconfiado, não posso evitar o espanto.

– Mas nada pode surpreender um estabelecimento bancário como o seu – disse Monte Cristo, em uma grande demonstração de polidez. – Então, suponho que possa me enviar algum dinheiro.

– Estou a seu dispor, conde.

– Então vamos fixar uma soma genérica para o primeiro ano: por exemplo, seis milhões.

– Muito bem, que sejam seis milhões – respondeu Danglars com a voz rouca.

– Se eu precisar de mais – disse Monte Cristo, despreocupado –, podemos aumentar essa quantia, mas não espero ficar em Paris por mais de um ano e não suponho que minhas retiradas ultrapassem essa soma nesse período. De qualquer forma, veremos. Para começar, o senhor pode me mandar amanhã quinhentos mil francos, metade em ouro e metade em cédulas? Estarei em casa até o meio-dia.

– O senhor receberá o dinheiro às dez horas da manhã, conde. Devo confessar-lhe que pensei estar bem informado sobre as grandes fortunas da Europa, mas admito que a sua parece ser considerável, e eu não tinha conhecimento dela. É uma fortuna recente?

– Não, pelo contrário – respondeu Monte Cristo. – É uma fortuna antiga, um tipo de tesouro familiar que não podia ser tocado. Mas o senhor terá mais informações sobre ela muito em breve.

Danglars acompanhou as palavras do conde com um sorriso pálido.

– Se o senhor me permitir, conde, eu gostaria de apresentá-lo à baronesa Danglars. Desculpe a minha pressa, mas um cliente como o senhor é quase parte da família.

Monte Cristo fez uma mesura, aceitando a honra. O financista tocou um sinete, e um lacaio apareceu.

— A baronesa está em casa?

— Sim, senhor. Ela está com o senhor Debray.

— Debray é um velho amigo nosso; é secretário particular do ministro do Interior — disse Danglars, dirigindo-se a Monte Cristo. — Quanto à minha mulher, ela pertence a uma família antiga e se casou abaixo de sua posição social ao me aceitar. Foi a senhorita Sevières e, ao se casar comigo, era viúva do marquês Nargonne.

— Eu tenho a honra de conhecer o senhor Lucien Debray — disse o conde. E, diante da dúvida que viu na expressão de Danglars, acrescentou: — Eu o conheci na casa do senhor de Morcerf.

— A baronesa aguarda os senhores — informou o lacaio.

A senhora Danglars, cuja beleza era notável aos 36 anos, estava sentada ao piano. Antes de o conde entrar, Lucien teve tempo de lhe falar sobre o visitante, aguçando-lhe a curiosidade, que já havia sido despertada pelas histórias ouvidas do visconde de Morcerf. Por isso, ela acolheu o marido com um sorriso, o que não era do seu costume, enquanto o conde fazia uma mesura cerimoniosa.

— Senhora, permita-me que lhe apresente o conde de Monte Cristo, muito recomendado pelos meus correspondentes em Roma — disse Danglars. — Vou acrescentar um fato que o tornará uma pessoa favorita das damas: ele pretende permanecer em Paris durante um ano e, nesse período, se propõe a gastar seis milhões. Isso promete uma série de bailes, jantares e ceias, e eu espero que o conde não nos esqueça, como nós não o esqueceremos nas pequenas festas que daremos.

Alguns dias depois, Albert de Morcerf, acompanhado por Lucien Debray, visitou o conde de Monte Cristo na avenida Champs-Élysées. A casa já tinha assumido a aparência palaciana que, graças à sua imensa fortuna, o conde sempre dava às suas residências temporárias.

O conde atribuiu a visita à curiosidade, não apenas dos dois jovens, mas também da senhora Danglars, que queria saber mais sobre o homem que ia à Ópera com uma escrava ostentando diamantes de um milhão de francos.

Monte Cristo, porém, não deu nenhum sinal de suas suspeitas sobre a presença de Lucien ter algo a ver com a curiosidade da baronesa.

O anfitrião perguntou a Albert como iam as suas relações com os Danglars. Diante da resposta de que iam bem, disse:

– A senhorita Eugénie Danglars é bonita?

– Muito bonita, eu até diria bela – respondeu Albert. – Mas é um tipo de beleza que eu não aprecio. Além disso, a senhorita Eugénie é rica demais para mim. A riqueza dela me assusta!

– E o senhor não é rico?

– Meu pai provavelmente vai me dar de dez a doze mil francos quando eu me casar. Mas isso é tudo.

– Devo admitir não entender as suas objeções a uma jovem bela e rica – disse o conde.

– Mesmo que houvesse objeções, não são apenas da minha parte.

– Quem levanta objeções? O senhor me disse que o seu pai é a favor desse casamento.

– Minha mãe tem objeções, e ela é uma pessoa que tem uma percepção muito aguçada. Não sei qual é o seu motivo, mas sei que, se o casamento for realizado, ela ficará infeliz. De outro lado, o meu pai ficaria grandemente decepcionado se eu não me casasse com a senhorita Danglars. Mas eu prefiro discutir com o conde a causar sofrimento à minha mãe.

Diante do aparente constrangimento de Monte Cristo diante dessas confidências pessoais, Albert mudou de assunto. Voltando-se para Debray, que estava quieto em um canto, perguntou:

– No que você está pensando, Lucien?

– Estou fazendo cálculos, e indiretamente eles interessam a você, Albert. Avalio que a empresa de Danglars ganhou uns trezentos mil francos com a alta dos bônus de uma ferrovia americana.

– E o que tem de mais nisso? Danglars não ganhou um milhão neste ano com os títulos do Tesouro Espanhol?

– Sim, mas o caso da ferrovia é diferente. Danglars os vendeu ontem, e hoje a cotação caiu. Se tivesse esperado para vender hoje, teria perdido vinte e cinco mil francos, ao invés de ganhar trezentos mil.

– E por que a cotação dos bônus caiu tanto em um dia? – perguntou Monte Cristo. – Eu nada entendo de Bolsa de Valores.

– Por causa de notícias desencontradas – respondeu Albert, com uma risada.

– Quer dizer que Danglars especula, correndo o risco de perder ou ganhar trezentos mil francos em um dia? Ele deve ser enormemente rico!

– Não é ele quem especula – interveio Lucien. – É a senhora Danglars. Ela é muito afoita.

– Você deveria detê-la – disse Albert a Lucien, com uma risada. – Todos sabem que não se pode confiar em comunicados, pois você é a fonte de muitos deles.

– Como eu poderia detê-la, quando o marido dela não conseguiu fazê-lo?

– Você poderia curá-la, contando a ela sobre um suposto comunicado que o ministro teria recebido, de que apenas você teria conhecimento. Ela vai pensar que, quando a notícia vier a público, os bônus vão subir. No dia seguinte, haverá um desmentido. Ela perde dinheiro e aprende uma lição.

Monte Cristo, que aparentemente não participava da conversa, na realidade não perdia uma palavra e percebeu que o secretário particular do ministro tentava disfarçar certo constrangimento. Pouco depois, Lucien deu uma desculpa e foi embora.

Quando estavam a sós, Monte Cristo voltou a falar sobre a perspectiva de Albert se casar com Eugénie Danglars.

– Sem exagero, a sua mãe realmente se opõe ao seu casamento?

– A tal ponto que a baronesa raramente visita a casa da minha mãe, e, que eu saiba, a condessa só esteve na da senhora Danglars uma vez na vida.

– Isso me preocupa, porque, como Danglars é meu banqueiro, e Villefort está muito grato pelo pequeno serviço que lhe prestei, a minha expectativa é de que receberei uma avalanche de convites para jantares e festas. Para poder mais tarde recusar esses convites, e se o senhor não se opuser, proponho convidar o casal Danglars e o casal Villefort para a minha casa de campo em Auteuil. Mas há uma dificuldade: se convidasse o senhor e os seus pais para este jantar, a senhora de Morcerf poderia entender que se trate, até certo ponto, de uma reunião matrimonial. Ora, eu não quero desagradar a sua mãe.

– Obrigado por falar tão abertamente comigo, conde. Aceito com gratidão ser excluído. Quanto à boa opinião da minha mãe a seu respeito, o senhor já a tem, posso lhe garantir.

– O problema é que o senhor e a senhora Danglars poderão ficar bravos comigo, pois sabem da nossa amizade e se surpreenderão se não o encontrarem na minha casa. Sem dúvida, vão perguntar por que eu não o convidei. Por isso, invente algum compromisso que seja verossímil e me comunique por escrito que não pode comparecer. O senhor sabe que, com os banqueiros, apenas um documento escrito tem validade.

– Minha mãe está ansiosa para ir ao litoral. Quando será o seu jantar?

– No sábado.

– Hoje é terça. Então nós partiremos amanhã à noite e, na quinta-feira, chegaremos a Tréport. Está resolvido. Não quer vir jantar hoje comigo? Seremos apenas nós dois e minha mãe. O senhor poderia conhecê-la melhor. Ela é uma mulher notável, e eu apenas lamento que não exista outra como ela, uns vinte anos mais jovem, com quem eu pudesse me casar.

– Muitíssimo obrigado – disse o conde. – O seu convite é muito gentil, mas lamento não poder aceitá-lo.

– Cuidado, conde! O senhor acaba de me mostrar como se pode recusar, com credibilidade, um convite não desejado. Não sou um banqueiro como Danglars, mas sou tão incrédulo quanto ele.

– Eu lhe apresentarei uma prova – disse o conde, tocando a sineta.

– Esta é a segunda vez que o senhor se recusa a jantar com a minha mãe. Essa rejeição só pode ser deliberada.

Nesse instante o valete de Monte Cristo, Baptistin, entrou na sala.

– Aqui está a sua prova, Albert – disse o anfitrião, e, dirigindo-se ao seu valete, perguntou: – O que eu lhe disse hoje de manhã?

– Para fechar a porta aos visitantes logo que o relógio batesse cinco horas – respondeu o criado. – Para só admitir o major Bartolomeo Cavalcanti e o seu filho.

– Ouviu, Albert? – disse o conde. – O major Cavalcanti, cujo título de nobreza é um dos mais antigos da Itália, tem um filho mais ou menos da sua idade. Ele vai trazê-lo aqui hoje à noite. Eu estive com o pai diversas vezes em Florença, Bolonha e Lucca, e ele agora está em Paris e vem jantar comigo.

Convencido de que Monte Cristo tinha mesmo um compromisso para aquela noite, Albert se despediu. Ao sair, porém, lembrou-se de uma coisa:

– Recebi notícias de Franz.

– E como vai ele? Franz é filho do general d'Épinay, não é?

– Ele mesmo. O pai foi assassinado vergonhosamente em 1815 pelos bonapartistas.

– Que horror! Eu gosto muito dele. Franz também tem um acordo matrimonial, não tem?

– Ele deve se casar com a senhorita Villefort. E parece que há tanta afeição nesse enlace quanto no meu. Mas, meu caro conde, estamos falando tanto das mulheres quanto elas falam de nós. Isso é imperdoável. Por favor, transmita os meus cumprimentos aos seus ilustres visitantes.

E, rindo, Albert foi embora.

Capítulo 11

Maximilian foi o primeiro a chegar ao portão da casa de Villefort. Esperou por muito tempo, até que surgiram por entre as árvores do jardim não uma pessoa, como ele esperava, mas duas. Valentine havia se atrasado devido a uma visita da senhora Danglars e Eugénie, que tinha durado mais do que ela previra.

Valentine então propôs à senhora Danglars que as duas caminhassem pelo jardim, de maneira a poder mostrar a Maximilian que a culpa pelo atraso não fora sua. O jovem apaixonado compreendeu e ficou aliviado. Toda vez que as duas passavam perto dele, a amada lhe lançava um olhar que o fazia continuar esperando.

Pacientemente, Maximilian, oculto do lado de fora do portão, esperou, reparando no contraste entre as duas jovens. Não é preciso dizer que a comparação entre essas duas moças favorecia Valentine, pelo menos na opinião do jovem Morrel.

Após meia hora, as moças desapareceram, e logo depois Valentine voltou sozinha. Ela correu para o portão.

– Boa tarde, Valentine – disse uma voz vinda do meio das plantas.

– Boa tarde, Maximilian. Desculpe-me por tê-lo feito esperar, mas você viu o motivo.

– Vi a senhorita Danglars com você. Parecia que estavam trocando confidências.

– Ela me disse que lhe repugnava a ideia de se casar com Morcerf, e eu lhe confessei que estou infeliz com a perspectiva de me casar com d'Épinay. Ao falar do homem a quem não posso amar, pensei no homem que amo. Por isso, quero falar de nós dois. Só temos dez minutos.

– Por que você tem de ir embora tão cedo?

– Não sei. A senhora Villefort me disse que ela me espera no seu quarto, pois tem a me comunicar algo que afetará uma parte da minha fortuna. Ora, eles que levem toda a minha fortuna, eu sou rica demais! Talvez, se a tomassem, me deixariam em paz. Você continuaria a me amar se eu fosse pobre, não é, Maximilian?

– Eu sempre vou amar você. Pouco me importam a riqueza ou a pobreza, desde que a minha Valentine esteja perto de mim! Mas você não teme que sua madrasta queira comunicar alguma coisa ligada ao seu casamento?

– Acho que não.

– O que eu quero contar a você, minha cara, é que o senhor de Morcerf me disse que o amigo dele, Franz, lhe escreveu dizendo que vai antecipar a sua volta à França.

Valentine ficou pálida e se apoiou contra o portão para não cair.

– Seria isso? – bradou. – Mas não, um comunicado desse não viria da senhora Villefort.

– Por que não?

– Porque... apesar de não se opor abertamente ao meu casamento, a senhora Villefort parece ser contrária a ele.

– Acabo de descobrir que eu amo a senhora Villefort! Se ela é contra o casamento, que o noivado seja rompido. Talvez assim a sua família dê ouvidos a alguma outra proposta.

– Calma, Maximilian – disse Valentine, com um sorriso triste. – Não conte com isso. Minha madrasta não tem objeções ao marido, e sim ao casamento em si.

– Então, por que ela se casou?

– Você não está entendendo. Há um ano, quando falei em entrar para o convento, ela aceitou a minha ideia com alegria e até conseguiu o assentimento do meu pai. Foi por causa do meu pobre avô que eu desisti. Você não imagina a expressão de tristeza nos olhos do velho, que não ama ninguém a não ser a mim e, creio, não é amado por ninguém a não ser por mim. Mesmo que eu sofra muito, a lembrança do olhar de gratidão dele quando eu desisti de ir para o convento vai me recompensar.

– Minha querida Valentine! Você é um anjo! Mas me explique, qual é o interesse da senhora Villefort em você não se casar?

– Eu não acabei de lhe dizer que sou rica demais? Tenho uma renda de quase cinquenta mil francos, que me foi dada pelo meu pai; meus avós, o marquês e a marquesa Saint-Méran, vão me deixar uma quantia semelhante. O senhor Noirtier obviamente pretende fazer de mim a sua única herdeira. Perto de mim, o meu irmão Édouard, que não vai herdar nenhuma fortuna da mãe, é pobre. O amor da senhora Villefort pelo filho chega à adoração. Se eu tivesse entrado para o convento, toda a minha fortuna iria para o meu pai e acabaria sendo revertida para o filho dela.

– Mas por que você não doa parte da sua fortuna ao seu irmão?

– Como poderia propor isso, especialmente para uma mulher que afirma sempre ser totalmente desapegada aos bens materiais?

– Valentine, meu amor por você é sagrado, e eu não falei sobre ele a ninguém. Mas agora peço-lhe que você me dê permissão para falar desse amor com um amigo.

– Que amigo? – perguntou ela, com um tremor.

– Você já sentiu uma simpatia irresistível por uma pessoa que vê pela primeira vez e que parece que você conhece há muito tempo?

– Já. Mas quem é essa pessoa? Gostaria de conhecê-la.

– Você já o conhece. É o conde de Monte Cristo.

– Mas ele não pode ser seu amigo! – exclamou Valentine. – Ele é amigo da senhora Villefort.

– Não pode ser! Você deve estar enganada.

– De jeito nenhum. Na minha casa ele é tratado como se estivesse em sua própria casa. E nem me dá a honra de um daqueles sorrisos dele. Não dá nenhuma atenção a mim. Deve achar que não tenho nenhuma utilidade para ele. – Valentine interrompeu o seu desabafo irado ao perceber o efeito que suas palavras tinham sobre o amado.

– Desculpe-me, Maximilian. Estou dizendo coisas que eu nem sabia existirem no meu coração. Vejo que o estou magoando. Se eu pudesse, pelo menos, pegar a sua mão para pedir desculpas! Eu gostaria muito de ser convencida de que estou errada. Diga-me, o que o conde fez por você?
– Devo confessar que não fez nada de concreto. Mas algo me faz sentir que a nossa amizade recíproca seja mais do que coincidência. Tenho a ideia absurda de que tudo de bom que me acontece vem dele! Deixe-me dar um exemplo da consideração dele por mim. Ele me convidou para o jantar no sábado. Depois, fiquei sabendo que os seus pais também foram convidados. Quem sabe esse encontro não resulta em algo de bom? Aparentemente, é apenas uma coincidência, eu sei, mas o meu coração se enche de uma estranha esperança. Às vezes penso que ele adivinha o meu amor por você.
– Não estou convencida, Maximilian. Se você não tem outras provas...
– Coisas estranhas e boas acontecem quando ele está por perto – interrompeu-a o jovem. – Então ele fez um pedido apaixonado: – Valentine, me dê o seu dedinho, pelo portão, para eu beijá-lo.
– Isso vai deixá-lo feliz?
– Muito feliz!
Valentine passou toda a mão, e não apenas o dedinho, pela grade.
Com uma exclamação de alegria, Maximilian pegou a mão amada e lhe deu um beijo longo e apaixonado. Mas a pequena mão foi retirada quase imediatamente, e o jovem ouviu sua amada sair correndo em direção à casa, talvez amedrontada com as suas próprias sensações.

Enquanto Valentine e Maximilian conversavam, o senhor Villefort entrou no quarto do seu pai, seguido pela esposa. Depois de cumprimentarem o ancião e dispensarem Barrois, seu criado de confiança, os dois se sentaram, um de cada lado do velho cavalheiro.
Noirtier estava em sua cadeira de rodas, para a qual era carregado todas as manhãs e onde ficava até o anoitecer. A visão e a audição eram os únicos dois sentidos que animavam o pobre corpo. O cabelo dele era branco e longo; os olhos e as sobrancelhas, negros. Naqueles olhos estavam concentradas toda a atividade, habilidade, força e inteligência que antes haviam caracterizado

o corpo e a mente de Noirtier. Com os olhos, ele dava ordens e agradecia. É verdade que o gesto dos braços, o som da voz e a postura do corpo se haviam perdido, mas os olhos imperiosos e destros do ancião tomavam o lugar dessas capacidades ausentes. Era um cadáver de olhos vivos, e nada era mais aterrorizante do que quando, naquele rosto de mármore, eles se acendiam com fúria ou brilhavam de alegria.

Apenas três pessoas compreendiam a linguagem do pobre paralítico: Villefort, Valentine e o velho criado. Como Villefort raramente via o pai, toda a felicidade do velho se concentrava na neta. Pela força da devoção, amor e paciência, ela aprendera a ler os pensamentos do avô pelo olhar dele. Ela respondia, pondo na voz e na expressão do rosto toda a sua alma. Assim aconteciam diálogos animados entre a neta e aquele homem abatido pelo destino, mas que ainda possuía um imenso conhecimento e uma extraordinária percepção.

O criado estava com ele havia vinte e cinco anos e conhecia tão bem os hábitos de seu senhor que Noirtier raramente tinha de lhe pedir algo.

– Não se espante – começou Villefort – por Valentine não estar conosco ou por eu ter dispensado Barrois. A nossa conversa não poderia acontecer diante de uma jovem ou de um criado. A senhora Villefort e eu temos que lhe comunicar algo que, estamos certos, será do seu agrado. Vamos casar Valentine.

Diante do silêncio forçado do pai, Villefort continuou:

– O casamento acontecerá dentro de três meses.

Os olhos do velho continuavam inexpressivos.

– Pensamos que essa notícia lhe interessaria, senhor – interveio a senhora Villefort –, pois Valentine sempre pareceu ser o objeto da sua afeição. O jovem a quem ela é destinada é uma das mais desejáveis conexões a que Valentine poderia aspirar. Ele tem fortuna e um bom nome, que não é desconhecido para o senhor. O jovem em questão é Franz de Quesnel, barão d'Épinay.

Villefort observava atentamente o pai enquanto sua mulher falava. Quando o nome de Franz d'Épinay foi mencionado, os olhos do velho tremeram, como lábios em uma tentativa de falar, e lançaram uma flecha de luz. O procurador do rei, que entendia a expressão do velho e tinha conhecimento da antiga inimizade política entre o seu próprio pai e o de Franz d'Épinay, entendeu a agitação e fúria de Noirtier. Mas, fingindo não perceber nada, retomou a conversa no ponto em que sua mulher tinha deixado.

– É importante que Valentine, que já tem 19 anos, finalmente seja estabelecida na vida. Nós, porém, não nos esquecemos do senhor em nossas negociações sobre o assunto e conseguimos que o futuro marido de Valentine consinta não em viver com o senhor, o que pode ser constrangedor para um casal jovem, mas que o senhor viva com eles. Dessa forma, o senhor e Valentine, que são tão afeiçoados um ao outro, não serão separados. A única diferença é que terá dois filhos para tomar conta do senhor, em vez de uma.

O olhar de Noirtier era de fúria. Estava evidente que algo desesperado passava pela cabeça do velho.

– Este casamento – continuou a senhora Villefort – é aceitável para o senhor d'Épinay e sua família, que consiste apenas de um tio e uma tia. A mãe dele morreu quando o deu à luz, e o pai foi assassinado em 1815, quando o filho tinha apenas 2 anos. Ele não tem, portanto, a quem consultar, a não ser a si mesmo.

– Aquele assassinato foi muito misterioso – continuou Villefort –, e ainda hoje os seus autores são desconhecidos, apesar de haver muitos suspeitos.

O olhar de Noirtier disse ao filho que ele compreendia, e estava carregado de profundo desprezo e fúria. Villefort entendeu tudo, mas limitou-se a dar de ombros e a fazer um sinal para sua mulher, indicando que estava na hora de se retirarem.

– Dê-nos licença – disse ela. – Posso enviar Édouard para apresentar seus cumprimentos ao senhor?

Existia um acordo segundo o qual o velho manifestava seu consentimento fechando os olhos; uma recusa, piscando várias vezes; e o desejo por algo, virando os olhos para os céus. Se queria ver Valentine, apenas fechava o olho direito; se Barrois, o esquerdo.

Em resposta à pergunta da senhora Villefort, ele piscou vigorosamente. Humilhada diante dessa recusa, ela mordeu o lábio e disse:

– O senhor gostaria que eu enviasse Valentine?

– Sim – sinalizou o velho, fechando o olho direito.

O senhor e a senhora Villefort fizeram uma mesura cada um e se retiraram.

Valentine, que se antecipara à chamada e esperava por perto, entrou no quarto logo depois que o pai e a madrasta saíram. Com apenas um olhar, percebeu que o avô estava sofrendo e que tinha muita coisa a comunicar a ela.

– Vovô, querido, o que aconteceu? O senhor está bravo?

– Sim – respondeu ele, fechando os olhos.

– Com quem está bravo? Com o meu pai?

– Não.

– Com a senhora Villefort?

– Não.

– Comigo? – perguntou Valentine e, diante do sinal de assentimento, acrescentou, surpresa: – O que foi que eu fiz? Deixe-me pensar: o senhor e a senhora Villefort estiveram aqui. Eles disseram algo que o aborreceu?

Diante do sinal positivo do avô, Valentine continuou a tentar entender o que ele queria dizer:

– O que é? – indagou ela, e em seguida, baixando a voz e se aproximando do velho, acrescentou: – Eles falaram sobre o meu casamento?

– Sim – respondeu um olhar furioso.

– E o senhor teme que eu o abandone e que o meu casamento vá me fazer esquecer o senhor?

– Não – foi a resposta.

– Eles lhe disseram que d'Épinay concorda que vivamos juntos?

– Sim – indicou um fechar de olhos.

– Por que o senhor está bravo?

Os olhos do velho brilharam com uma expressão de profunda afeição.

– Então o senhor está bravo porque me ama? Teme que eu seja infeliz? – retomou Valentine.

– Sim, sim – foram as respostas sinalizadas às duas perguntas.

– O senhor não gosta de Franz?

– Não – respondeu o velho, enfatizando a negativa com umas três ou quatro piscadas.

– Ouça – disse Valentine, ajoelhando-se e abraçando o avô –, eu também estou sofrendo, pois não amo Franz d'Épinay. Se o senhor pudesse me ajudar! Se nós pudéssemos frustrar os planos deles! Mas somos impotentes.

Valentine viu que a reação do avô foi um olhar tão astuto que ela entendeu como "você está enganada; eu ainda posso fazer muito por você". Noirtier virou os olhos para cima, sinalizando que queria alguma coisa. Como costumava fazer nesses casos, Valentine começou a recitar as letras do alfabeto, até que ele fechasse os olhos ao ouvir uma delas. Isso aconteceu quando ela chegou ao "n".

– Portanto, o que o senhor deseja começa com ene. Vejamos: "na", "ne", "ni", "no"...

Quando a neta pronunciou a sílaba "no", Noirtier fechou os olhos, comunicando que sim. Ela então pegou o dicionário e o colocou na mesa diante do avô. Ele fixou os olhos nas páginas, e ela foi correndo o dedo rapidamente, verbete por verbete iniciado com "no". Com a prática que adquirira nos seis anos em que o senhor Noirtier se encontrava inválido, Valentine quase adivinhava os desejos do avô. Quando chegou em "notário", os olhos do velho sinalizaram que aquela era a palavra desejada.

– O senhor deseja que eu mande buscar um notário? – perguntou Valentine.

– Sim.

– É urgente?

– Sim.

Valentine tocou o sino e disse ao criado para solicitar ao senhor e senhora Villefort que viessem imediatamente.

– Está satisfeito agora? – perguntou ela ao avô.

Ele concordou, e ela sorriu para o velho, como se ele fosse uma criança.

Quarenta e cinco minutos depois, Barrois voltava com o tabelião.

– O senhor foi chamado pelo senhor Noirtier, aqui presente – disse Villefort ao notário, depois dos cumprimentos de praxe. – Ele ficou paralítico e perdeu o uso da voz e dos braços, de modo que temos grande dificuldade em entender os seus pensamentos.

Noirtier deu um olhar suplicante para Valentine, que interveio, dirigindo-se ao pai:

– Senhor, eu compreendo tudo o que meu avô quer dizer.

– Isso é verdade – disse Barrois –, como eu já informei ao cavalheiro no caminho.

– Com a permissão dos senhores – disse o tabelião –, quero deixar claro que, para um documento ser válido, é necessário que o notário fique absolutamente convencido de que reflete fielmente os desejos da pessoa que os dita. Nesse caso, não posso ter certeza da aprovação ou desaprovação por parte de um cliente impedido de falar, de maneira que os meus serviços não podem ser exercidos legalmente.

O tabelião se preparava para se retirar. Um sorriso de triunfo quase imperceptível surgiu nos lábios de Villefort, mas Noirtier olhou para Valentine com uma expressão de tanto pesar que ela deteve a partida do notário.

– A língua que eu falo com o meu avô – disse ela – é fácil de aprender, e em alguns poucos minutos eu posso ensiná-la, de forma que o senhor possa entendê-la quase tão bem quanto eu. Com a ajuda de sinais, o senhor pode ter absoluta certeza de que o meu avô está em plena posse de suas faculdades mentais. Pelo fato de ser privado da fala, o senhor Noirtier fecha os olhos quando quer dizer "sim" e pisca quando quer dizer "não". Isso já é suficiente para conversar com ele. Tente.

Noitier olhou para Valentine com uma expressão de tanto amor e gratidão que o próprio tabelião entendeu.

– O senhor ouviu e compreendeu o que a sua neta me disse? – perguntou o notário.

Noirtier fechou os olhos suavemente e, depois de um segundo, abriu-os novamente.

– E aprova o que ela disse? Os sinais que ela mencionou são realmente aqueles pelos quais o senhor está acostumado a transmitir os seus pensamentos para os outros?

– Sim.

– Foi o senhor quem me mandou chamar?

– Sim.

– E o senhor não quer que eu vá embora sem realizar o que o senhor deseja?

O velho fechou os olhos, concordando.

– Pois bem, senhor – disse Valentine, dirigindo-se ao notário –, entende o que eu disse agora? A sua consciência estará sossegada em relação a essa questão? Posso descobrir e explicar os pensamentos do meu avô, de forma a pôr fim a qualquer dúvida ou temor que o senhor possa ter. Há seis anos eu converso assim com ele. Que ele diga ao senhor se, em todo esse período, alguma vez teve um pensamento que não conseguiu me fazer compreender.

– Não – sinalizou o velho.

– Vamos tentar fazer o possível, então – disse o notário. – O senhor aceita esta jovem como sua intérprete, senhor Noirtier?

– Sim.

– O que o senhor quer de mim? Que documentos deseja que eu redija?

Valentine foi recitando as letras do alfabeto até chegar ao "t". Ao ouvir essa letra, os eloquentes olhos de Noirtier a mandaram parar.

– É muito evidente que é a letra "t" a desejada pelo senhor Noirtier – disse o notário.

– Ta, te... – disse Valentine, sendo interrompida pelos sinais do avô na segunda sílaba.

Ela então pegou o dicionário e foi passando o dedo lentamente pelos verbetes. Quando apontou a palavra "testamento", os olhos de Noirtier sinalizaram para que parasse.

– Testamento! – exclamou o notário. – É evidente que o senhor deseja fazer um testamento.

– Sim, sim, sim – indicaram os olhos do inválido.

– Ora – interpôs Villefort –, o senhor deve admitir que isso é extraordinário. Não compreendo como se possa fazer um testamento sem a intervenção de Valentine, e ela talvez seja considerada uma parte interessada, de forma que não seria uma intérprete adequada dos desejos mal definidos de seu avô.

– Não, não, não! – foi a reação dos olhos do inválido.

– Não o quê? O senhor quer dizer que Valentine não tem interesse no seu testamento? – perguntou Villefort.

– Não tem.

– O que me parecia impossível há uma hora agora se tornou muito fácil e praticável – disse o notário, que estava muito interessado no caso. – Será um testamento perfeitamente válido, desde que seja lido na presença de sete testemunhas aprovadas pelo testador e autenticado pelo tabelião na presença dessas testemunhas. Para tornar esse instrumento incontestável, vou lhe dar a maior autenticidade possível. Um dos meus colegas vai me ajudar e, ao contrário da praxe, vai dar assistência na escrita do instrumento legal. O senhor está satisfeito? – acrescentou ele, dirigindo-se a Noirtier.

– Sim – sinalizou o inválido, alegre pelo fato de que suas intenções tivessem sido compreendidas tão bem.

O procurador do rei saiu da sala e ordenou que fossem buscar outro notário. Barrois, porém, tinha ouvido tudo o que se passava e, percebendo qual era o desejo de seu senhor, já tinha ido buscar um tabelião. Villefort, ainda sem entender o que o pai iria fazer, chamou a esposa.

Quinze minutos depois, todos estavam reunidos na sala da suíte do velho. Para testar a inteligência do testador, o primeiro notário lhe disse:

– Quando um indivíduo faz o seu testamento, em geral o documento é a favor ou em detrimento de alguma pessoa.

– Sim.

– O senhor tem uma ideia exata do valor da sua fortuna?

– Sim.

– A sua fortuna é superior a trezentos mil francos?

Noirtier informou que sim.

– O senhor possui quatrocentos mil francos? – perguntou o notário.

Os olhos do inválido não se mexeram.

– Quinhentos mil francos?

Não houve reação por parte de Noirtier.

– Seiscentos mil? Setecentos mil? Novecentos mil?

Noirtier reagiu à menção da última soma.

– O senhor tem novecentos mil francos? – perguntou o tabelião.

– Sim – sinalizou o velho, dando uma olhada significativa para Barrois.

O criado saiu da sala e voltou pouco depois com uma caixa de madeira nas mãos.

– O senhor permite que nós abramos a caixa? – perguntou o notário.

Depois de receber o consentimento de Noirtier, eles a abriram e encontraram novecentos mil francos em certificados bancários. O primeiro notário examinou os documentos, um a um, e os foi entregando ao seu colega. O total era exatamente o que Noirtier havia declarado.

– Tudo está como ele disse, e é evidente que a mente dele manteve toda a sua força e vigor – disse o tabelião. Em seguida, voltando-se para Noirtier, acrescentou: – O senhor possui novecentos mil francos de capital, que, segundo os seus investimentos, devem lhe dar uma renda de quarenta mil francos.

– Sim.

– É para a senhorita Valentine de Villefort que o senhor deixa esses novecentos mil francos? – perguntou o notário, esperando que o velho confirmasse.

Valentine tinha se afastado um pouco e, de cabeça baixa, chorava silenciosamente. Noirtier olhou para ela por um momento, com uma expressão da mais profunda ternura. Em seguida, virando os olhos para o notário, piscou enfaticamente.

– O quê? – perguntou o notário, surpreso. – O senhor não tem intenção de tornar a senhorita Valentine de Villefort a sua legatária universal?

– Não.

– O senhor não está enganado? – perguntou o tabelião. – Realmente quer dizer não?

– Não, não, não.

Valentine levantou a cabeça, surpresa não tanto por ter sido deserdada, mas sem saber qual o motivo que teria feito com que ele a deserdasse. Noirtier, porém, olhou para ela com tanto amor que a jovem exclamou:

– Vovô! Vejo que é apenas da sua fortuna que me priva; o senhor ainda me deixa o seu amor.

A declaração do velho de que Valentine não era a herdeira da fortuna de Noirtier despertou esperanças na senhora Villefort. Ela se aproximou do inválido e disse:

– Então, sem dúvida, meu caro senhor Noirtier, o senhor deseja deixar a sua fortuna para o seu neto, Édouard de Villefort?

A força com que os olhos do velho piscaram foi terrível, expressando um sentimento que se aproximava do ódio.

– Não – disse o notário. – Então, talvez para o seu filho, o senhor Villefort?

– Não.

Os dois tabeliães olharam um para o outro, mudos de espanto e sem entender nada. Villefort e sua esposa enrubesceram ambos violentamente, um de vergonha, a outra de raiva.

Noirtier fixou seus olhos inteligentes na mão de Valentine.

– A minha mão? – perguntou ela. – Ah, compreendo. O senhor quer dizer o meu casamento, vovô?

– Sim, sim, sim – respondeu. Ao fim de cada um dos três sinais afirmativos, quando ele erguia as pálpebras os seus olhos brilhavam com fúria.

– O senhor está bravo com todos nós por causa desse casamento?

– Sim.

– Isso é absurdo e está passando dos limites! – exclamou Villefort.

– Com licença, senhor – disse o notário. – É, pelo contrário, muito lógico, e eu sigo o pensamento dele sem dificuldade.

– Desagrada-lhe que eu me case com Franz d'Épinay? – perguntou Valentine.

– Sim! – disseram os olhos do avô.

– E o senhor deserda a sua neta – prosseguiu o notário – pelo fato de ela ter ficado noiva contra os seus desejos?

– Sim.

Houve um profundo silêncio. Os dois tabeliães trocaram impressões entre si. Valentine, as mãos apertando-se fortemente, olhava o avô com um sorriso de intensa gratidão, enquanto Villefort mordia o lábio com raiva reprimida e o rosto da senhora Villefort, incapaz de dominar um sentimento íntimo de alegria, refletia esse sentimento.

– O fato é que eu me considero o melhor juiz quanto à conveniência e ao acerto do contrato matrimonial em questão – disse Villefort, rompendo o silêncio. – Eu e apenas eu tenho o direito de dispor da mão da minha filha. É o meu desejo que ela se case com Franz d'Épinay, e com ele ela vai se casar!

Valentine afundou em uma poltrona, aos prantos.

– Como pretende dispor de sua fortuna, senhor Noirtier, na eventualidade de a senhorita Villefort se casar com o senhor Franz? – indagou o notário. – O senhor vai dispor dela de alguma outra forma?

– Sim.

– A favor de algum membro da sua família?
– Não.
– Pretende então doar os seus bens à caridade?
– Sim.
– Mas o senhor compreende que a lei não permite que um filho seja totalmente privado do seu patrimônio? – perguntou o tabelião. – O senhor então deseja dispor de toda a herança?
– Sim.
– Mas seus familiares vão contestar o testamento depois da sua morte!
– Não.
– Meu pai me conhece – observou Villefort. – Ele tem toda a certeza de que os seus desejos serão considerados sagrados por mim. Além disso, compreende que, na minha posição, eu não posso entrar em uma demanda contra os pobres.

Os olhos de Noirtier brilharam triunfalmente.

– O que o senhor decidiu? – o tabelião perguntou a Villefort.

– Nada. Essa é uma decisão tomada pelo meu pai, e eu sei que ele nunca muda de opinião. Estou resignado.

Tendo dito isso, Villefort saiu da sala com a mulher, deixando o pai em liberdade para fazer o que lhe agradasse.

No mesmo dia, o testamento foi redigido, as testemunhas foram apresentadas, e o velho aprovou o documento, que foi autenticado na presença de todos e entregue à custódia do senhor Deschamps, o notário da família.

Ao voltar aos seus próprios aposentos, o senhor e a senhora Villefort foram informados de que o conde de Monte Cristo tinha ido lhes fazer uma visita e que os aguardava no salão. A senhora Villefort estava agitada demais para recebê-lo e se retirou para seu quarto, enquanto o marido, tendo mais autocontrole, foi direto para o salão. Apesar de ser capaz de dominar os seus sentimentos e recompor a sua expressão facial, Villefort não conseguiu, porém, desanuviar a expressão do seu rosto. O conde, que o recebeu com um sorriso radiante, notou logo o jeito sombrio e preocupado do dono da casa.

– O que aconteceu, Villefort? – perguntou o conde depois da troca de cumprimentos. – O senhor acaba de ouvir uma condenação à morte?

– Não, conde – respondeu ele, tentando sorrir. – Desta vez a vítima sou eu. Perdi o meu caso; o destino e a loucura foram os conselheiros da acusação.

– Não entendo – respondeu o conde, pretextando interesse. – O senhor realmente sofreu algum infortúnio grave?

– Não vale a pena falar disso – respondeu Villefort, com uma calma que indicava a sua amargura. – É apenas uma perda de dinheiro. Mas, na verdade, não é a perda de dinheiro que me aborrece, apesar de que novecentos mil francos são dignos de lamentação. O que realmente me dói é a intenção de prejudicar alguém. Os caprichos de um velho lançaram por terra as minhas esperanças por uma fortuna e, talvez, até o futuro da minha filha.

– Sem dúvida é muito dinheiro, o suficiente até para uma pessoa desprendida como o senhor lamentar. Quem lhe causou esse aborrecimento?

– O meu pai, de quem já lhe falei.

– Meu caro – disse a senhora Villefort, que acabava de entrar na sala –, talvez você esteja exagerando as dimensões do mal a que se refere.

– Senhora – cumprimentou o conde, com uma mesura.

A anfitriã respondeu à saudação com um dos seus sorrisos mais afáveis.

– Que acontecimento mais incompreensível seu marido acaba de me relatar!

– Incompreensível mesmo! Esta é a palavra! – bradou a senhora Villefort.

– Não há como revogar essa decisão? – perguntou o conde.

– Há – ela respondeu. – Meu marido tem poder para mudar esse testamento em favor de Valentine.

– Minha cara – disse Villefort para a mulher –, a minha opinião deve ser respeitada pela minha família. A insanidade de um velho e os caprichos de uma criança não frustrarão um projeto que eu nutro há muitos anos. O barão d'Épinay foi meu amigo, como a senhora sabe, e uma aliança com o filho dele é muito desejável e apropriada.

– Contrariando os desejos do seu pai? – perguntou a senhora Villefort. – Isso é muito grave.

O conde fazia uma expressão desinteressada, mas não perdia uma palavra da conversa.

– Eu posso dizer que sempre tive o maior respeito pelo meu pai, senhora, mas serei irredutível na minha determinação. Vou entregar a mão de minha filha ao barão Franz d'Épinay. Na minha opinião, esse casamento é apropriado e honroso, e eu caso a minha filha com quem eu quiser.

– Parece-me – interveio Monte Cristo, depois de um momento de silêncio –, e eu peço mil desculpas pelo que vou dizer, que, se o senhor Noirtier deserda a senhorita Villefort porque ela deseja se casar com um jovem cujo pai ele detestava, ele não pode ter a mesma queixa contra o nosso querido Édouard.

– O senhor tem razão, conde. Isso não é de uma injustiça atroz? – bradou a senhora Villefort, em uma modulação na voz impossível de descrever. – Meu pobre filho é neto de Noirtier tanto quanto Valentine, e, no entanto, se não fosse se casar com Franz, ela herdaria todas as riquezas do avô. Édouard leva o nome da família, mas, mesmo sendo deserdada pelo avô, Valentine será três vezes mais rica que o meu filho!

Depois de ter instilado o seu veneno, o conde limitou-se a ouvir, sem dizer palavra.

– Não vamos mais cansá-lo com os problemas da nossa família, conde – disse o senhor Villefort. – É verdade que o meu patrimônio vai enriquecer os cofres dos pobres e que meu pai frustrou a minha legítima esperança. Eu prometi ao barão d'Épinay a renda desse patrimônio, e ele a terá, por maior que seja a privação que eu venha a sofrer como consequência disso.

Quando Villefort terminou de falar, o conde se levantou para ir embora.

– O senhor já está nos deixando, conde? – perguntou a senhora Villefort.

– Sou obrigado a fazê-lo. Só vim aqui para lembrar aos senhores da sua promessa relativa ao sábado. Posso contar com a sua presença, então?

– O senhor pensou que iríamos esquecê-la?

– A senhora é muito gentil. Agora vou ver algo que me tem dado o que pensar durante horas.

– E o que é?

– O telégrafo. Impressiona-me o fato de esses estranhos sinais cruzarem fielmente o ar com tanta precisão, transmitindo os pensamentos de um desconhecido, de um homem sentado à sua escrivaninha, a outro homem em outra escrivaninha, em outro posto.. Senti um desejo estranho de ver todo esse sistema de perto. No sábado eu lhes conto o que achei da experiência.

Depois dessa longa explicação, o conde de Monte Cristo se despediu. Na mesma tarde, o seguinte telegrama foi lido em O Mensageiro:

> *O rei dom Carlos fugiu da vigilância em Burgos e voltou à Espanha pela fronteira da Catalunha. Barcelona se rebelou a seu favor.*

Naquela noite não se falou de outra coisa que não fosse como Danglars se mostrou prevenido ao vender seus títulos, e da sua sorte como especulador, por ter perdido apenas quinhentos mil francos com esse acordo.

Um dia depois o seguinte parágrafo apareceu no *Monitor*:

> *A notícia publicada ontem no* Mensageiro *sobre a fuga de dom Carlos e a rebelião em Barcelona não tem nenhum fundamento. O rei dom Carlos não saiu de Burgos, e reina a perfeita paz na Península Ibérica. Um sinal telegráfico interpretado erroneamente devido à neblina deu origem a esse engano.*

O preço dos títulos subiu, atingindo o dobro do valor a que tinha caído, de forma que, somando-se o que Danglars perdeu ao que deixou de ganhar, ele teve um prejuízo de um milhão de francos.

Capítulo 12

À primeira vista, a casa de Monte Cristo em Auteuil era relativamente modesta. Mas, logo que a porta se abria, o cenário mudava. Bertuccio sem dúvida se superou no bom gosto ao mobiliar a casa. Em três dias, ele conseguiu plantar, no pátio nu, lindos álamos e plátanos, que davam uma sombra generosa. O gramado, plantado naquela manhã, substituía a antiga entrada de pedras e parecia um vasto tapete.

O próprio conde tinha dado todas as instruções a Bertuccio sobre o que desejava. A casa ficara abandonada por vinte anos e, no dia anterior, ainda tinha uma aparência sombria e triste, mas havia readquirido vida e fervilhava, com o barulho dos cães e de pássaros, os sons de música e de alegria. A biblioteca era dividida em duas partes e continha cerca de duzentos livros. Em outro lado do terreno, havia uma estufa com plantas exóticas expostas em enormes potes japoneses e, no centro, uma mesa de bilhar.

Precisamente às cinco horas o conde chegou, seguido por Ali. Bertuccio o esperava com ansiedade. O dono da casa percorreu a casa e o jardim em silêncio, sem dar sinais de aprovação ou desaprovação. No final de uma inspeção minuciosa, que incluiu as gavetas com os seus objetos de uso pessoal no quarto, Monte Cristo se limitou a dizer:

– Ótimo.

A influência daquele homem sobre tudo que o cercava era tanta que Bertuccio se retirou, cheio de felicidade e orgulho.

Às seis horas em ponto, ouviu-se um cavalo bater as patas diante da porta. Era Médéah, que havia trazido o capitão Morrel. O conde o esperava na entrada com um sorriso.

– Sei que sou o primeiro a chegar – disse Morrel. – Fiz de propósito, para ter um minuto com o senhor antes dos outros. Julie e Emmanuel enviaram suas recomendações. Que lugar magnífico!

Logo depois chegou uma carruagem e dela desceram Debray, a baronesa e o barão Danglars. Debray deu a mão para ajudar a dama a apear da carruagem e, nesse momento, um papel passou, quase imperceptivelmente, da mão da baronesa para a do secretário do ministro. A facilidade com que essa transferência foi feita sugeria que eles estavam acostumados a fazer isso. Nada, porém, escapava aos olhos do conde.

O barão estava pálido como se estivesse saindo do túmulo, e não de sua carruagem. A baronesa olhou ao redor e manifestou sua grande admiração.

Pouco depois, chegou Château-Renaud, e o conde acompanhou seus convidados para dentro da casa.

– O major Bartolomeo Cavalcanti! O visconde Andrea Cavalcanti! – anunciou o valete Baptistin em seguida.

Um homem com a farda de major, exibindo três estrelas e cinco cruzes de condecorações, entrou na sala. Era Bartolomeo Cavalcanti, seguido por seu filho, o visconde Andrea Cavalcanti.

Danglars indagou a Monte Cristo sobre os recém-chegados.

– Eu me esqueço de que o senhor não conhece a nobreza italiana. Falar dos Cavalcanti é o mesmo que falar de uma raça de príncipes.

– Alguma fortuna? – perguntou o banqueiro.

– Uma fortuna fabulosa.

– O que eles fazem?

– Tentam gastar a sua fortuna, mas sem sucesso. Pelo que me disseram outro dia, entendo que eles têm planos de abrir uma conta de crédito no seu banco. Eu os convidei hoje por causa do senhor. Vou apresentá-lo a eles.

– Eles parecem falar bem o francês.

— O filho foi educado no sul da França, creio — respondeu o conde. — Ele é muito entusiasmado.

— Entusiasmado com o quê? — inquiriu a baronesa.

— Com as mulheres francesas, senhora. Ele está decidido a encontrar uma esposa em Paris.

— É uma boa ideia — disse Danglars, dando de ombros.

— O barão está muito severo hoje — disse o conde, dirigindo-se à senhora Danglars. — Ele está sendo indicado para ser ministro?

— Estou mais inclinada a pensar que ele especulou e perdeu dinheiro; agora, não sabe a quem acusar por essa perda.

— Senhor e senhora Villefort! — anunciou Baptistin.

Cinco minutos depois, as portas do salão se abriram, e Bertuccio anunciou:

— O jantar está servido, Excelência!

Monte Cristo ofereceu o braço à senhora Villefort.

— Senhor Villefort — disse ele —, poderia acompanhar a baronesa Danglars?

Villefort fez o que lhe foi pedido, e todos se dirigiram à sala de jantar.

O repasto foi magnífico. Monte Cristo havia procurado fugir à mesmice que observara em todos os jantares de Paris, com o objetivo de satisfazer mais a curiosidade que os apetites de seus convidados. Foi um festim oriental o que ele lhes ofereceu, como os atribuídos às fadas árabes.

O que mais impressionava todos era o fato de o conde ter comprado a casa havia apenas cinco dias. Indagado por Château-Renaud se era isso mesmo, ele respondeu.

— Nem um dia a mais.

E Château-Renaud comentou:

— Em menos de uma semana ela foi totalmente transformada. A entrada era diferente, e o pátio, que era pavimentado e vazio, hoje é um magnífico canteiro cercado de árvores, que parecem centenárias.

— E por que não? Eu gosto de grama e de sombra — disse Monte Cristo.

— Em quatro dias! É maravilhoso! — exclamou Morrel.

A noite se passou assim. A senhora Villefort manifestou desejo de voltar a Paris e, com o marido, foram os primeiros a ir embora, levando na sua carruagem a baronesa Danglars. Quanto ao barão, estava tão interessado na conversa com Cavalcanti que não prestou atenção no que acontecia ao seu redor. A Danglars não passou despercebido o enorme diamante que o visconde trazia no dedo mindinho e, com o pretexto dos negócios, fez perguntas aos dois. O banqueiro descobriu que o pai dava ao filho cinquenta mil francos por ano, o que significava uma renda de quinhentos ou seiscentos mil francos. Cada vez mais encantado com o major, Danglars ofereceu-lhe um lugar na sua carruagem. O pai aceitou, acrescentando:

– Amanhã terei a honra de visitá-lo por questões de negócios.

– Ficarei feliz em recebê-lo – respondeu Danglars.

Andrea Cavalcanti voltou sozinho para o hotel em seu tílburi.

Ao sair do jantar de Monte Cristo em Auteuil, Debray se dirigiu diretamente à residência da baronesa, chegando lá quando o landau do senhor Villefort deixava a senhora Danglars em casa. O jovem foi o primeiro a entrar no pátio e acompanhou a recém-chegada da carruagem de Villefort até a casa.

Os dois entraram nos aposentos particulares da baronesa, que chamou sua criada particular, Cornélie, para ajudá-la a trocar de roupa. Debray se esticou no sofá da saleta da suíte, e os dois ficaram conversando, cada um em um cômodo. Pouco depois, a senhora Danglars dispensou a criada e juntou-se ao secretário do ministro, sentando-se ao seu lado.

– Diga-me francamente, Hermine – perguntou o jovem –, o que a está aborrecendo?

– Nada – respondeu a baronesa.

Naquele momento a porta se abriu e Danglars entrou:

– Boa noite, senhora – disse ele. – Boa noite, Debray.

Aparentemente a baronesa achou que aquela visita inesperada significava que o marido desejava se desculpar pelas palavras rudes que tinha dito durante o dia. Assumindo um ar de dignidade ofendida, ela se virou para Lucien e, sem responder ao barão, disse:

– Leia alguma coisa para mim, Debray.

– Com licença – interveio o barão. – A senhora vai se cansar se ficar acordada até muito tarde, baronesa. São onze horas, e ele tem um longo caminho a percorrer.

Debray ficou aturdido porque, apesar de o tom de Danglars ser perfeitamente calmo e delicado, pareceu-lhe detectar uma rara determinação para impor a sua vontade e não aceitar a da esposa. A baronesa ficou igualmente surpresa e demonstrou isso com um olhar que deixaria o que pensar ao seu marido, caso ele não estivesse ocupado lendo as cotações das ações no jornal. O olhar altivo foi totalmente desperdiçado.

– Senhor Lucien – disse a baronesa –, eu lhe asseguro que não tenho a menor inclinação para dormir. Tenho muita coisa a lhe contar hoje.

– Estou à sua disposição, senhora – respondeu Lucien, fleumático.

– Meu caro Debray – disse Danglars –, não perca uma boa noite de sono ficando aqui a ouvir as tolices da senhora Danglars hoje. O senhor pode ouvi-las outra hora. Além disso, reclamo para mim esta noite e, com a sua permissão, preciso conversar sobre alguns assuntos importantes com a minha esposa.

Desta vez o golpe foi tão direto que Lucien e a baronesa vacilaram. Eles trocaram olhares, como se cada um pedisse ajuda ao outro diante de tal intrusão. Mas o poder irresistível do dono da casa prevaleceu.

– Não pense que o estou mandando embora, meu caro Debray – continuou Danglars. – De forma alguma! Circunstâncias imprevistas me obrigam a exigir essa conversa com a senhora hoje. É uma ocorrência tão rara que, estou certo, o senhor não vai me querer mal por isto.

Debray balbuciou algumas palavras, fez uma mesura e saiu da sala.

– O senhor sabe que realmente estou detectando progresso na sua conduta. Como regra, é meramente rude; mas hoje o senhor está brutal – disse a baronesa quando os dois ficaram a sós.

– Isto é porque estou de pior humor do que normalmente – respondeu Danglars.

– E o que me importa o seu humor? – respondeu a baronesa, irritada com a impassividade do marido.

– Acabo de perder setecentos mil francos nos títulos espanhóis.

– E o senhor pretende me responsabilizar pelas suas perdas? – perguntou a baronesa com desdém. – É minha culpa se perdeu setecentos mil francos?

– Minha é que não é.

– De uma vez por todas, não admito que o senhor converse sobre dinheiro comigo. É uma linguagem que eu não aprendi na casa dos meus pais nem na do meu primeiro marido. O tinido das coroas sendo contadas e recontadas é odioso para mim. Não há nada, a não ser o som da sua voz, que eu deteste mais.

– Que coisa estranha! – ironizou Danglars. – Sempre pensei que a senhora tivesse o maior interesse nos meus negócios.

– Não sei por que pensaria isso.

– Ora, há muitos motivos. Em fevereiro a senhora foi a primeira a me falar dos bônus de uma ferrovia americana. Eu sei quanto os seus sonhos são clarividentes. Na surdina, comprei todos os bônus da dívida da empresa ferroviária em que consegui pôr as mãos e ganhei quatrocentos mil francos. Desse total, paguei conscientemente cem mil à senhora, que os gastou como bem entendeu. Em março – continuou o barão –, falou-se de uma concessão para a construção de uma ferrovia. Três empresas se candidataram. A senhora me disse que a sua intuição lhe dizia que a concorrência seria ganha pela Southern Company. Eu imediatamente comprei dois terços das ações da empresa, ganhei um milhão com o negócio e lhe entreguei duzentos e cinquenta mil francos. A senhora faz de conta que não entende nada de especulação, mas eu a considero uma pessoa com uma compreensão muito clara desses assuntos.

– Aonde o senhor quer chegar? – interrompeu-o a baronesa, tremendo de raiva e impaciência.

– Tenha paciência, estou chegando lá. Em abril, a senhora jantou com o ministro, e a conversa foi sobre a Espanha. A senhora ouviu uma informação secreta e falou-se da expulsão de dom Carlos. Eu comprei os bônus espanhóis. A sua informação estava correta e eu ganhei seiscentos mil francos no dia em que ele cruzou o Bidassoa. Desses seiscentos mil francos, a senhora ficou com cinquenta mil coroas. Nunca lhe pedi contas do que a senhora faz com o seu dinheiro, mas a verdade é que a senhora recebeu quinhentos mil francos de mim neste ano.

A baronesa não continha o ar de enfado.

– Há três dias – prosseguiu Danglars – a senhora conversou sobre política com o senhor Debray e concluiu, do que ele lhe disse, que dom Carlos havia voltado para a Espanha. Eu vendi os bônus espanhóis e, como a notícia tivesse se espalhado e houvesse pânico, vendi-os quase de graça. No dia seguinte, transpirou que a notícia era falsa, mas isso já me havia custado setecentos mil francos.

— O que o senhor quer dizer com isso?

— Ora, se eu lhe dou um quarto dos meus lucros, é justo que a senhora me dê um quarto do que eu perco. Um quarto de setecentos mil francos são cento e setenta e cinco mil francos!

— Isso é ridículo! Não vejo por que o senhor envolve o nome de Debray nesse assunto.

— Simplesmente porque, se a senhora não tiver os cento e setenta e cinco mil francos que eu reivindico, é porque os emprestou aos seus amigos, e o senhor Debray é um deles.

— Que vergonha!

— Não me venha com gesticulações, gritos ou drama, por favor. Caso contrário, serei obrigado a lhe dizer que posso ver Debray rir da senhora por causa dos cinquenta mil francos que a senhora lhe entregou neste ano, e orgulhando-se do fato de ter encontrado o que os melhores jogadores sempre procuram em vão, ou seja, um jogo em que ele ganha sem arriscar nada.

A baronesa fervia de raiva.

— O senhor é menos que desprezível!

— Vamos olhar os fatos e usar a cabeça friamente. Eu nunca interferi nos seus assuntos, a não ser para o seu bem. Trate-me da mesma forma. A senhora sugere que o meu caixa não lhe interessa. Faça como quiser com o seu próprio dinheiro, mas não aumente ou reduza o meu. Além disso, como posso saber que não se trata de um truque político, que o ministro, furioso por me ver na oposição e com ciúme da simpatia popular de que gozo, não está conspirando com Debray para me arruinar?

— Como se isso fosse provável!

— Por que não? Quem já ouviu falar em notícias falsas transmitidas pelo telégrafo? Tenho certeza de que isso foi feito de propósito para me prejudicar. O senhor Debray me fez perder setecentos mil francos. Que ele arque com a sua parte na perda. Ou então, que se declare falido em relação a esse dinheiro e faça o que os falidos fazem: desapareça.

A senhora Danglars afundou na cadeira, pensando na estranha série de infortúnios que havia se abatido sobre eles, um depois do outro. Danglars nem olhou para ela, apesar de a baronesa ter feito todo o possível para desmaiar. Sem nem mais uma palavra, ele saiu da sala. Quando a senhora Danglars se recuperou do seu semidesmaio, pensou que devia ter tido um pesadelo.

No dia seguinte a essa cena, a carruagem de Debray não apareceu, como de hábito, para a visita que ele sempre fazia à senhora Danglars a caminho do escritório.

O banqueiro passou a manhã no escritório, lendo telegramas e fazendo contas. Foi ficando cada vez mais deprimido. Recebeu, entre outras, a visita do major Cavalcanti, e depois o barão foi para o Senado, onde se mostrou mais mordaz do que de costume na sua oposição ao governo.

À tarde Danglars foi para o número 30 da avenida Champs-Élysées. Monte Cristo estava em casa. Enquanto o barão o esperava, um homem de batina, obviamente familiarizado com a casa, passou pela sala onde ele se encontrava, fez uma mesura e saiu por outra porta. Um minuto depois, a porta pela qual o padre tinha saído voltou a ser aberta, e o dono da casa apareceu.

– Peço que me perdoe, barão, por tê-lo feito esperar – disse Monte Cristo. – É que um dos meus grandes amigos, o abade Busoni, acaba de chegar a Paris. Eu não o via há muito tempo e quis desfrutar um pouco da sua companhia. Mas o que o incomoda, barão? O senhor parece preocupado. Isso me alarma, porque um capitalista preocupado é como um cometa: pressagia algum grande infortúnio para o mundo.

– A má sorte tem batido à minha porta nos últimos dias – disse Danglars. – Só recebo más notícias. Perdi setecentos mil francos com essa questão da Espanha!

– Mas como um profissional experiente como o senhor pôde cometer um erro desses?

– É tudo culpa da minha mulher. Ela sonhou que dom Carlos tinha voltado à Espanha, e ela acredita que seus sonhos se tornam realidade. Não ouviu falar disso?

— Na verdade, soube que houve alguma coisa, mas não conheço os detalhes. Eu sei muito pouco sobre as bolsas.

— Quer dizer que o senhor não especula?

— A Bolsa me rende o suficiente, e eu não quero me preocupar com esses assuntos. Mas, voltando aos títulos da Espanha, foi a baronesa que sonhou com a volta de dom Carlos ou os jornais noticiaram isso?

— É verdade. Eu não acredito no que os jornais dizem, mas achava que o *Mensageiro* fosse confiável. Além disso, a notícia publicada se baseava em um despacho telegráfico e, portanto, acreditei que fosse verdade.

— E assim o senhor perdeu muito dinheiro. Cuidado, Danglars. Fique vigilante!

— Ora, a situação não é tão grave assim — disse Danglars, recorrendo a toda a sua capacidade de dissimulação. — Perdi dinheiro com os títulos do Tesouro espanhol, mas ganhei com outras especulações. Sou cauteloso e tenho interesses diversificados. Na verdade, eu só me verei em dificuldades se pelo menos três governos caírem.

Em seguida, mudando de assunto, Danglars indagou:

— O que eu devo fazer com o senhor Cavalcanti?

— Entregar-lhe dinheiro, sem dúvida, já que ele tem uma carta de crédito em cuja assinatura o senhor confia.

— A assinatura é confiável. Hoje ele me procurou com uma carta de crédito de quarenta mil francos, pagáveis contra apresentação, assinada por Busoni e endossada pelo senhor. Naturalmente, eu lhe entreguei quarenta notas bancárias. E isso não foi tudo. Ele também abriu uma conta de crédito para o filho. Gostei muito do moço.

— Realmente, o jovem parece muito apresentável, ainda que um pouco nervoso. Aparentemente, ele nunca esteve antes em Paris.

— Todos os italianos de alta posição se casam entre si, não é verdade? — perguntou Danglars, como quem não quer nada. — Eles gostam de unir suas fortunas, creio.

— Esta parece ser a regra, mas Cavalcanti é um homem excêntrico, e tenho certeza de que trouxe o seu filho para a França para escolher uma esposa.

– Mas, se a família tem tanto dinheiro, o pai vai querer casá-lo com alguma princesa.

– Acho que não. Ora, o senhor parece muito interessado no assunto. Não estaria pensando em encontrar uma esposa para Andrea, meu caro Danglars? O senhor estaria pensando em sua filha?

– Não seria um mau investimento e, afinal de contas, eu sou um investidor.

– Mas eu pensei que ela estivesse noiva de Albert – disse Monte Cristo, simulando a maior inocência.

– O senhor de Morcerf e eu sem dúvida discutimos esse casamento, mas a senhora de Morcerf e Albert...

– Não me diga que esse não seria um bom acordo? Sem dúvida a senhorita terá um bom dote, especialmente se o telégrafo não aprontar mais uma das suas. E Albert tem um bom nome...

– O meu também é bom – interrompeu-o Danglars.

– Sem dúvida. Mas o senhor é inteligente demais para não perceber que, devido aos preconceitos sociais, um título de nobreza que tem cinco séculos confere mais prestígio do que um de apenas vinte anos.

– Esse é precisamente o motivo por que eu devo preferir o senhor Cavalcanti ao senhor Albert de Morcerf – reagiu Danglars, com um sorriso pretensamente sardônico. – Veja, conde... O senhor é um cavalheiro, não é?

– Espero que sim.

– Então examine o meu brasão. Ele vale tanto quanto o de Morcerf. Não sou barão de nascimento, mas pelo menos eu mantive o meu próprio nome, enquanto ele, não.

– O senhor está falando sério? Isso é impossível!

– Morcerf e eu somos amigos, ou melhor, nos conhecemos há pelo menos trinta anos. Eu nunca me esqueço das minhas origens. Quando eu era um guarda-livros, Morcerf não passava de um pescador. O nome dele era Fernand Mondego.

– O senhor tem certeza?

– Ora, comprei muito peixe dele para saber o seu nome.

– Então, por que o senhor permite que o filho dele se case com a sua filha?

– Porque, como as duas famílias são de novos ricos que receberam títulos de nobreza, há muita semelhança entre elas. A única diferença é que o que se diz de Morcerf nunca foi dito de mim.

– E o que é?

– Nada.

– Compreendo! O que o senhor acaba de me contar me trouxe à memória que eu já havia ouvido o nome dele na Grécia.

– Com relação ao caso Ali-Pasha?

– Exatamente.

– Isso é um mistério que eu daria tudo para descobrir – respondeu Danglars.

– Não é tão difícil assim. Sem dúvida o senhor tem as suas fontes na Grécia, talvez em Janina?

– O senhor tem razão! Vou escrever ainda hoje ao meu contato em Janina e perguntar qual a participação de um certo francês chamado Fernand no caso Ali-Pasha.

– E se o senhor receber alguma notícia escandalosa...

– Pode deixar que eu lhe conto.

– Eu ficaria muito agradecido.

Mal o senhor Danglars tinha deixado a casa de Monte Cristo, Albert de Morcerf foi anunciado. O conde o recebeu com o seu sorriso habitual, mas mal tocou a mão que o jovem lhe estendia.

– O senhor tem novidades para mim, conde?

– Que novidades?

– Ora, não faça de conta que o senhor é assim tão indiferente – respondeu Albert. – Quando eu estava em Tréport, senti que o senhor estava tramando algo que tem a ver comigo.

– Interessante – disse Monte Cristo. – Na verdade, eu estive pensando em você. Danglars jantou na minha casa.

– Disso eu sei. Não foi para evitar nos encontrarmos com ele que minha mãe e eu deixamos a cidade por alguns dias?

– O senhor Cavalcanti também esteve presente.

– O seu príncipe italiano?

– Que exagero! O senhor Andrea apenas se intitula visconde.

– O que o senhor quer dizer com isso? Ele não é um visconde?

– O que sei eu? Ele se atribui o título e todos fazem o mesmo, o que é como se ele fosse realmente um visconde.

– Bem, então Danglars e o visconde Andrea Cavalcanti jantaram na sua casa.

– Juntamente com o marquês Cavalcanti, pai do visconde, o casal Villefort, Debray, Maximilian Morrel e... vejamos... ah, sim, e Château-Renaud.

– Eles falaram de mim?

– Nem uma palavra. Mas não se preocupe. A senhorita Danglars não estava presente, e ela pode ter pensado no senhor em casa.

– Isso é algo com que eu não preciso me preocupar. De qualquer forma, se ela estivesse pensando em mim, pensaria o mesmo que eu penso dela.

– Nossa! Que afinidade tocante! Vocês realmente se odeiam?

– Acho que a senhorita Danglars seria uma amante encantadora, mas uma esposa...!

– Que jeito de falar da sua futura esposa! – disse Monte Cristo, rindo.

– Talvez não seja muito gentil da minha parte, mas é verdade. Como esse sonho não pode se realizar, eu não me entusiasmo com a ideia de a senhorita Danglars se tornar a minha esposa. Um homem pode se livrar de uma amante, mas de uma esposa...

– Você é difícil de agradar, visconde!

– É porque quero o impossível. Quero achar uma esposa como a que o meu pai encontrou. O senhor sabe a minha opinião sobre a minha mãe. Ela é um anjo do céu. Ainda é bonita, inteligente e muito doce. Muitos filhos considerariam passar alguns dias com a mãe uma tediosa obrigação filial, mas eu lhe garanto, conde, que a minha estada com ela em Tréport foi muito tranquila, pacífica e poética.

– Uma pessoa que o ouvisse falar assim faria voto de celibato!

– O motivo por que eu não quero me casar com a senhorita Danglars é que eu conheço uma mulher perfeita.

– Deixe as coisas correr. Talvez tudo saia como deseja. Você realmente deseja romper o seu noivado?

– Eu daria cem mil francos para isso.

– Então, fique contente, pois Danglars daria o dobro dessa quantia para conseguir o mesmo fim.

– É bom demais para ser verdade – respondeu Albert.

Apesar dessas palavras, porém, o seu semblante ficou um pouco anuviado, o que não escapou ao conde.

– Danglars teria algum motivo para não querer o casamento? – acrescentou o jovem, procurando manter o tom casual.

– Ora, veja o orgulho e o egoísmo da sua natureza mostrando a cara! Mais uma vez, encontro alguém que está disposto a atacar com um machado o respeito próprio de um outro homem, mas que esperneia quando o seu próprio é cutucado com um alfinete.

– Não é isso. É que eu acho que Danglars...

– Deveria estar encantado com você! Bem, o fato é que ele tem tanto mau gosto que, na verdade, está mais encantado com outro jovem.

– Com quem?

– Como eu poderia saber? Olhe ao seu redor e julgue por si mesmo.

– Está bem. Sabe, a minha mãe... ou melhor, o meu pai está pensando em dar um baile. O senhor transmitiria o nosso convite para os Cavalcanti?

– Quando é o baile?

– No sábado.

– O senhor Cavalcanti, o pai, já terá ido embora.

– Mas o filho estará em Paris. O senhor poderia levá-lo com o senhor?

– Convide-o você mesmo. Eu não poderia convidá-lo.

– E por que não?

– Em primeiro lugar, porque não fui convidado.

– Ora, foi para isso que eu vim aqui.

– Mesmo assim, talvez tenha que recusar o convite.

– Quando eu lhe disser que minha mãe pediu especificamente que o senhor compareça, tenho a certeza de que mudará de opinião.

– A condessa de Morcerf requer a minha presença? – perguntou Monte Cristo, com um sobressalto.

– Nunca notou quanta simpatia ela lhe tem? Falamos muito sobre o senhor, e ela está ansiosa para conversar com o senhor. Nunca vi minha mãe manifestar tanto interesse por uma pessoa. Podemos contar com o senhor no sábado?

– Podem, já que a senhora de Morcerf especificamente convida a mim. Danglars também estará presente?

– Sim, ele foi convidado. Também tentaremos convencer Villefort a nos dar a honra.

Albert levantou-se e pegou o chapéu para sair. O conde o acompanhou até a porta e lhe perguntou:

– Quando chega Franz d'Épinay?

– Dentro de cinco ou seis dias.

– E quando ele vai se casar?

– Logo que o senhor e a senhora Saint-Méran chegarem.

– Traga-o para me visitar quando ele chegar. Gostaria de vê-lo.

– Suas ordens serão obedecidas, conde. Até sábado.

A noite de sábado estava quente e, por volta das dez horas, a senhora dava suas últimas ordens à criadagem antes da chegada dos convidados. As salas do andar térreo da casa estavam iluminadas, e os músicos já tocavam as primeiras valsas.

A senhora Danglars foi uma das primeiras a chegar. Albert foi recebê-la e elogiou a maquiagem dela. De fato, a baronesa tinha uma aparência esplêndida. Ao vê-lo olhar para os lados, ela sorriu:

– O senhor estaria procurando por minha filha? – perguntou a convidada.

– Confesso que sim – respondeu ele. – A senhora não seria cruel a ponto de não a trazer, creio.

– Não se exalte. Ela foi se encontrar com a senhorita Villefort e já deve estar chegando. Mas diga-me: o conde de Monte Cristo virá ao baile?

– A senhora é a décima sétima pessoa a me perguntar isso – respondeu Albert, rindo. – Ele está se saindo muito bem na sociedade parisiense. Mas não tema, minha senhora, teremos o privilégio da companhia dele.

– O senhor foi ontem à Ópera?

— Não. Por quê? Aquele excêntrico fez algo original?
— É só o que ele sempre faz. Ele jogou um buquê para a dançarina, e entre as flores havia um magnífico anel. Quando ela voltou a aparecer no palco, no terceiro ato, usava o anel no mindinho.

Albert fez uma mesura para a baronesa e foi receber a senhora Villefort. Parecia que ela ia lhe dizer alguma coisa, mas ele a interrompeu:

— Acho que sei o que a senhora vai dizer — afirmou o jovem anfitrião.
— Quer perguntar se o conde de Monte Cristo virá.
— Ora, eu nem estava pensando nele. O que eu queria saber é se o senhor recebeu notícias de Franz.
— Recebi uma carta dele ontem. Estava de partida para Paris.
— Ótimo. E o conde, vem?
— Vem sim.

Nesse momento, um jovem bonito, de olhos sagazes, cabelo preto e bigode lustroso fez uma mesura respeitosa diante da senhora Villefort.

— Senhora, tenho a honra de lhe apresentar Maximilian Morrel, capitão de Saphis, um dos nossos mais corajosos oficiais — disse Albert.

— Já tive o prazer de conhecer esse cavalheiro em Auteuil, na casa do conde de Monte Cristo — respondeu a senhora Villefort, afastando-se com frieza não disfarçada.

Esse comentário, e sobretudo o tom em que foi feito, gelou o coração do pobre Morrel. Mas ele logo foi recompensado. Ao se virar, viu perto da porta uma linda figura, toda de branco, cujos grandes olhos azuis olhavam para ele sem nenhuma expressão aparente. Ela lentamente levou até os lábios o buquê de miosótis que trazia na mão.

Morrel compreendeu a saudação e, com o mesmo olhar sem expressão nos olhos, levantou o lenço até a boca. Aqueles dois jovens, cujos corações batiam violentamente, esqueceram-se por um momento de tudo o que não fosse a sua afeição, apesar da distância que os separava na sala. O êxtase foi quebrado com a chegada do conde de Monte Cristo, que atraiu a atenção geral.

Poderia haver homens mais bonitos que ele, mas sem dúvida nenhum era mais interessante do que ele. Tudo sobre o conde, a expressão do rosto ou o menor dos gestos, parecia ter um significado e um valor, além de sua grande fortuna e do mistério que o cercava. Monte Cristo era o centro das atenções. Fazendo mesuras pelo caminho, ele se dirigiu para onde a senhora de Morcerf estava, em frente a uma cornija de lareira coberta de flores. Ela respondeu com um sorriso sereno à mesura com que o conde a cumprimentou. Os dois permaneceram em silêncio, como se um esperasse que o outro falasse primeiro.

Pouco depois, Monte Cristo se afastou e foi ter com Albert. Os dois conversavam quando alguém segurou o braço do jovem anfitrião. Ele se virou e viu Danglars.

– Ah, é o senhor, barão.

– Por que me chama de barão? – perguntou o banqueiro. – Ao contrário do senhor, não dou muita importância ao meu título.

– Pois eu dou – respondeu Albert –, porque, se não fosse por ser visconde, eu não seria nada, enquanto o senhor, se perdesse o título de barão, ainda seria um milionário.

– Que me parece o melhor título que existe – respondeu Danglars.

– Infelizmente, porém – interveio Monte Cristo –, o título de milionário não dura por toda a vida, como o de barão. Prova disso são os casos envolvendo milionários, como Francke e Poulmann, de Frankfurt, que acabam de falir.

– Isso é verdade? – perguntou Danglars, empalidecendo.

– Recebi a notícia por um mensageiro ainda hoje – respondeu o conde, sem demonstrar nenhuma emoção. – Eu tinha cerca de um milhão depositado com eles, mas fui advertido a tempo e fiz o saque há umas quatro semanas.

– Meu Deus! Eles sacaram duzentos mil francos de mim!

– Mais duzentos mil francos que foram para o ralo, como os...

– Psiu... – interrompeu-o Danglars. – Não mencione essas coisas na frente do senhor Cavalcanti – acrescentou, virando-se para o jovem italiano com um sorriso nos lábios.

A noite estava muito quente, e os lacaios circulavam pelo salão com bandejas de frutas e sorvetes. A senhora de Morcerf não perdia o conde de vista e percebeu que ele recusava tudo que lhe era oferecido, apesar de limpar o suor da testa com o lenço.

— Albert — disse a dona da casa ao filho —, você notou que o conde de Monte Cristo não aceita um convite para jantar com o seu pai?

— Mas ele tomou o desjejum comigo — lembrou-a Albert.

— Mas não foi na casa do seu pai. Hoje ele não aceitou nada.

Os dois ficaram observando disfarçadamente o convidado e confirmaram que ele realmente recusava tudo que lhe era servido. A pedido da mãe, Albert foi até ele e tentou, em vão, fazê-lo comer ou beber alguma coisa.

— Não sei por que a senhora se preocupa com isso — disse o jovem à mãe, depois de ter circulado entre os convidados.

Mercedes então deu ordem aos criados para que abrissem as janelas, e a luz das lanternas que iluminavam o jardim invadiu o salão, assim como o ar fresco e perfumado. A condessa foi até um grupo de homens que conversavam com seu marido e os convidou a sair para o jardim.

— Vou dar o exemplo — disse Mercedes e, virando-se para Monte Cristo, acrescentou: — O senhor me daria o braço, conde?

Monte Cristo como que cambaleou diante dessas palavras simples. Olhou para Mercedes. Foi um olhar fugaz, mas cheio de pensamentos e sentimentos. Ele ofereceu o braço à condessa, e os dois saíram para o jardim, seguidos por uns vinte convidados. Mercedes levou o conde até uma linda estufa, toda decorada com flores e frutas. Ofereceu uvas e pêssegos ao convidado, mas ele sempre se limitava a fazer uma mesura de agradecimento, sem dizer palavra ou tocar nas frutas.

— Há um ditado árabe, conde — disse a anfitriã —, segundo o qual o que faz a amizade eterna é compartilhar o pão e o sal sob o mesmo teto.

— Conheço esse ditado, senhora — ele respondeu —, mas estamos na França, e não na Arábia. E, na França, a amizade eterna é tão rara quanto o belo costume que a senhora acaba de mencionar.

— Mas nós somos amigos, não somos? — perguntou a condessa, com os olhos fixos em Monte Cristo.

— Sem dúvida — foi a resposta —, somos amigos. Por que não seríamos?

— Obrigada — disse ela, com um suspiro de decepção pelo tom usado pelo conde. — Fale-me do senhor e da sua família — acrescentou Mercedes.

— Não tenho ninguém — respondeu Monte Cristo.

– Como o senhor pode viver assim, sem ninguém para ligá-lo à vida?

– Não é minha culpa, senhora. Em Malta, amei uma jovem e estava prestes a me casar quando estourou a guerra e eu fui afastado de minha noiva. Pensei que ela me amasse o suficiente para esperar por mim ou mesmo para se manter fiel à minha memória, mas quando voltei ela tinha se casado. Talvez eu tenha o coração mais fraco que o dos outros homens, mas o fato é que sofri muito. E isso é tudo.

– Só se ama uma vez na vida – disse a condessa depois de um silêncio. – O senhor voltou a vê-la?

– Nunca.

– E o senhor a perdoou pelo quanto ela o fez sofrer?

– Sim, eu a perdoei.

Nesse momento Albert chegou correndo.

– Oh, mãe – exclamou ele –, aconteceu uma desgraça!

– O que foi? – perguntou a condessa, como se estivesse acordando de um sonho.

– A senhora Saint-Méran acaba de chegar a Paris com a notícia da morte do senhor Saint-Méran, logo depois que os dois partiram de Marselha. A senhorita Valentine desmaiou ao receber a notícia.

– Qual a relação entre o senhor Saint-Méran e a senhorita Valentine? – perguntou o conde.

– Ele era o avô materno dela – respondeu a condessa. – Os dois vinham a Paris para o casamento de Valentine com Franz.

– O "enforcamento" de Franz foi adiado, então – disse Albert. – Por que o senhor Saint-Méran também não é avô da senhorita Danglars?

– Albert! – censurou-o a mãe, mas com indulgência.

A condessa se afastou, sob o olhar pesaroso de Monte Cristo, mas voltou em seguida, pegou as mãos dele e do filho, juntou-as e disse:

– Somos amigos, não somos?

– Senhora, não me atrevo a me considerar seu amigo, mas sempre sou seu criado – respondeu o conde.

Capítulo 13

Valentine encontrou a avó na cama. As duas se abraçaram em silêncio, chorando. A senhora Villefort, apoiada no braço do marido, assistia a tudo e, pelo menos externamente, manifestava solidariedade para com a pobre viúva. Depois de algum tempo, ela sussurrou para o marido:

– Acho que vou me recolher, pois parece que a sua sogra ainda se aborrece por me ver.

A senhora Saint-Méran ouviu e disse à neta:

– Deixe-a ir, mas você fica comigo.

O senhor e a senhora Villefort saíram, e Valentine ficou a sós com a avó. Depois de algum tempo, exausta, a senhora Saint-Méran caiu em um sono agitado e febril. Valentine pôs uma garrafa com laranjada, bebida que a avó costumava tomar, sobre a mesa do lado da cama e foi para o quarto de Noirtier. Ficou com ele até uma hora da madrugada, quando se recolheu a seus aposentos.

Quando Valentine foi ver a avó na manhã seguinte, encontrou-a ainda na cama. A febre não havia cedido.

– Eu a esperava para pedir que chamasse o seu pai – disse-lhe a avó. – Preciso falar com ele.

Valentine não ousava ir contra um desejo da avó, e um instante depois Villefort entrou no quarto.

— O senhor me escreveu a respeito do casamento desta criança — disse a senhora Saint-Méran, indo direto ao ponto, já que temia não ter muito mais tempo de vida.

— É verdade, senhora. O assunto está resolvido.

A velha perguntou sobre o noivo e certificou-se de que era mesmo o filho do general d'Épinay, monarquista que fora assassinado antes de Napoleão voltar de Elba para a França.

— Ele não tem restrições a uma aliança com a neta de um jacobino?

— As nossas dissensões políticas já foram dissipadas — respondeu Villefort. — O senhor d'Épinay era muito jovem quando o pai dele morreu.

— Esse casamento é um acordo desejável?

— Posso lhe garantir que sim — disse Villefort.

— Então, senhor, o casamento deve ser realizado logo — disse a senhora Saint-Méran.

— Mas vovó... — interveio Valentine, que até então ouvia o diálogo em silêncio.

— Sei que vou morrer e, antes disso, quero ver o seu marido. Quero ordenar a ele que a faça feliz e ler nos olhos dele se ele tem intenção de me obedecer. E, se ele não for um bom marido, eu sairei do túmulo para atormentá-lo.

— Senhora — disse Villefort —, por favor, desista dessas ideias febris, que se aproximam da loucura. Os mortos não voltam.

— Pois eu lhe digo que o senhor está enganado — insistiu a senhora Saint-Méran. — Ainda ontem à noite eu vi, com os olhos fechados, uma figura de branco entrar silenciosamente no meu quarto por aquela porta que dá para o vestiário da senhora Villefort.

— Deve ter sido a febre, senhora — afirmou Villefort.

— Duvide da minha palavra se isso lhe agrada, mas sei do que estou falando. Não só vi uma figura branca se aproximar da minha cama como a ouvi mexer nesse copo que está sobre a mesa.

— Por favor, senhora, não se entregue a esses pensamentos sombrios — disse Villefort, profundamente afetado, ainda que a contragosto. — A senhora vai viver conosco, feliz, amada e honrada, e...

– Nunca! – exclamou a marquesa. – Quando chega o senhor d'Épinay?

– Nós o esperamos a qualquer momento.

– Quando ele chegar, tragam-no até mim. Não temos tempo a perder. E também quero ver um notário, para garantir que tudo o que eu possuo fique legitimamente para Valentine.

– Ora, vovó, é de um médico que a senhora precisa, e não de um tabelião.

– Não estou doente, só estou com sede – respondeu a avó. – Dê-me a minha laranjada, Valentine.

A moça obedeceu, mas com apreensão, porque era o mesmo copo que, segundo a avó, a sombra havia tocado. A marquesa tomou a laranjada de um só gole. Em seguida, virando-se sobre o travesseiro, gritou:

– O notário! O notário!

O senhor Villefort deixou o quarto, e Valentine ficou sentada ao lado da cama da avó, que caiu em um sono agitado. Duas horas depois foi anunciado, em voz baixa, que o notário havia chegado. A senhora imediatamente acordou e dispensou a neta.

Ao sair do quarto, a jovem foi informada de que o médico estava à espera na sala, e foi encontrá-lo.

– Meu caro senhor d'Avrigny, nós o esperávamos com tanta impaciência!

– Quem está doente, minha filha?

– É minha avó. Meu avô morreu subitamente... e minha pobre avó imagina que o marido dela a chama, e ela quer ir se juntar a ele.

– Onde está a senhora Saint-Méran?

– Com o notário. Temos de esperar um pouco.

– Quais são os sintomas da sua avó?

– Uma agitação nervosa. Ela crê ter visto na madrugada de hoje, enquanto dormia, um fantasma entrar nos aposentos dela. Chegou até mesmo a ouvir o barulho do fantasma tocando o seu copo, ao lado da cama.

– Estranho – disse o médico. – Nunca soube que a senhora Saint-Méran fosse dada a alucinações.

– É a primeira vez que eu a vejo assim – disse Valentine.

O tabelião desceu, e um criado informou Valentine de que sua avó estava sozinha.

– Pode subir – disse a jovem ao médico.

– E a senhorita? Não vem comigo?

– Não ouso. Ela me proibiu de mandar buscar o senhor. Vou dar uma volta pelo jardim para me recompor.

Valentine foi para o jardim e ficou alguns minutos perto dos canteiros de flores que cercavam a casa. Em seguida, tomou o caminho escuro que levava até o banco. Dali, dirigiu-se ao portão. Enquanto caminhava, teve a impressão de que chamavam o seu nome. Parou e ouviu mais distintamente a voz de Maximilian.

Maximilian Morrel estava desesperado desde o dia anterior, com a sensação de que a morte do marquês Saint-Méran e a chegada da marquesa resultariam em mudanças na casa dos Villefort, ameaçando o seu amor por Valentine.

A moça não esperava encontrá-lo e correu para o portão, onde ele estava escondido.

– Você aqui, a esta hora! – exclamou ela.

– Vim trazer e ouvir más notícias, minha querida – disse Morrel, engolindo um soluço.

– Realmente, tudo é tristeza nesta casa. Eu tinha esperança de que a minha avó me ajudasse, mas ela se declarou favorável ao meu casamento e está ansiosa para que o contrato seja assinado logo que o Franz d'Épinay chegar.

– Valentine, minha vida depende da resposta que me der à pergunta que vou fazer. Está disposta a lutar contra a nossa má sorte? Se estiver, quero que me acompanhe. Eu a levarei para a casa da minha irmã. De lá embarcaremos para a Argélia, a Inglaterra, a América. Ou, se você preferir, iremos juntos para alguma província, até que os nossos amigos convençam sua família a aceitar uma reconciliação.

– Se eu não puder aceitar, o que você vai fazer?

– Terei a honra de lhe dizer adeus, pedindo a Deus que a sua vida seja muito feliz e que eu não encontre lugar nela nem mesmo nas suas lembranças. Adeus, Valentine! – concluiu ele, com uma mesura.

– Aonde você vai? – gritou a moça, em desespero, passando a mão pelas grades do portão e agarrando o casaco de Maximilian.

– A sua resolução mudou? – perguntou o jovem, com um sorriso triste.
– Não posso mudar minha decisão. Você sabe que não. Minha avó está à beira da morte. Estamos de luto pelo meu avô.
– Então, adeus, Valentine. Felicidades!
– Maximilian, volte aqui – gritou a moça, sacudindo o portão com uma força de que ela não se sabia capaz.

Morrel se aproximou, com um sorriso doce nos lábios, e, se não fosse pela sua palidez, poder-se-ia pensar que nada de extraordinário houvesse acontecido.

– Escute, minha querida, minha adorada Valentine – disse ele, em voz solene. – Não sou romântico, mas, sem muitas palavras ou juras, eu pus a minha vida em suas mãos. No momento em que você se afastar de mim, Valentine, eu estarei sozinho no mundo. Minha existência será inútil. Esperarei até você se casar e então darei um tiro na cabeça.

Duas grossas lágrimas rolaram em seu rosto.

– Meu Deus! Prometa-me, Maximilian, que você não porá fim à própria vida!

– Ao contrário, prometo que porei. Mas o que isso importa a você? Você terá cumprido o seu dever, e a sua consciência estará em paz.

– Maximilian, meu amigo, meu marido de verdade perante os céus – disse Valentine, caindo de joelhos e soluçando. – Suplico-lhe que viva como eu, no sofrimento. Quem sabe um dia ficaremos juntos.

– Adeus! – repetiu Morrel.

– Meu Deus – disse Valentine, levantando as mãos aos céus –, o Senhor sabe que fiz o possível para ser uma filha submissa. Implorei, mas o Senhor ignorou as minhas súplicas e minhas lágrimas.

Em seguida, enxugando as lágrimas e adotando um ar de determinação, ela acrescentou:

– Você vai viver, Maximilian, e eu não pertencerei a nenhum homem que não seja você. Quando será? Fale, ordene, e eu obedecerei.

Morrel já tinha se afastado alguns passos e voltou correndo, o coração batendo em tumulto.

– Valentine, minha amada, não fale assim comigo. Melhor eu morrer. Como eu poderia conseguir você pela força se você me ama como eu a amo?

– Quem, além de você, me ama? – murmurou Valentine, quase para si mesma. – Quem, a não ser você, me consolou em toda a minha tristeza? Em quem, a não ser em você, estão as minhas esperanças? Está certo, Maximilian. Deixo tudo para trás, até o meu avô, de quem eu quase me esqueci!

– Não. Antes de fugir, conte para ele. O consentimento dele será a nossa justificativa perante Deus. Logo que nos casarmos, ele virá viver conosco. Seremos muito felizes, Valentine.

– Você tem a minha palavra, Maximilian. Em vez de assinar o contrato, eu fujo com você. Mas vamos ser prudentes. É quase um milagre ainda não termos sido descobertos. Se hoje ou amanhã nos achassem e eles ficassem sabendo que nós nos encontramos às escondidas, eu ficaria sob vigilância e não conseguiria fugir. Não vamos nos encontrar mais aqui. Eu escrevo para você.

– Então está combinado. Logo que eu souber o horário da assinatura do contrato, corro para cá. Você pula o muro com a minha ajuda, e uma carruagem estará à nossa espera.

– Até logo! – despediu-se a moça e se afastou.

Por volta das dez horas do terceiro dia, o jovem recebeu pelo correio uma nota de Valentine:

De nada valeram lágrimas e súplicas. Fui à igreja de São Filipe du Roule ontem e rezei com fervor por duas horas. Mas Deus parece tão indiferente quanto os homens, e a assinatura do contrato foi marcada para as nove horas da noite de hoje. Porém tanto a minha mão como o meu coração são seus, Maximilian.

Eu o encontro hoje à noite no portão, às quinze para as nove.

Sua esposa,
Valentine de Villefort

P.S.: Acho que eles estão escondendo de vovô Noirtier que o contrato será assinado amanhã.

No dia seguinte, Maximilian fez todos os preparativos cuidadosamente: escondeu duas escadas perto do jardim, deixou um cabriolé de prontidão e ficou à espera. Queria ficar só, mas não conseguia fazer nada, e o tempo não passava. Pensava sem parar no momento em que ajudaria Valentine a descer a escada, quando pegaria nos braços a figura trêmula daquela de quem ele mal havia se aventurado a beijar a ponta dos dedos.

Por fim, chegou a hora. O cabriolé ficou oculto atrás de algumas ruínas onde Maximilian costumava se esconder. Quando escureceu, ele saiu do esconderijo e, com o coração aos pulos, aproximou-se do local combinado. Mas Valentine não estava ali. O relógio bateu as nove horas, e depois nove e meia... dez! Nessa altura ocorreu-lhe que ela poderia ter ido se encontrar com ele, mas perdera as forças e desmaiara. A ansiedade fez com que abandonasse a prudência, e ele escalou o muro e pulou do outro lado, mas não encontrou nem sinal de Valentine.

Escondeu-se atrás de algumas árvores, na esperança de vê-la e ter pelo menos alguma indicação de que ela estava bem. Pouco depois, ouviu vozes e ficou imóvel no seu esconderijo. Maximilian viu Villefort descer a escada, acompanhado por um homem vestido de preto. Os dois se aproximaram de onde Morrel estava, e ele logo reconheceu o doutor d'Avrigny. Os homens pararam, e o jovem ouviu a conversa:

– Doutor, a mão de Deus caiu com força sobre nós! Que morte terrível! Por favor, não procure me consolar.

Um suor frio cobriu a testa de Maximilian, e os seus dentes batiam incontrolavelmente. Quem havia morrido na casa de Villefort?

– Não o trouxe aqui para consolá-lo – respondeu o médico, em uma voz que aumentou o pavor que Morrel sentia. – Muito pelo contrário.

– O que o senhor quer dizer com isso? – perguntou o procurador do rei, alarmado.

– Que, atrás dessa desgraça que acaba de atingi-lo, talvez exista outra maior. Estamos mesmo a sós? Posso falar com liberdade?

– Sim, claro. Por que tantas precauções? – perguntou Villefort, sentando-se em um banco.

D'Avrigny continuou em pé.

– Tenho um segredo terrível que preciso lhe contar – disse o médico. – É verdade que a senhora tinha idade avançada, mas ela estava com excelente saúde.

Morrel voltou a respirar aliviado.

— Foi a tristeza que a matou — disse. — Depois de viver com o marquês durante mais de quarenta anos, e...

— Não foi a tristeza que a matou — interrompeu-o o médico. — O senhor assistiu à agonia? Quais foram os sintomas?

— A senhora Saint-Méran teve três ataques sucessivos a intervalos de alguns minutos. Quando o senhor chegou, ela respirava com dificuldade havia alguns minutos. Depois, teve um ataque, que me pareceu nervoso. Eu só me alarmei quando a vi se levantar sobre a cama e os braços, pernas e pescoço enrijecer. Entendi então, pela expressão do rosto do senhor, que era algo mais grave. No segundo ataque, os músculos repuxaram, e o rosto ficou púrpura. Ao final do terceiro, ela morreu. No primeiro ataque, pensei que fosse tétano, e o senhor confirmou a minha opinião.

— Isso foi na presença de outras pessoas. Agora, porém, que estamos a sós, posso lhe dizer que os sintomas de tétano e envenenamento de origem vegetal são absolutamente idênticos.

O senhor de Villefort levantou-se de um salto e, depois de um momento, voltou a se sentar no banco.

— Não posso acreditar — disse o dono da casa. — O senhor está falando comigo como a um magistrado ou a um amigo?

— Neste momento, apenas como a um amigo. E, como amigo, posso lhe dizer que os sintomas são tão parecidos que eu não tenho condições de assinar uma declaração de que não se trata de envenenamento. Mas não apenas estou convencido de que a morte não foi natural, como também sei qual o veneno que a matou. A senhora Saint-Méran sucumbiu a uma grande dose de brucina ou estricnina.

— Mas isso é impossível! — disse Villefort. — Diga-me, por piedade, doutor, que o senhor se enganou.

— Não, não me enganei. Mas Deus me livre de acusar alguém — respondeu o senhor d'Avrigny. — Existe brucina na sua casa, pois essa substância é um remédio para a paralisia, e eu venho tratando o senhor Noirtier com ela. Doses relativamente grandes desse alcaloide não fariam mal a ele porque os órgãos paralisados se acostumaram gradualmente com a brucina, mas seriam fatais para outra pessoa.

– Acho difícil. Não há nenhuma comunicação entre os aposentos de Noirtier e os da senhora Saint-Méran.

– O que estou lhe dizendo é que se mantenha vigilante. Não sei se houve um engano ou um crime, mas algo está acontecendo na sua casa, e, se isso se repetir, vou ter que tomar uma providência.

Villefort agradeceu e voltou, apressado, para dentro da casa. O médico foi embora. No silêncio que se seguiu à conversa, Morrel pareceu ouvir soluços. Ele rapidamente cruzou o jardim, subiu as escadas e experimentou a porta, que se abriu sem resistência. A sala estava vazia, e ele conseguiu subir para o primeiro andar. Ouviu novamente soluços, que lhe pareceram de Valentine, e seguiu na direção do som. Sobre uma cama, e debaixo de um lençol branco, estava o corpo da senhora Saint-Méran; ao seu lado, Valentine, ajoelhada, soluçava.

Maximilian não conseguiu se conter ao ver a amada sofrendo tanto e sozinha. Com um profundo suspiro, ele murmurou o nome dela, e o rosto manchado de lágrimas se levantou lentamente.

– Gostaria de lhe dar as boas-vindas, mas foi a morte que abriu as portas desta casa para você – disse ela, sem manifestar nenhuma surpresa em vê-lo.

– Estaremos perdidos se você for encontrado aqui!

– Desculpe-me, mas eu a esperava desde as oito e meia, fiquei louco de ansiedade e...

– Só há uma forma segura de você sair daqui, e é pelos aposentos do meu avô. Siga-me – ela o interrompeu, com uma voz sem nenhum medo ou censura. – Meu avô é o único amigo que eu tenho no mundo, e nós precisamos dele.

Valentine cruzou o corredor e desceu por uma pequena escada que levava aos aposentos de Noirtier. Entrou, seguida de Morrel, na ponta dos pés. Imóvel em sua cadeira, o inválido estava atento aos sons. Seu velho criado lhe havia informado sobre a morte da senhora Saint-Méran, e ele observava a porta com ansiedade. Ao ver Valentine, os olhos do avô se iluminaram e logo assumiram uma expressão inquisitiva.

– Vovô, sabe que minha avó morreu há uma hora, e que agora eu só tenho o senhor. Por isso, só posso confiar ao senhor as minhas tristezas e esperanças.

O velho assentiu com um sinal de olhos.

– Então, veja este cavalheiro – disse Valentine, puxando Maximilian pela mão.

Um tanto surpreso, Noirtier fixou seu olhar escrutador em Morrel.

– Este é Maximilian Morrel – disse ela –, filho de um armador e comerciante honesto de Marselha, de quem o senhor sem dúvida já ouviu falar.

– Sim – confirmou Noirtier, fechando os olhos.

– Além do nome impecável, Maximilian tem uma carreira brilhante. Ele tem apenas 30 anos, já é capitão de Spahis e recebeu a Legião de Honra – disse Valentine. Em seguida, jogando-se de joelhos diante do velho, acrescentou: – Vovô, eu o amo e não vou pertencer a mais ninguém. Se eles me forçarem a me casar com outro homem, morrerei ou me matarei. O senhor gosta do senhor Maximilian Morrel, não gosta?

– Sim – foi a resposta silenciosa do velho.

– O senhor poderia, então, nos proteger contra a vontade do meu pai?

Noirtier fixou o seu olhar inteligente em Morrel, como quem diz: "Depende".

Maximilian o entendeu e, dirigindo-se a Valentine, disse:

– Você tem um dever sagrado a cumprir nos aposentos da sua avó. Permite que eu tenha alguns minutos de conversa reservada com o senhor Noirtier?

– Sim – disseram os olhos de Noirtier, mas eles se dirigiam a Valentine com uma expressão de ansiedade.

– Não se preocupe, vovô. Nós falamos sobre o senhor, e ele vai compreender o que o senhor lhe disser. Ele sabe tudo o que eu sei.

E, despedindo-se com um beijo na testa do avô e um sorriso doce, ainda que triste, para Maximilian, Valentine saiu do quarto.

Morrel imediatamente pegou o dicionário, uma caneta e papel.

– Em primeiro lugar, permita-me que lhe diga quem sou, quanto eu amo Valentine e quais os meus planos em relação a ela.

Morrel, impressionado com a expressão austera e nobre de Noirtier, que, apesar de inválido, tinha se tornado o único protetor do jovem casal, falou sobre como tinha conhecido Valentine e aprendido a amá-la. Deu todas as informações sobre o seu nascimento e a sua posição social. A expressão dos olhos do velho o encorajava a continuar.

Maximilian, então, contou sobre a intenção de fugirem naquela noite. Quando acabou de falar, Noirtier fechou e abriu os olhos diversas vezes, o que era sua maneira de dizer "não".

– O senhor desaprova o meu plano?

– Sim, desaprovo – sinalizou Noirtier.

– Mas então, o que eu posso fazer? Devo ficar quieto e permitir que o casamento seja realizado, como desejou a senhora Saint-Méran?

Noirtier permaneceu imóvel.

– Compreendo – disse Morrel. – O senhor quer que eu espere. Mas Valentine, sozinha, não tem poder e será obrigada a se submeter. Acredite-me, não vejo outra saída. O senhor dá a ela permissão para ela se entregar aos meus cuidados, sob a minha honra?

– Não! – respondeu o velho, fechando os olhos.

– De onde virá a nossa ajuda, então? Devemos deixar nossas vidas ao acaso?

– Não.

– Nas mãos do senhor?

– Sim.

– O senhor está entendendo o que estou perguntando? Desculpe-me se estiver sendo inoportuno, mas a minha vida depende da sua resposta. A nossa salvação virá do senhor?

– Sim.

– Tem certeza?

– Sim.

Havia tanta determinação no olhar com que Noirtier respondia às perguntas que era impossível duvidar da vontade dele, ainda que não se pudesse entender como poderia fazer o que prometia.

– Obrigado. Mas, a não ser que, por um milagre, o senhor tenha a sua fala e movimentos restaurados, como poderá impedir esse casamento?

Um sorriso iluminou o rosto do velho; um sorriso estranho, apenas nos olhos, enquanto o resto do rosto continuava impassível.

– Está dizendo que eu devo esperar? – perguntou Morrel.

– Sim.

— Mas e o contrato?

Novamente aquele sorriso.

— O senhor quer dizer que o contrato não será assinado?

— Sim.

— Desculpe-me, mas não posso evitar duvidar de tanta felicidade. Tem certeza de que o contrato não será assinado?

— Sim.

Noirtier ficou olhando fixamente para Maximilian.

— O que o senhor deseja? — perguntou Morrel. — Quer que eu renove a minha promessa de não fazer nada?

Os olhos continuaram fixos, como se Noirtier desejasse dizer que uma promessa não era o suficiente.

— O senhor deseja que eu jure?

— Sim.

Morrel obedeceu. Levantou a mão e disse:

— Pela minha honra, juro aguardar a sua decisão antes de tomar qualquer ação contra Franz d'Épinay.

Os olhos do velho mostraram que ele estava satisfeito.

— E agora, o senhor quer que eu me retire? — perguntou Maximilian.

— Sim.

— Sem ver novamente a senhorita Valentine?

— Sim.

— O senhor permite que o seu neto o beije, como a sua neta o fez há pouco?

— Sim — sinalizou Noirtier.

O jovem tocou a testa do velho com os lábios, no mesmo lugar em que Valentine a havia beijado. Em seguida, fez uma mesura e se retirou.

O criado, que fora instruído por Valentine, esperava por ele do outro lado da porta. Barrois levou Morrel por um corredor escuro, no fim do qual havia uma porta que abria para o jardim. Lá Maximilian escalou o muro e foi até o local onde o seu cabriolé o esperava.

O senhor Villefort decidiu executar os últimos desejos da marquesa logo após o funeral e enviou uma mensagem a Valentine ordenando-lhe que estivesse no salão dentro de meia hora, pois esperava o senhor d'Épinay, as duas testemunhas dele e o tabelião.

Essa decisão inesperada causou muito tumulto na casa. A senhora Villefort não conseguia acreditar, e Valentine ficou aturdida. Em busca de ajuda, ela correu para o lado do avô, mas o senhor Villefort a esperava na escada e, pegando-a pelo braço, levou-a para o salão. No corredor, a jovem passou por Barrois e lançou-lhe um olhar desesperado. Em seguida, a senhora Villefort, aparentando extrema fadiga, e seu filho Édouard chegaram. Não demorou e ouviu-se o barulho de duas carruagens. O notário desceu de uma, e Franz e seus amigos, da outra.

Todos se reuniram no salão. Depois de distribuir seus papéis sobre a mesa, o tabelião se sentou e deu início às formalidades:

– O senhor é Franz de Quesnel, barão d'Épinay? – perguntou ele ao jovem, apesar de saber perfeitamente de quem se tratava.

– Sim, senhor.

O notário fez uma mesura.

– Devo adverti-lo, em nome do senhor Villefort, que a perspectiva de o senhor se casar com a senhorita causou uma mudança nos propósitos do senhor Noirtier, e ele deserdou a neta. Acrescento, porém, que o testador não tem direito de deserdar totalmente a família, de modo que o documento pode ser contestado e é suscetível de ser anulado.

– É verdade – interveio Villefort –, mas gostaria de avisar ao barão d'Épinay que, enquanto eu for vivo, esse testamento não será contestado, pois a minha posição não permite o menor escândalo.

– Lamento muito que esse ponto tenha sido levantado na presença da senhorita Valentine – disse Franz. – Eu nunca perguntei o montante de sua fortuna, que, mesmo reduzida, ainda é consideravelmente maior que a minha. O que a minha família busca nessa aliança com a senhorita de Villefort é prestígio; e eu, a felicidade.

Duas grossas lágrimas desceram pela face pálida de Valentine.

– O que desagrada ao meu pai – disse Villefort, dirigindo-se ao futuro genro – não é a sua pessoa, mas o casamento de minha filha. A velhice é egoísta. Valentine tem sido uma companheira fiel do avô, o que será impossível quando ela se tornar a baronesa d'Épinay.

Nesse momento, a porta se abriu, e Barrois entrou.

– Senhores – disse ele, com um tom de voz estranhamente firme para um criado que dirigia a palavra ao seu amo em uma ocasião solene como aquela. – O senhor Noirtier Villefort deseja falar com Franz de Quesnel, barão d'Épinay, imediatamente.

O tabelião olhou para Villefort.

– Isso é impossível! – disse o procurador do rei. – Diga a Noirtier que é impossível atender a seu desejo.

– Nesse caso, Noirtier avisa que virá carregado para o salão – respondeu Barrois.

Todos estavam completamente aturdidos. Um sorriso apareceu no rosto da senhora Villefort, e Valentine elevou os olhos aos céus, agradecendo a Deus.

– Valentine, por favor, venha comigo para entendermos o que esse novo capricho do seu avô significa – disse Villefort para a filha.

– Desculpe-me, senhor – interpôs Franz –, parece que, como o senhor Noirtier mandou me buscar, devo fazer o que ele deseja. Além disso, fico feliz em cumprimentá-lo.

D'Épinay levantou-se, apesar dos protestos de Villefort, e seguiu Valentine, que corria com a alegria de um náufrago que acaba de abraçar uma rocha. Villefort os seguiu.

Noirtier os esperava, vestido de preto, na sua cadeira. Quando os três entraram, Barrois fechou a porta. Villefort se dirigiu ao pai:

– Aqui está Franz d'Épinay, a quem o senhor mandou chamar. Espero que este contato prove que a sua oposição a esse casamento não tem fundamento.

A única resposta de Noirtier foi um olhar que fez o sangue de Villefort gelar. Valentine se aproximou e, com a sua maneira de conversar com o avô, logo descobriu que ele queria dizer a palavra "chave". Em seguida, o velho olhou para a sua escrivaninha.

– O senhor quer abrir a escrivaninha? – perguntou a neta.

– Sim.

– Qual gaveta? A da direita? A do centro? A da...

Noirtier piscou quando Valentine mencionou a gaveta do centro. A neta obedeceu e tirou de lá um maço de papéis.

– É isto o que o senhor quer, vovô?
– Não.
– Mas agora a gaveta está vazia.
Noirtier olhou para o dicionário, e Valentine começou a recitar o alfabeto. Quando ela disse "s", Noirtier fechou os olhos, sinalizando que o que desejava começava com aquela letra. A jovem passou os dedos pelos verbetes iniciados por "s", até que o avô a deteve quando chegou a "segredo". O velho então olhou para a porta por onde o criado havia saído.
– Deseja que eu chame Barrois?
– Sim.
Valentine foi buscá-lo, enquanto Villefort ficava cada vez mais impaciente. Franz parecia aturdido. O velho criado entrou.
– Barrois – disse a moça –, meu avô desejou que eu pegasse a chave e abrisse a escrivaninha dele. Há uma gaveta secreta de que, aparentemente, você tem conhecimento. Abra-a.
O criado olhou para Noirtier, cujos olhos o mandaram obedecer.
Barrois, então, removeu o fundo falso da gaveta e retirou um maço de papéis amarrado por uma fita preta.
– É isto que o senhor deseja? – perguntou o criado.
– Sim.
– Devo entregar os papéis a Villefort?
– Não.
– A Franz d'Épinay?
– Sim.
Franz deu um passo à frente e pegou os papéis das mãos de Barrois. No envelope, leu:

> Para ser entregue, depois da minha morte, ao general Durant, que deve legar o pacote ao seu filho com a condição de preservá-lo, pois este envelope contém um documento da maior importância.

– E o que o senhor deseja que eu faça com este papel? – perguntou Franz.
– Ele sem dúvida deseja que você o guarde, selado como está – disse o procurador do rei.

– Não, não! – sinalizou Noirtier com vigor.
– Talvez o senhor deseje que Franz o leia? – sugeriu Valentine.
– Sim – foi a resposta.
– Então vamos nos sentar – disse Villefort, com impaciência –, pois isso vai demorar algum tempo.

Villefort se sentou, mas Valentine continuou de pé, ao lado do avô. Franz, de frente para Noirtier, rompeu o selo do envelope e começou a ler, enquanto os outros se mantinham no mais absoluto silêncio:

Extrato das Minutas de uma Sessão do Clube Bonapartista, realizada em 5 de fevereiro de 1815.

Os abaixo-assinados Louis-Jacques Beaurepaire, tenente-coronel de Artilharia; Étienne Duchampy, brigadeiro-general, e Claude Lecharpal, diretor de hidrovias e florestas, declaram por este instrumento que, em 4 de fevereiro de 1815, chegou uma carta da Ilha de Elba recomendando aos membros do Clube Bonapartista um certo general Flavien de Quesnel, que havia servido ao imperador e seria devotado à dinastia napoleônica, apesar do título de barão, recebido de Luís XVIII, junto com a propriedade de Épinay.

Como resultado, foi enviado ao general Quesnel um convite para participar da reunião do dia seguinte. No outro dia, às nove horas da manhã, o presidente do clube se apresentou ao general, que estava pronto. O presidente lhe disse que uma das condições para ele ser apresentado ao clube era ignorar o local onde a reunião se realizaria e, portanto, permitir que seus olhos fossem vendados.

O general de Quesnel aceitou esses termos e deu a sua palavra de honra de que não tentaria ver para onde estava sendo conduzido. O general não fez nenhuma objeção a que seus olhos fossem vendados. Enfatizamos que o general não foi, de forma alguma, forçado a participar da reunião e que, pelo contrário, esteve presente por sua espontânea e livre vontade.

Quando chegaram ao local, a reunião já havia começado. O general foi convidado a remover a sua venda e, depois de fazê-lo, mostrou-se muito impressionado com o grande número de pessoas que participavam de uma sociedade de cuja existência ele não tinha conhecimento. Foi questionado quanto aos seus sentimentos políticos, mas ele se limitou a dizer que a carta da Ilha de Elba deveria ter-lhes dado todas as informações necessárias.

– Meu pai era um monarquista – disse Franz, interrompendo a leitura.
– Vem daí o meu contato com o seu pai, caro Franz – disse Villefort.
– Pontos de vista semelhantes não tardam a reunir as pessoas.
– Continue a ler – diziam os olhos de Noirtier.
Franz prosseguiu:

O senhor de Quesnel disse que gostaria de saber, em primeiro lugar, o que queriam dele. O presidente lhe informou sobre o conteúdo da carta, que o recomendava. Um dos parágrafos era dedicado à provável volta de Napoleão. O documento prometia outra carta, com mais detalhes sobre a chegada do navio **Pharaon**, *que pertencia a Morrel, de Marselha, e cujo capitão era leal ao imperador. Enquanto a carta era lida, o general, em quem eles pensavam que poderiam confiar como em um irmão, deu sinais visíveis de descontentamento. Quando a leitura terminou, ele disse que os votos de fidelidade feitos a Luís XVIII eram muito recentes para serem violados em favor do ex-imperador.*

"General", disse o presidente, "para nós não há nenhum rei Luís XVIII, assim como não há um ex-imperador".

"Perdoem-me, senhores", respondeu o general, "mas para mim existe o rei Luís XVIII, que foi quem fez de mim um barão e um marechal, e eu nunca vou me esquecer de que devo esses dois títulos à feliz volta dele à França".

"As suas palavras claramente mostram que eles se enganaram a seu respeito na Ilha de Elba", disse o presidente, levantando-se. "Nossas ações se basearam em um mal-entendido. Por uma promoção e um título de nobreza, o senhor se pôs ao lado do novo governo, um governo que nós gostaríamos de derrubar. Não o forçaremos a nos ajudar, mas pedimos que o senhor aja como um homem de honra."

"O que o senhor chama de agir como um homem de honra é, presumivelmente, ter conhecimento da sua conspiração e não a revelar. Eu chamo a isso ser seu cúmplice."

– Pobre pai! – suspirou Franz, interrompendo novamente a leitura. – Agora compreendo por que eles o assassinaram!

Villefort andava de um lado para outro, atrás de d'Épinay. Noirtier observava a expressão de cada um dos presentes.

Franz voltou a ler o manuscrito:

"O senhor não foi trazido à força para a nossa assembleia", continuou o presidente. "Foi convidado e aceitou ter os olhos vendados, de forma que sabia perfeitamente que não estávamos defendendo o trono de Luís XVIII, caso contrário não precisaríamos tomar essas precauções."

"Sou um monarquista", foi a resposta do general. "Jurei fidelidade a Luís XVIII e não vou trair o meu juramento."

Essas palavras foram seguidas de um murmúrio geral. O presidente se levantou e, pedindo silêncio, disse:

– O senhor tem que jurar pela sua honra que não vai revelar nada do que ouviu aqui.

O general pôs a mão na espada e gritou: "Se o senhor fala de honra, não ignore as leis nem imponha nada pela violência".

"Eu o aconselho a não pôr a mão na sua espada, general", disse o presidente com uma calma que talvez fosse mais terrível que a fúria do general. "Recuso-me a jurar", disse o general.

"Então o senhor vai morrer!", respondeu calmamente o presidente.

D'Épinay ficou muito pálido, olhou ao redor e percebeu que diversos membros sacavam suas armas de baixo das capas.

"O senhor não tem nada a temer por enquanto, general", disse o presidente. 'Somos homens de honra, mas, como o senhor mesmo disse, está entre conspiradores. O senhor possui o segredo deles, e é preciso que o restaure."

Seguiu-se um silêncio nefasto, quebrado quando o presidente gritou para o vigia:

"Feche as portas!"

Depois de outro silêncio mortal, o general deu um passo à frente e disse:

"Tenho um filho, e devo pensar nele quando cercado de assassinos."

"É melhor jurar silêncio em vez de insultar os membros do nosso clube", respondeu o presidente.

O general foi tomado por um forte tremor, o que o deixou incapaz de responder. Em seguida, cedeu e jurou, pela sua honra, que nunca revelaria a ninguém o que havia visto e ouvido entre as nove e dez horas da noite de 5 de fevereiro de 1815 e que, se violasse o seu juramento, aceitava como justo pagar com a sua vida.

"Agora eu gostaria de me retirar', disse o general ao fim do juramento.

O presidente se levantou, nomeou três membros da reunião para acompanhá-lo e, depois de amarrarem a venda no general, levaram-no para a carruagem. Os outros membros do clube se dispersaram em silêncio.

"Para onde quer ser levado?", perguntou o presidente depois que a carruagem se pôs em movimento.

"Para qualquer lugar, desde que seja longe da sua presença', respondeu d'Épinay.

"Não nos insulte, ou o senhor pode ser responsabilizado por essa injúria."

"O senhor é muito corajoso entre os membros do seu clube ou dentro da sua carruagem", respondeu o general. "Não há dúvida de que quatro homens sempre são mais fortes do que um", acrescentou, fazendo referência aos três que o acompanhavam e ao vereador que estava na boleia.

O presidente mandou parar a carruagem. Estavam ao lado do rio.

"Por que o senhor parou aqui?", perguntou d'Épinay.

"Porque o senhor insultou um homem", disse o presidente. "E esse homem se recusa a ir em frente sem um desagravo."

"Uma forma diferente de assassinato", disse o general.

"O senhor está sozinho, e apenas um de nós responderá aos seus insultos. Nós dois temos as nossas espadas conosco. Se o senhor aprovar essa disposição, pode remover a venda."

"Pelo menos saberei com quem tenho de lidar", disse o general, tirando o lenço dos olhos.

Os quatro desceram da carruagem.

Franz interrompeu a leitura mais uma vez e limpou com um lenço o suor frio que lhe cobria a testa. Havia algo que inspirava respeito e temor em ouvir o filho, pálido e trêmulo, ler os detalhes até então desconhecidos da morte de seu pai.

O jovem continuou:

Era uma noite fria e escura, e os acompanhantes pegaram duas lanternas e as colocaram no chão. A espada do presidente era mais curta que a do seu adversário. O general d'Épinay sugeriu que decidissem na sorte quem ficaria com a melhor espada, mas o presidente disse que tinha sido ele quem o desafiara para um duelo e que cada um deveria usar a sua própria arma.

O duelo começou. Na semiescuridão, as duas espadas pareciam flashes de luz, enquanto os homens mal eram visíveis.

O general tinha a reputação de ser um dos melhores espadachins do Exército, mas foi tão pressionado desde o começo que pouco depois caiu. Os acompanhantes pensaram que ele morrera, mas seu adversário, que sabia que não o havia atingido, estendeu-lhe o braço para ajudá-lo a se levantar. Em vez de acalmar o general, esse gesto apenas o irritou, e ele avançou contra o oponente, retomando seu ataque. Mas voltou a cair. Os acompanhantes viram que ele não se mexia e, ao tentarem levantá-lo, sentiram algo quente e úmido que lhe escorria do corpo. Era sangue.

O general d'Épinay morreu cinco minutos depois.

Franz leu essas últimas palavras com uma voz tão estrangulada que as pessoas que estavam na sala mal conseguiram ouvir. Fez uma pausa curta e, em seguida, retomou a leitura:

Depois de se certificarem de que o general estava morto, os acompanhantes jogaram seu corpo no rio.
Damos testemunho de que o general caiu em um duelo honrado, e não em uma emboscada, como provavelmente será divulgado. Nossas declarações têm como objetivo estabelecer a verdade dos fatos para a eventualidade de chegar a ocasião em que um dos participantes dessa terrível cena seja acusado de assassinato premeditado ou de violação das leis da honra.
Assinados: Beaupaire, Duchampy e Lecharpal

Quando Franz terminou de ler o documento, Valentine estava pálida e enxugava lágrimas, e Villefort, tremendo em um canto, tentava acalmar a tempestade com olhares cheios de súplica para seu implacável pai.

– Como o senhor conhece essa história terrível em todos os detalhes? – indagou Franz, dirigindo-se a Noirtier. – Não me recuse a satisfação de conhecer o nome do presidente do clube, de forma que eu possa pelo menos saber quem matou o meu pobre pai.

Valentine sabia qual seria a resposta do avô, porque tinha visto mais de uma vez as marcas dos dois ferimentos no seu braço, e recuou alguns passos.

– Por favor, não prolongue essa cena horrível – interveio Villefort. – Mesmo que o meu pai soubesse quem era o presidente, ele não poderia nos informar o nome dele, porque os nomes próprios não são encontrados no dicionário.

– Ai de mim – lamentou Franz. – A única esperança que me sustentou durante a leitura desse relatório e me deu forças para terminá-la era, pelo menos, saber o nome de quem matou o meu pai.

E, voltando-se para Noirtier, acrescentou:

– Peço-lhe. O senhor pode, em nome de tudo o que é sagrado, me fazer compreender quem era o presidente?

– Sim – foi a resposta de Noirtier, olhando para o dicionário.

Franz o pegou, tremendo, e repetiu as letras do alfabeto. Quando chegou ao "e", o velho sinalizou para que parasse.

Franz foi passando o dedo sobre os verbetes iniciados com "e" e, quando chegou a "eu", Noirtier confirmou, fechando os olhos, que aquela era a palavra que queria.

– O senhor? – clamou Franz. – O senhor, Noirtier? Foi o senhor quem matou meu pai?

– Sim.

Franz desabou em uma cadeira.

Villefort abriu a porta da sala e fugiu, porque tinha sido tomado por um forte impulso de estrangular o velho, tirando o pouco de vida que ainda lhe restava.

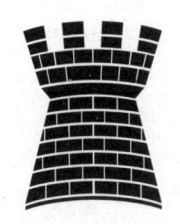

Capítulo 14

Certa tarde Monte Cristo resolveu fazer uma visita a Danglars. O banqueiro não estava, mas a baronesa o recebeu. Ao entrar na sala, Monte Cristo se deparou com uma cena cujo significado entendeu imediatamente: a senhora Danglars via alguns desenhos que sua filha lhe passava, depois de ela e o senhor Cavalcanti filho os terem olhado juntos.

Cavalcanti, sentado de frente para as duas damas, passava a mão alva pelos cabelos claros, exibindo assim o diamante que, jovem vaidoso, usava no dedo. Esse gesto era acompanhado por olhares cheios de subentendidos, dirigidos à senhora Danglars, e de suspiros.

A senhora Danglars continuava a mesma: fria, insolente, desdenhosa e linda. Nenhum dos olhares ou suspiros de Andrea lhe escapavam. Ela cumprimentou o conde com frieza e, na primeira oportunidade, fugiu para o seu estúdio. Pouco depois, ouviram-se duas vozes conversando e rindo e o som de um piano, o que significava que a senhorita Danglars preferia a companhia de sua amiga e professora de canto, Louise d'Armilly, à de Monte Cristo ou à de Cavalcanti.

Enquanto conversava com madame Danglars e parecia absorvido na prosa, o conde observava a solicitude de Andrea. O italiano ouvia a música perto da porta, que ele não ousava transpor, e manifestava a sua admiração.

Pouco depois o barão chegou.

— As moças não o convidaram para a sala de música? — perguntou ele a Andrea depois dos cumprimentos formais.

— Lamento dizer que não — respondeu Andrea, com um suspiro mais profundo ainda.

Danglars foi até a porta de comunicação e a abriu.

— Nós devemos ser excluídos? — perguntou ele à filha. E, sem esperar resposta, levou o jovem até a sala, fechando depois a porta atrás de si. Pouco depois, ouviu-se a voz de Andrea cantando uma música corsa, acompanhado ao piano.

Enquanto isso, a senhora Danglars tinha começado a gabar a força do caráter de seu marido, que, naquela mesma manhã, havia perdido trezentos ou quatrocentos mil francos devido à falência de uma empresa em Milão. O rosto do barão realmente não expressava nada. "Ah!", pensou Monte Cristo, "ele começa a ocultar as suas perdas. Há um mês ele se gabava delas". Em voz alta, o conde disse:

— Mas o senhor Danglars tem tanta experiência na Bolsa que o que perdeu em um dia ele recupera em outro.

— Vejo que há um mal-entendido, que na verdade é generalizado. Danglars nunca especula — afirmou a baronesa.

— É verdade! Agora me lembro que Debray me disse... E, por falar nele, que fim levou Debray? Não o vejo há vários dias.

— Eu também não — respondeu a senhora Danglars, com um autocontrole milagroso. — Mas o senhor dizia que...

— Sim, eu dizia que era a senhora que, segundo Debray, fazia sacrifícios ao demônio da especulação.

— Admito que já gostei de especular, mas agora não gosto mais — disse a baronesa. — Mas mudemos de assunto: já ouviu falar de como o destino castiga a família Villefort? A marquesa Saint-Méran faleceu poucos dias depois do marido. E isso não é tudo. O senhor sabe que a filha deles ia se casar com Franz d'Épinay?

— A senhora quer dizer que o noivado foi rompido?

— Franz abriu mão da honra ontem.

– Verdade? E sabe-se por que motivo?
– Não.
– Que coisa estranha! E como Villefort recebe toda essa falta de sorte?
– Como sempre, filosoficamente.

Nesse momento Danglars voltou para a sala.

– O senhor deixou o senhor Cavalcanti sozinho com a sua filha? – perguntou a baronesa.

– E com a senhorita d'Armilly – respondeu o banqueiro. – Ela não é ninguém? O príncipe Cavalcanti é um jovem encantador, não lhe parece, conde?

– Percebe o que está fazendo? – perguntou a baronesa, sem esperar a resposta do conde à pergunta de seu marido. – Se o senhor de Morcerf chegar, vai encontrar Cavalcanti em uma sala em que ele, o futuro marido de Eugénie, nunca recebeu permissão para entrar.

– Ora, ele não nos dará a honra de sentir ciúme da sua noiva. Ele não se importa com ela. Além disso, não faço caso se ele ficar ou não aborrecido.

– O visconde de Morcerf – anunciou o valete.

A baronesa se levantou de um pulo, com a intenção de avisar a filha, mas Danglars a deteve.

– Deixe-a em paz – disse ele.

A baronesa olhou o marido sem poder acreditar no que ouvia. Monte Cristo aparentemente estava alheio àquela pequena comédia.

Albert entrou, bem-arrumado e animado. Cumprimentou a baronesa com tranquilidade, Danglars com familiaridade e Monte Cristo, com afeição. Em seguida, dirigiu-se à dona da casa:

– Posso perguntar como vai a senhorita?

– Muito bem – interveio o barão. – Neste momento, está ao piano com o senhor Cavalcanti.

Albert permaneceu calmo e indiferente. Talvez tenha ficado aborrecido, mas sabia que os olhos de Monte Cristo estavam sobre ele e não demonstrou nada.

– Na verdade – prosseguiu o banqueiro –, o príncipe e minha filha se dão muito bem. Ontem os dois foram objeto de admiração geral. Por que não tivemos o prazer da sua presença, Morcerf?

– Que príncipe? – perguntou Albert.

– Príncipe Cavalcanti – respondeu Danglars, que insistia em dar esse título ao jovem.

– Ah, não sabia que ele era um príncipe. Não pude aceitar o seu convite, pois tinha prometido acompanhar a senhora de Morcerf a um concerto dado pela condessa Château-Renaud.

Depois de alguns minutos de silêncio, Albert acrescentou:

– Posso apresentar as minhas saudações à senhorita Danglars?

– Um minuto, por favor – disse Danglars, detendo o jovem. – Está ouvindo essa encantadora *cavatina*? Espere um minuto, até que tenha chegado ao fim.

E começou a aplaudir.

– Realmente, é uma música encantadora – respondeu Morcerf. – O senhor deveria pedir-lhes que concedessem o prazer de mais uma canção, sem que eles soubessem que há um estranho aqui.

Então foi a vez de Danglars ficar aborrecido com a indiferença do jovem. Puxando Monte Cristo de lado, ele disse:

– O que o senhor acha agora do nosso apaixonado?

– Sem dúvida ele é muito frio. Mas o que o senhor pode fazer? Já deu a sua palavra.

– Ora, eu dei a minha palavra que concederia a mão da minha filha a um homem que a ame, mas não a um homem que não a ame. Esse é frio como o mármore e orgulhoso como o pai. Se tivesse uma fortuna, como os Cavalcanti, daria para fechar os olhos.

– Não sei se a minha amizade não me deixa ver direito – disse Monte Cristo –, mas considero Morcerf um jovem encantador, que poderia fazer a sua filha feliz. O pai dele tem uma excelente posição e...

Danglars o interrompeu com uma exclamação de pouco caso.

– Não concorda?

– Estou pensando no passado do pai dele... um passado misterioso.

– Mas o passado do pai não tem nada a ver com o filho. O senhor não pode romper um noivado assim. A família Morcerf considera este casamento uma coisa garantida.

– Eles então que elucidem a situação. O senhor, que tem intimidade com eles, poderia lhes sugerir isso.

– Sem dúvida o farei, se é isso que deseja.

Nesse momento um criado se dirigiu a Danglars e lhe disse algo em voz baixa. O banqueiro se retirou, voltando alguns minutos depois, visivelmente agitado.

– O meu emissário voltou da Grécia – disse ele ao conde.

– E como está o rei Oto? – perguntou Albert, em tom de brincadeira.

Danglars olhou para ele com expressão astuta, mas não respondeu.

Morcerf, que não estava entendendo nada, discretamente perguntou ao conde, que entendia tudo:

– Viu como ele olhou para mim? O que será que ele quis dizer com essa notícia sobre a Grécia?

– Não tenho a menor ideia – mentiu Monte Cristo.

Albert então foi até a outra sala e se aproximou de Eugénie com um sorriso nos lábios. Danglars se aproximou do conde e cochichou:

– Seu conselho foi excelente! Há uma história terrível que liga Fernand e Janina. Depois eu lhe conto. Mas, por enquanto, leve o jovem embora.

– Está certo. O senhor ainda deseja que eu mande o pai dele falar com o senhor?

– Mais do que nunca.

Monte Cristo fez um sinal para Albert. Os dois se despediram das damas e saíram. Cavalcanti continuou a dominar o terreno.

Pouco depois de a carruagem ter virado a primeira esquina, Albert olhou para o conde e caiu na gargalhada. O riso era alto demais e, obviamente, forçado.

– Como o senhor acha que eu me saí na recepção ao meu rival e seu protegido, o senhor Andrea Cavalcanti, no seio da família Danglars?

– Deixe de brincadeira sem graça, visconde. Cavalcanti não é meu protegido, pelo menos não em relação a Danglars. Você acha que ele está voltando as atenções para a senhorita?

– Sem dúvida! É só prestar atenção aos olhares e suspiros dele. Ele aspira à mão da orgulhosa Eugénie!

– Mas eles preferem o senhor a ele.

– Não diga isso, conde. Estou sendo rejeitado em duas frentes. A senhorita Eugénie mal respondeu aos meus cumprimentos, enquanto sua confidente, a senhorita d'Armilly, não me deu a menor atenção. Quanto ao pai, garanto que dentro de uma semana ele baterá a porta na minha cara.

– Está enganado, meu caro visconde. Sei disso porque Danglars me pediu para convidar o conde de Morcerf a conversar com ele sobre um acordo definitivo.

– Ai, o senhor não vai fazer isso, vai? – pediu Albert.

– Tenho que fazer, porque prometi.

Quando a carruagem parou, Monte Cristo convidou o jovem a entrar. Os dois estavam tomando chá na sala quando o valete abriu uma porta e, através dela, ouviram uma música.

– O senhor acaba de escapar do piano da senhorita Danglars e agora tem que se submeter à *guzla* de Haydée – brincou o conde.

– Haydée! Que nome encantador.

– É um nome pouco comum na França, mas muito usado na Albânia e no Épiro.

– Ela não fica aborrecida com as nossas risadas a esta hora da noite?

– Uma escrava não tem direito de se aborrecer com o seu amo – respondeu o conde calmamente.

– Mas não existem mais escravos!

– Haydée é minha escrava, de forma que devem existir.

– Imagine, uma escrava na França! Conde, tudo o que o senhor tem e o que faz é diferente do que as outras pessoas têm e fazem. Como tudo que o cerca se caracteriza pela prodigalidade e extravagância, imagino que o senhor lhe conceda cem mil coroas por ano.

– Cem mil coroas! A pobre criança possui muito mais que isso. Ela veio ao mundo em um berço cercado de tesouros dignos das *Mil e uma noites*.

– Então ela é uma princesa de verdade!

– Sim, e uma das maiores de seu país.

– E como uma princesa se tornou sua escrava?

– Promete manter segredo sobre isso?

– Palavra de honra!

– Você conhece a história do pai de Janina, Ali?
– Ali-Tebelin? Claro, já que o meu pai fez fortuna no serviço dele.
– É verdade, eu tinha me esquecido. Pois bem, Haydée é filha dele.
– A filha do Ali-Tebelin é sua escrava? Como isso é possível?
– Simplesmente porque eu passava pelo mercado de Constantinopla um belo dia e a comprei.
– Com o senhor, conde, a vida parece um sonho. Posso pedir-lhe uma coisa muito indiscreta?
– Fale.
– O senhor me apresentaria à sua princesa?
– Sim, com duas condições. Em primeiro lugar, você nunca deve falar com ninguém sobre ela e, em segundo, não lhe diga que o seu pai serviu sob as ordens do pai dela.
– Prometo!

O conde tocou o gongo e, quando Ali apareceu, disse-lhe:
– Informe a sua ama que eu vou tomar café com ela e que peço permissão para apresentar a ela um dos meus amigos.

Ali fez uma mesura e se retirou. Pouco depois, voltou e, sem uma palavra, segurou a cortina da porta para eles passarem.

Haydée os esperava na sua sala, com os olhos arregalados de surpresa. Era a primeira vez que um homem, além de Monte Cristo, entrava em seus aposentos. Vestida com roupas de tecidos finamente bordados, ela estava sentada em um canto de um sofá, com as pernas cruzadas. Ao seu lado estava o instrumento cujo som revelara a sua presença pouco antes. A cena era encantadora.

– Quem o senhor traz até mim? – perguntou a moça a Monte Cristo em romaico.
– Um amigo – respondeu ele na mesma língua. – É o conde Albert, aquele que eu libertei das mãos de bandidos em Roma.
– Em que língua deseja que eu fale com ele?

Monte Cristo se voltou para Albert e perguntou:
– Você fala grego moderno?
– Nem antigo nem moderno.
– Então eu usarei o francês ou o italiano – respondeu Haydée, mostrando assim que compreendia a pergunta do conde e a resposta de Albert em francês.

– Falemos em italiano – disse Monte Cristo.

– Bem-vindo, meu amigo, que veio com meu amo – disse a moça, em excelente toscano, com o agradável sotaque romano. – Ali, traga café e cachimbos – ela pediu ao valete.

Os dois se sentaram a uma mesa em cujo centro havia um narguilé, flores, desenhos e álbuns de música. Ali voltou com café e cachimbos. Albert recusou o cachimbo, mas Monte Cristo insistiu:

– Pegue. O cheiro dos charutos Havana desagrada a Haydée, mas o tabaco do Oriente é como um perfume, como você deve saber.

Duas mulheres entraram na sala carregando travessas cheias de sorvetes e as colocaram em duas pequenas mesas.

– Desculpe o meu espanto – disse Albert em italiano. – Sinto-me como que transportado para o Oriente, que eu, infelizmente, não conheço. Se eu pelo menos falasse grego, a nossa conversa, nesse ambiente de conto de fadas, seria inesquecível.

– Eu falo italiano bem o suficiente para conversar com o senhor – disse Haydée calmamente. – Se ama o Oriente, vou fazer o possível para trazer-lhe a sua atmosfera.

– Com que idade deixou a Grécia, senhora?

– Aos 5 anos.

– E se lembra de seu país?

– Fecho os olhos e parece que eu vejo mais uma vez tudo o que já vi.

– Até onde vão as suas memórias?

– Até quando eu tinha 3 anos. Eu me lembro de tudo desde então.

– Conde, o senhor deveria permitir que a senhora nos contasse a sua triste história – disse Albert, dirigindo-se a Monte Cristo. – Estou proibido de mencionar o meu pai para ela, mas talvez ela fale dele por iniciativa própria; e eu ficaria muito feliz de ouvir o nome dele pronunciado por esses lindos lábios.

Monte Cristo se voltou para Haydée e disse em grego:

– Conte-nos a história de seu pai, mas não fale da traição nem mencione o nome do traidor.

Haydée deu um suspiro profundo, e o seu lindo rosto se anuviou.

– A senhora é muito jovem – disse Albert, sem conseguir deixar de se refugiar na banalidade. – Por quais sofrimentos pode ter passado?

Haydée olhou para Monte Cristo, que fez um sinal quase imperceptível e murmurou:

– Conte tudo.

– As lembranças da minha infância são muito tristes – disse ela. – Quer realmente que eu as conte?

– Imploro para que o faça – respondeu Albert.

– Eu tinha 4 anos quando minha mãe me acordou uma noite. Estávamos no palácio de Janina. Ela me pegou e, quando abri os olhos, percebi que os dela estavam cheios de lágrimas. Ela me levou sem dizer nada. Ao vê-la chorando, comecei a chorar também. "Fique quieta, criança", ela me disse.

"A voz dela denotava tanto terror que eu parei de chorar imediatamente. Minha mãe me levou embora rapidamente, e percebi que descíamos uma escada larga. À nossa frente, as criadas da minha mãe corriam, carregando baús, malas, sacos, roupas, joias e bolsas cheias de ouro. Atrás das mulheres vinha uma guarda de vinte homens fardados, armados com longos rifles e pistolas. Acredite – continuou Haydée, empalidecendo à lembrança da cena –, havia algo de sinistro naquela longa fila de escravos e mulheres.

"'Rápido, rápido!', dizia uma voz vinda da galeria. Era a voz do meu pai. Ele vinha atrás, segurando na mão a carabina que o seu imperador lhe tinha dado. O meu pai era um homem ilustre, conhecido na Europa pelo nome de Ali-Tebelin, Pasha[8] de Janina, diante de quem todos os turcos tremiam."

Sem nenhum motivo aparente, Albert estremeceu ao ouvir aquelas palavras, ditas com tanto orgulho e dignidade. Parecia haver algo sombrio e aterrorizante à espreita nos olhos da jovem.

Haydée continuou:

– Chegamos ao fim da escada e estávamos às margens do lago. Diante de nós havia um pequeno barco e, no centro do lago, via-se um quiosque. Entramos no barco, onde estavam, além dos remadores, apenas algumas mulheres, meu pai, minha mãe, Selim e eu. Os *palikars*[9] que nos tinham acompanhado ficaram à beira do lago, para nos proteger no caso de haver

---

[8] Ali-Pasha de Janina foi o governador da região do Épiro, sob o Império Otomano. Tentou tornar-se independente no século XIX. Correm muitas lendas sobre sua história. (N.R.)

[9] Soldado grego ou libanês a soldo do sultão da Turquia. (N.R.)

perseguição. Nosso barco corria como o vento. "Por que estamos indo tão rápido?", perguntei para a minha mãe. "Psiu, minha filha, quietinha", respondeu ela. "É porque estamos fugindo." Eu não entendia. Por que o meu pai, que era todo-poderoso, fugiria? Ele, de quem os outros costumavam fugir?

Haydée interrompeu a sua narrativa e olhou interrogativamente para Monte Cristo, que não tinha tirado os seus olhos dela nem por um minuto.

– A guarnição – continuou ela, falando devagar, como que suprimindo parte da sua narrativa – havia entrado em entendimento com o Seraskier Kourschid, enviado pelo sultão turco para capturar meu pai. Ao tomar conhecimento disso, Ali-Tebelin enviou um oficial francês em quem ele confiava para falar com o sultão e, então, resolveu se refugiar em um local que há muito havia preparado.

– A senhora se lembra do nome do oficial? – perguntou Albert.

Monte Cristo lançou um olhar como um relâmpago para Haydée, sem que Morcerf percebesse.

– Não, fugiu-me da memória – disse ela. – Mas talvez eu me lembre depois.

Albert estava prestes a mencionar o nome do seu pai quando Monte Cristo, sem dizer uma palavra, levantou um dedo impondo silêncio. Lembrando-se de seu juramento, o jovem obedeceu.

– Estávamos indo para o quiosque, que o meu pai chamava de refúgio. Do lado de fora, o quiosque parecia ter apenas o andar térreo, e debaixo do andar térreo havia uma vasta caverna subterrânea, que se estendia por toda a ilha. Foi para lá que minha mãe e eu, junto com todas as mulheres que a serviam, fomos levadas, e onde havia seiscentos mil sacos e duzentos barris empilhados. Os sacos continham vinte e cinco milhões em ouro, e os barris estavam cheios com catorze mil quilos de pólvora.

"Perto desses barris, Selim, o escravo favorito de meu pai, montava guarda. Ele permanecia assim dia e noite, segurando uma lança na ponta da qual havia uma mecha acesa. A ordem que havia recebido, diretamente do meu pai, era para explodir tudo, quiosque, guardas, mulheres, ouro e o próprio Ali-Pasha.

"Não sei quanto tempo ficamos ali. Uma manhã meu pai mandou nos buscar. Nós o encontramos calmo, porém mais pálido do que normalmente. 'Tenha coragem, Vasiliki', disse à minha mãe. 'Hoje chega o irmão do sultão, e o meu destino será decidido. Se eu for perdoado, voltarei a Janina em triunfo. Se a notícia for má, porém, fugiremos nesta noite.'

"'Mas e se eles não nos deixarem fugir?', perguntou ela. 'Fique descansada quanto a isto', respondeu Ali com um sorriso. 'Selim e a sua lança de fogo resolverão tudo. Eles querem a minha morte, mas não vão querer morrer comigo.' Os suspiros da minha mãe foram sua única resposta. De repente ele deu um pulo e pegou o telescópio. Eu vi as mãos do meu pai tremer. 'Um navio... dois... três... quatro!', murmurou ele, levantando-se. Ainda posso vê-lo carregar as suas pistolas. 'Vasiliki', disse ele, tremendo visivelmente, 'chegou a hora em que o nosso destino será decidido; dentro de meia hora saberemos a resposta do sublime sultão. Vá para a caverna com Haydée.'

"'Não vou deixá-lo', respondeu minha mãe. 'Se meu amo morrer, eu morro com ele.' 'Vá e fique com Selim!', ordenou meu pai. 'Adeus, meu senhor!', murmurou minha mãe, obediente até o fim, e se curvou diante da aproximação da morte. 'Leve Vasiliki daqui', disse ele a um dos *palikars*. Eu, porém, de quem eles tinham se esquecido, corri até meu pai e estendi os meus braços. Ele me viu e, inclinando-se, me deu um beijo na testa. A essa altura, vinte *palikars*, escondidos pelo madeiramento entalhado, estavam sentados aos pés de meu pai, observando com olhos injetados de sangue a chegada dos navios. As suas longas armas já estavam nas suas mãos. Ao ser levada embora, eu vi meu pai andar de um lado para outro e com um olhar de angústia no rosto.

"Ao chegarmos à caverna, Selim, que continuava no seu posto, nos deu um sorriso triste. Sentamo-nos ao lado dele. Apesar de ser pequena, eu sentia instintivamente que havia algum grande perigo sobre as nossas cabeças."

Por um instante pareceu que essas tristes reminiscências privaram Haydée da fala. Ela descansou a cabeça nas mãos.

– Continue, criança – disse Monte Cristo em romaico, olhando para ela com uma expressão de, ao mesmo tempo, interesse e piedade. Haydée ergueu a cabeça e retomou a narrativa.

– Eram quatro horas da tarde. O dia estava claro do lado de fora, mas nós, na caverna, estávamos mergulhados na escuridão. De vez em quando Selim repetia as palavras sagradas: "Alá é grande!". Minha mãe era cristã e rezava sem parar. Ela ainda tinha um pouco de esperança, pois, ao sair do terraço, pareceu-lhe ter reconhecido o francês que fora enviado a Constantinopla e em quem meu pai confiava. Ela se aproximou da escadaria e ficou escutando. "Eles estão chegando", disse. "Que tragam vida e paz para nós!"

"'O que a senhora teme, Vasiliki?', respondeu Selim com uma voz muito gentil e, ao mesmo tempo, com muito orgulho. 'Se eles não trouxerem a paz, nós lhe daremos a morte.' Eu, que era apenas uma criança, fiquei assustada por essa coragem, o clima de morte me encheu de pavor. Talvez minha mãe tenha sentido a mesma coisa, pois eu a vi estremecer.

"'Quais são as ordens do meu senhor?', perguntou ela a Selim. 'Se ele me mandar a sua adaga, significa que o sultão lhe recusou o perdão e que eu devo usar a mecha. Se ele me enviar o seu anel, significa que o sultão o perdoa e que eu devo entregar a pólvora.'

"'Meu amigo', disse minha mãe, 'quando chegar a ordem e se for a adaga que ele enviar, nós duas desnudaremos os nossos pescoços para que o senhor nos mate com a mesma adaga, em vez de nos despachar com essa morte terrível.' 'Farei isso, Vasiliki', foi a resposta calma de Selim.

"De repente ouvimos um grande barulho. Eram gritos de alegria. O nome do oficial francês era gritado pelos *palikars*. Estava claro que ele tinha trazido a resposta do sultão e que ela era favorável."

– A senhora não se lembra do nome dele? – perguntou Morcerf, tentando facilitar as lembranças da narradora.

Monte Cristo fez um sinal para ela.

– Não me lembro – respondeu Haydée. – O barulho aumentou e ouvimos passos que se aproximavam, descendo as escadas para a caverna. Selim aprontou sua lança. Não demorou e uma figura apareceu na meia claridade criada pela luz do dia que penetrou pela entrada da caverna. "Quem vem lá?", gritou Selim. "Glória seja dada ao sultão!", respondeu a pessoa. "Ele concedeu perdão pleno ao vizir Ali, e não apenas poupa a sua vida como também lhe restaura a fortuna e todas as suas propriedades." Minha mãe deu um grito de alegria e me apertou contra o coração.

"'Pare!', gritou Selim. 'O senhor sabe que eu tenho que receber o anel.'"

"'Está certo!', concordou minha mãe, caindo de joelhos e me levantando em direção aos céus."

Pela segunda vez, Haydée fez uma pausa, tomada pela emoção. Monte Cristo pôs um pouco de água gelada em um copo e disse, com uma voz terna, porém em tom de comando:

– Coragem, minha criança.

Haydée secou os olhos e a testa e continuou:

– A essa altura os nossos olhos tinham se acostumado com a escuridão e reconhecemos o enviado do Pasha: era um amigo. Selim também o reconheceu, mas aquele bravo jovem tinha um dever a cumprir, ou seja, obedecer às ordens recebidas.

"'Em nome de quem o senhor vem?', perguntou o escravo. 'No nome do nosso amo, Ali-Tebelin. Eu trago um anel para entregar-lhe.'

"Ao dizer isso, ele mostrou algo nas mãos, mas estava escuro e longe demais para Selim ver o que era. 'Aproxime-se ou, se desejar, eu me aproximo do senhor', disse o mensageiro. 'Não', respondeu Selim. 'Coloque o objeto no lugar onde o senhor está, de forma que os raios dessa luz caiam sobre ele, e recue.'

"O recém-chegado fez o que lhe fora ordenado, enquanto aguardávamos com os corações batendo aceleradamente. Selim foi até a entrada, inclinou-se e pegou o objeto. 'É o anel do amo!', exclamou ele, beijando-o. Em seguida, jogou a mecha acesa no chão e a apagou com o pé. O mensageiro então deu um grito e bateu palmas. A esse sinal, quatro dos soldados do Seraskier Kurchid entraram correndo e cada um perfurou Selim com a sua adaga. Então, lançaram-se na direção dos sacos de ouro.

"Minha mãe me pegou nos braços e, correndo por um labirinto que só nós conhecíamos, chegou a uma escada secreta. Os corredores mais baixos estavam cheios dos homens armados de Kurchid, nossos inimigos. Minha mãe olhou para uma fenda nas tábuas, e eu fiz o mesmo. 'O que os senhores querem?', ouvi meu pai perguntar. 'Viemos lhe comunicar a vontade de Sua Alteza, expressa neste firmão. Ele exige a sua cabeça.'

"Meu pai caiu na gargalhada, o que era mais terrível de ouvir que as mais violentas ameaças dele, e continuava rindo quando se ouviram tiros de pistola e os dois homens caíram mortos. Os *palikars*, que estavam todos deitados de rosto para o chão ao redor do meu pai, se levantaram e começaram a disparar.

Ao mesmo tempo, tiros foram disparados no outro lado do corredor, e as tábuas que nos cercavam logo foram perfuradas pelas balas.

"Quão belo e nobre era o vizir Ali-Tebelin, meu pai, de pé ali, no meio dos tiros, com a sua cimitarra na mão, o rosto escuro de pólvora! Como os seus inimigos fugiram da sua presença! 'Selim! Selim!', chamou meu pai. 'Selim morreu, e o senhor, meu amo, está perdido', respondeu uma voz que parecia vir das profundezas do quiosque. Disparos perfuraram o chão ao redor do meu pai, e vinte tiros foram dados através dos buracos, vindos do subsolo. Ouvi um grito do meu pai, que tinha sido fatalmente ferido por dois tiros. O piso, sobre o qual havia muitos mortos e feridos, desabou. Meu pai morreu assim. Senti que caía: a minha mãe tinha desmaiado."

Os braços de Haydée tombaram e, com um gemido, ela olhou para o conde, como a lhe perguntar se ele estava satisfeito. Monte Cristo se ergueu, foi até ela e, tomando a sua mão nas suas, disse em romaico:

– Acalme-se, querida criança, e se console pensando que existe um Deus que pune os traidores.

– É uma história assustadora, conde – disse Albert, alarmado com a palidez da jovem. – Eu me censuro por ter sido tão cruelmente indiscreto.

– Haydée é uma moça corajosa e às vezes encontra consolo em contar os seus sofrimentos – disse Monte Cristo, com a mão no ombro dela.

– É porque os meus infortúnios me fazem lembrar da sua bondade – disse a moça.

Albert a olhou com curiosidade, pois ela ainda não tinha contado o que ele mais queria saber, ou seja, como ela se tornara escrava do conde. Ela viu esse desejo nos olhos do conde e de Albert e retomou:

– Quando minha mãe recuperou a consciência, estávamos perante o Seraskier. "Mate-me", disse ela, "mas preserve a honra da viúva de Ali.". "Não é a mim que você tem de se dirigir, mas ao seu novo amo", disse Kurchid, apontando para aquele que mais havia contribuído para a morte do meu pai.

– E então a senhorita e sua mãe se tornaram propriedade daquele homem? – perguntou Albert.

– Não. Ele nos vendeu a uns mercadores de escravos que iam para Constantinopla. Cruzamos a Grécia e chegamos semimortas aos portões imperiais.

Minha mãe viu, espetada na estaca do portão, uma cabeça e, sobre ela, um cartaz que dizia: "Esta é a cabeça de Ali-Tebelin, Pasha de Janina". Chorando, tentei levantar minha mãe, mas ela estava morta.

"Então eu fui levada a um bazar, onde um americano rico me comprou. Ele me fez estudar e, quando eu tinha 13 anos, me vendeu ao sultão Mahmud."

– De quem eu a comprei, como já disse, Albert, por uma esmeralda semelhante àquela em que guardo as minhas pílulas de haxixe – disse o conde.

– O senhor é bom, é grande, meu amo – disse Haydée, beijando a mão de Monte Cristo. – Estou muito feliz de pertencer-lhe.

No dia seguinte o conde de Morcerf recebeu uma visita de Monte Cristo. Depois de conversarem, Morcerf foi para a casa do barão Danglars. O banqueiro fazia o balanço mensal e não estava no melhor dos humores. Ele assumiu um ar de comando e se sentou, todo empertigado, para receber o conde. Morcerf, por sua vez, deixou de lado a sua maneira rígida e estava quase jovial e afável. Sentindo-se seguro de que suas propostas seriam bem recebidas, ele não perdeu tempo com rodeios.

– Pois bem, vamos conversar, barão. Não avançamos com os nossos planos desde a nossa conversa anterior.

– Que planos, conde? – perguntou Danglars.

– Já que o senhor faz questão das formalidades – disse Morcerf, com um sorriso forçado, levantando-se e fazendo uma mesura –, eu tenho a honra de pedir a mão da senhorita Eugénie Danglars, sua filha, em nome do meu filho, o visconde Albert de Morcerf.

– Antes de responder, tenho de pensar no assunto – retorquiu rudemente Danglars, para surpresa do conde.

– O senhor não teve tempo de refletir sobre isso nos oito anos que se passaram desde que falamos pela primeira vez desse casamento? – perguntou Morcerf, cada vez mais aturdido com o comportamento do barão.

– A cada dia que passa acontecem coisas novas, conde. E, por isso, precisamos reconsiderar questões que acreditávamos resolvidas.

– O que quer dizer com isso? Não entendo.

– O que quero dizer é que, na última quinzena, circunstâncias imprevistas...

– Por favor, seja mais explícito.

– Ótimo. Compreendo muito bem a sua surpresa diante da minha reserva, conde. Mas, acredite, sou o primeiro a lamentar as difíceis circunstâncias que me compelem a agir assim.

– Quando um homem da sua posição quebra a sua palavra, ele tem, pelo menos, a obrigação de dar uma boa explicação para a sua conduta.

Danglars não queria mostrar que era um covarde, mas não estava gostando do tom de Morcerf, conhecido por seu temperamento explosivo.

– Não estou quebrando a minha palavra sem um bom motivo – retorquiu. – Não estou rejeitando totalmente a sua proposta. Simplesmente estou adiando a minha decisão. Por enquanto, devemos considerar o nosso plano cancelado.

O conde mordeu os lábios até sangrarem, no esforço de controlar a explosão de seu temperamento orgulhoso e irritável. Ele percebia, porém, que ficaria em uma posição ridícula se fizesse uma cena. Foi até a porta, mas, mudando de opinião, voltou, com a expressão carrancuda.

– Ora, meu caro Danglars – disse ele. – Nós nos conhecemos há tantos anos que devemos ter alguma consideração um pelo outro. O senhor me deve uma explicação e o mínimo que pode me fazer é me informar qual é a ocorrência infeliz que privou meu filho da sua simpatia.

– Não tenho nada contra o visconde pessoalmente – disse Danglars, retomando a atitude de insolência ao ver que o conde havia se controlado.

– Então contra quem tem alguma coisa contra? – perguntou Morcerf, com a voz alterada e o rosto pálido. – Tenho o direito de insistir em uma explicação.

– Peço-lhe que não exija de mim uma explicação. Não há pressa, já que minha filha tem apenas 17 anos, e o seu filho, 21. Vamos dar tempo ao tempo porque, com frequência, o que está obscuro em um dia se esclarece no dia seguinte e, não raro, as calúnias mais vis morrem em um dia.

– Calúnias?

– Como já disse, não vou entrar em detalhes. Garanto-lhe que isso é mais doloroso para mim do que para o senhor, porque o rompimento de um contrato de casamento sempre prejudica mais a dama do que o cavalheiro.

– Basta! – protestou Morcerf, e saiu.

O banqueiro notou que o conde não ousou nem uma vez perguntar se era por sua causa que ele, Danglars, tinha quebrado a sua palavra.

No dia seguinte, o banqueiro leu com satisfação uma nota publicada no *Imparcial*, cujo editor-chefe era Beauchamp:

Um correspondente em Janina informa: um fato até aqui desconhecido ou, pelo menos, não divulgado acaba de chegar ao meu conhecimento. Os castelos que defendem esta cidade foram cedidos aos turcos por um oficial francês em quem o vizir Ali-Pasha tinha toda a confiança. Este oficial francês, que estava a serviço de Ali-Pasha de Janina, mas que vendeu o seu benfeitor aos turcos, chamava-se na época Fernand. Posteriormente ele acrescentou um título de nobreza ao seu nome de batismo e adotou outro sobrenome. Atualmente chama a si mesmo de conde de Morcerf.

– Ótimo! – observou Danglars. – Creio que essa nota vai me desobrigar da necessidade de dar qualquer explicação ao conde de Morcerf.

Capítulo 15

Franz havia deixado o quarto de Noirtier tão perturbado que até Valentine teve pena dele. Villefort se refugiou no seu gabinete. Duas horas depois, o procurador do rei recebeu a seguinte carta:

> Depois de tudo o que foi revelado hoje de manhã, o senhor Noirtier Villefort perceberá a impossibilidade de uma aliança entre a sua família e a de Franz d'Épinay. Franz d'Épinay lamenta que o senhor Villefort, que aparentemente tinha ciência dos incidentes relatados, não tenha tido a iniciativa de lhe comunicar essa situação anteriormente.

Esta carta franca, partindo de um jovem que sempre havia mostrado tanto respeito por ele, foi um golpe mortal para o orgulho de um homem como Villefort. Ao acabar de lê-la, sua mulher entrou no gabinete. A senhora Villefort se encontrara em uma situação bem constrangedora quando Franz foi chamado por Noirtier, e ela ficara sozinha com o advogado e as testemunhas. Depois de mais de duas horas de espera, ela também se retirara, alegando que iria se informar sobre a causa daquela interrupção. Villefort se limitou a lhe dizer que, como resultado de uma explicação ocorrida entre Noirtier, Franz d'Épinay e ele, o noivado de Valentine tinha sido rompido. Ela não poderia dar essa explicação para as pessoas que a esperavam, de maneira que disse que a assinatura do contrato seria adiada porque Noirtier tinha se sentido mal depois de alguns minutos de conversa.

Valentine, feliz, ainda que, ao mesmo tempo, aterrorizada com tudo o que havia ouvido, abraçou o frágil velho com amor e gratidão por ter rompido um laço que ela considerara indissolúvel. Depois, pediu licença para ir ao seu quarto para se recuperar. Mas, ao contrário, fugiu para o jardim. Maximilian a esperava no lugar costumeiro, pronto para qualquer emergência e convencido de que Valentine correria para ele logo que pudesse.

E nisso ele acertou em cheio. Valentine chegou correndo, sem as precauções que costumava tomar. A primeira palavra que ela disse, ou melhor, gritou, encheu o coração de Maximilian de alegria:

– Salva!

– Salva? – repetiu Morrel, sem conseguir acreditar. – Quem nos salvou?

– Meu avô. Depois eu conto tudo.

– Quando?

– Quando eu for a sua esposa.

Depois de dispensar as testemunhas e o escrivão, a senhora Villefort subiu ao quarto de Noirtier, onde foi recebida com o habitual olhar frio e hostil.

– Só queria dizer, senhor, que sempre fui contrária a esse casamento e que ele estava sendo firmado contra a minha vontade.

Noirtier olhou para a nora como que exigindo uma explicação.

– E, agora que esse casamento não vai se realizar, vim lhe pedir algo que nem meu marido nem Valentine podem mencionar. Como a única pessoa que não tem interesse nesse assunto e, portanto, a única que pode falar sobre ele, vim pedir-lhe para restaurar a sua herança à sua neta.

Os olhos do velho hesitaram; ele tentava entender o motivo daquele pedido, mas não compreendeu. Acabou, porém, fechando os olhos, em sinal de que concordava com o pedido.

No dia seguinte, Noirtier mandou chamar o notário e refez o testamento, deixando a sua fortuna para Valentine, com a única condição de que ela não se separasse dele.

Correu pela sociedade a notícia de que a senhorita Villefort, herdeira do marquês e da marquesa Saint-Méran, tinha recuperado as boas graças do avô e que um dia teria uma renda de mais de trezentos mil francos.

Noirtier mandou Barrois buscar Maximilian Morrel, com quem desejava falar. O jovem ficou tão feliz que nem quis pegar uma carruagem de aluguel. Percorreu quase correndo todo o caminho, sendo acompanhado com dificuldade pelo velho criado, que chegou exausto e morto de sede.

Morrel foi levado a uma sala particular dos aposentos de Noirtier, e não demorou muito para que o farfalhar de uma saia sobre o assoalho anunciasse a vinda de Valentine. Ela estava adorável em seu luto, e Maximilian não se incomodaria nem um pouco de prescindir da conversa com Noirtier. Logo, porém, os dois ouviram o barulho da cadeira de rodas, sinal de que o velho estava chegando.

Noirtier recebeu com um olhar benévolo os agradecimentos efusivos de Morrel por sua intervenção prodigiosa, que o salvara e a Valentine do desespero. Em seguida, o avô olhou para Valentine, que estava sentada timidamente em um canto da sala.

— O senhor quer que eu diga o que me contou? — perguntou ela.

— Sim — respondeu ele, fechando os olhos.

— Vovô Noirtier tem muitas coisas a lhe comunicar, Morrel — disse a moça, dirigindo-se a Maximilian, que não desgrudava os olhos dela. — Ele as contou para mim e mandou buscá-lo para que eu possa repetir tudo.

— Ouço com a maior impaciência — respondeu o jovem. — Por favor, fale, senhorita.

— Meu avô deseja sair desta casa. Barrois está procurando uma acomodação conveniente para ele.

— Mas o que acontecerá com a senhorita, que é tão querida e tão necessária a Noirtier?

— Já ficou muito bem estabelecido que eu não deva deixar o meu avô. Vou viver com ele e, então, serei livre. Terei uma renda independente e, com o consentimento do meu avô, cumprirei a promessa que fiz: na casa do meu avô, você pode me visitar, na presença do meu bom e valoroso protetor.

– Meu Deus! – exclamou Morrel. – O que eu fiz para merecer tanta felicidade?

Noirtier olhou para os enamorados com grande ternura. Barrois, para quem não havia segredos, sorria feliz em um canto. Valentine olhou para uma bandeja sobre a qual havia um jarro de limonada e ofereceu a Barrois, que aceitou e tomou um copo. Então o velho criado saiu da sala.

Valentine e Maximilian se despediram:
– Lembre-se, Maximilian, que meu avô não quer que o senhor arrisque nada que possa comprometer a nossa felicidade.
– Prometi esperar e esperarei – disse Morrel.

Quando o jovem se despedia, Barrois voltou à sala, pálido, e anunciou:
– O doutor d'Avrigny veio vê-lo – disse ele a Noirtier, mas falava com dificuldade e cambaleava.
– O que aconteceu, Barrois? – perguntou Valentine, alarmada.

O criado não respondeu. Foi tomado por um tremor crescente, e os músculos de seu rosto se contraíram. Morrel fez um gesto na direção dele, mas Barrois disse, com dificuldade:
– Não me toque!

Com os olhos arregalados, ele deu alguns passos na direção de Noirtier, que o olhava com muita afeição:
– Meu Deus! Piedade! – gemeu Barrois. – O que está acontecendo comigo? Não posso ver. Mil flechas de fogo estão penetrando o meu cérebro.
– Senhor d'Avrigny! Senhor d'Avrigny! – gritou Valentine. – Socorro!

Barrois deu mais alguns passos e caiu aos pés de Noirtier, exclamando:
– Meu bom senhor!

Atraído pelos gritos, Villefort entrou correndo na sala. Morrel correu para um canto afastado e se escondeu atrás de uma cortina, de onde observou tudo o que se passava. Os olhos de Noirtier acompanhavam com terror o sofrimento daquele homem que era mais seu amigo do que criado. Barrois se agitava convulsivamente a seus pés, com a saliva escorrendo-lhe da boca e muita dificuldade para respirar. Villefort, muito pálido, correu até a porta e gritou:
– Doutor! Doutor! Venha!

A senhora Villefort entrou nos aposentos do sogro e, ao ver Barrois, empalideceu. Seus olhos saltavam do criado para o seu senhor. Noirtier a examinava cuidadosamente.

– Onde está o médico? – perguntou-lhe Villefort.

– Está com Édouard, que se sente...

Sem esperar que a mulher completasse a sentença, Villefort correu para buscar o doutor.

A senhora Villefort saiu atrás do marido. Morrel deixou o seu esconderijo, e Valentine lhe disse:

– Vá embora rapidamente, Maximilian, e espere até eu entrar em contato.

Morrel olhou para Noirtier, que fez um sinal aprovando o que sua neta acabara de dizer. O jovem apertou a mão de Valentine contra o seu coração e saiu, pouco antes de Villefort e o médico entrarem pela outra porta.

Barrois retomava a consciência. O ataque havia passado. Ele começou a gemer e se levantou sobre um joelho. D'Avrigny e Villefort o carregaram para um sofá.

– Como o senhor se sente? – perguntou o médico.

– Um pouco melhor, doutor. Mas, por favor, não me toque.

– Por quê?

– Sinto que, se o senhor me tocar, ainda que apenas com a ponta dos dedos, o ataque vai voltar.

– Preciso de água com éter – disse o médico para Villefort. – Mande buscar terebentina e ácido tartárico. Saiam todos.

– Eu também tenho que sair? – perguntou Valentine, timidamente.

– Sim, a senhorita em particular – respondeu d'Avrigny com rispidez.

Valentine olhou com espanto para o médico, mas obedeceu.

Depois que ficaram no aposento apenas o médico, o anfitrião e o senhor Noirtier, além do doente, Villefort disse:

– Parece que, afinal de contas, o ataque não foi tão grave. Ele está melhor.

D'Avrigny deu um sorriso estranho e serviu a água com éter a Barrois.

– O que você está sentindo? – perguntou ele ao criado.

– É como se tivesse uma câimbra terrível por todo o corpo. Tudo dói – gemeu Barrois. – Mas estou um pouco melhor – acrescentou.

– O que o senhor comeu hoje?

– Nada. Só tomei um copo da limonada do meu senhor – respondeu Barrois, indicando, com um movimento de cabeça, Noirtier, que contemplava, imóvel, aquela cena horrível.

– Onde está a limonada? – perguntou o doutor com ansiedade.

– A jarra está na cozinha.

– Quer que eu vá pegar, doutor? – perguntou Villefort.

Sem responder, d'Avrigny saiu da sala e desceu, correndo, a escada de serviço que levava à cozinha. Quase atropelou a senhora Villefort, que também entrava na cozinha. Ela gritou, mas o médico a ignorou. D'Avrigny viu a jarra e pulou sobre ela como uma águia sobre a sua presa. Voltou com o seu troféu na mão para os aposentos de Noirtier, enquanto a senhora Villefort subia lentamente a escada em direção ao seu próprio quarto.

– É esta a jarra? – perguntou o médico a Barrois, e, diante da confirmação, acrescentou: – É desta limonada que o senhor bebeu?

– Acredito que sim.

– Como estava o gosto dela?

– Um pouco amargo.

O médico pôs algumas gotas de limonada na palma da sua mão e, após a sorver com os lábios, "passeou" o líquido de um lado para outro na boca, como se faz para degustar vinhos. Depois, cuspiu a limonada na lareira.

– O senhor também bebeu? – perguntou ele a Noirtier.

O ancião confirmou, fechando os olhos, e d'Avrigny continuou:

– Também notou que estava amarga?

– Sim – sinalizou o velho.

– Doutor! – gritou Barrois. – O ataque está voltando! Deus tenha piedade de mim!

– O tartárico emético já chegou? – perguntou o médico a Villefort, correndo para perto do paciente.

Barrois foi tomado por um novo ataque, pior que o primeiro. Caiu do sofá e ficou no chão, rolando de dor. Sem poder fazer nada para ajudá-lo, d'Avrigny foi para perto de Noirtier e lhe perguntou:

– O senhor está se sentindo bem?

– Sim.
– Está sentindo o estômago leve?
– Sim.
– Quem fez a limonada? Foi Barrois?
– Sim.
– Foi o senhor que ofereceu a limonada a ele?
– Não.
– O senhor Villefort? A senhora Villefort?
– Não. Não.
– Foi Valentine?
– Sim.

Barrois suspirou e deu um bocejo tão forte que fez as suas mandíbulas estalar. O médico correu para o lado dele.

– O senhor consegue falar? – perguntou ao doente. – Por favor, faça um esforço.

O criado abriu os olhos injetados de sangue.

– Quem fez a limonada? – perguntou-lhe o doutor d'Avrigny.
– Eu – respondeu ele, com dificuldade.
– O senhor a levou para o senhor Noirtier logo depois de prepará-la?
– Não.
– Onde o senhor a deixou?
– Na despensa, porque me mandaram ir buscar uma pessoa.
– Quem trouxe a limonada para esta sala?
– A senhorita Valentine.
– De novo! – exclamou d'Avrigny, mas neste momento sua atenção foi desviada porque Barrois começou a ter o terceiro ataque. – E o emético? – gritou o médico para Villefort.
– Aqui está um copo já preparado pelo próprio químico.

O médico pegou o copo e tentou dá-lo a Barrois:

– Tome – ordenou.
– Impossível, doutor. É tarde demais. A minha garganta está fechando e estou sufocando. Que agonia! Vou sofrer isso por muito tempo?
– Não, meu amigo – disse o médico. – O senhor não vai sofrer muito mais.

Barrois teve um espasmo e caiu para trás, como se tivesse sido atingido por um raio. D'Avrigny pôs a mão no coração do ancião e, dirigindo-se a Villefort, disse:

– Corra até a cozinha e peça um pouco de xarope de violeta.

Villefort se apressou a obedecer. O médico pediu licença a Noirtier para levar Barrois para outro aposento. Saiu, mas voltou rapidamente para pegar a jarra com o resto da limonada, antes de retornar ao quarto onde estava o corpo de Barrois.

Villefort voltava com o xarope de violeta e se encontrou com d'Avrigny do lado de fora da porta.

– Venha comigo – disse o médico, levando-o para o quarto onde havia deixado o morto.

– Ele continua inconsciente? – perguntou o dono da casa.

– Ele está morto – respondeu d'Avrigny, acrescentando, diante da expressão de consternação de Villefort: – O senhor não deveria estar tão surpreso. A morte súbita tem visitado a sua casa com frequência.

– O quê? O senhor insiste naquela ideia terrível?

– Insisto, senhor – respondeu o médico solenemente. – Ouça o que tenho a dizer, para que não haja mais dúvidas.

Villefort tremia convulsivamente.

– Há um veneno que destrói a vida sem deixar vestígios – prosseguiu d'Avrigny. – É um veneno que estudei e que conheço bem. Eu o reconheci no caso do pobre Barrois, da mesma forma que havia identificado no da senhora Saint-Méran. Há um modo de detectar a presença desse veneno. Misturado a ele, o xarope de violeta se torna verde. Vou pôr a limonada neste xarope e, se ela estiver pura, não mudará de cor. Caso contrário, o xarope ficará verde. Observemos com atenção!

Lentamente o médico entornou algumas gotas da jarra na taça em que estava o xarope de violeta. Um sedimento nebuloso imediatamente se formou no fundo, tornando-se inicialmente azulado; depois foi mudando de tom e, no final, ficou verde. Não havia mais dúvida.

– O infeliz Barrois foi envenenado – disse d'Avrigny.

– A morte está na minha casa! – exclamou Villefort, horrorizado.

– É melhor dizer "o crime" – respondeu o médico. – Chegou a hora de agirmos. Temos que pôr fim a esses assassinatos. Não posso mais manter comigo esses segredos.

– O senhor suspeita de alguém? – perguntou o dono da casa, tomado de melancolia. – Pode falar, sou um homem de coragem.

– Um axioma da jurisprudência ensina a procurar quem lucra com o crime!

– Muitas vezes vi essas palavras fatais impedir que a justiça seja feita, pois esse crime parece dirigido contra mim, e não contra as vítimas. Sinto que na raiz desses estranhos infortúnios há alguma calamidade contra mim.

– Então o senhor admite que se trata de um crime?

– Sou obrigado a fazê-lo, mas...

– Os que perderam a vida não são as vítimas? – indagou o médico, indignado. – O senhor Saint-Méran, a senhora Saint-Méran e Barrois não perderam nada? O senhor pensa que é a principal vítima? E há o caso do senhor Noirtier.

– Noirtier?

– Sem dúvida. O senhor não vai acreditar que era à vida do infeliz criado que quem cometeu o crime queria pôr fim, acredita? Ele morreu no lugar de outro. Noirtier era quem beberia a limonada. Barrois bebeu por acidente.

– Mas o meu pai não sucumbiu ao veneno.

– Como eu lhe disse depois da morte da senhora Saint-Méran, o organismo dele se acostumou a esse veneno. Ninguém, nem mesmo o assassino ou a assassina, sabe que eu venho dando brucina a ele há um ano, como tratamento para a paralisia. Mas voltemos a analisar os assassinatos. Primeiro, o senhor Saint-Méran e a senhora Saint-Méran, o que significa uma dupla herança.

– Basta! Piedade! – exclamou Villefort, limpando com um lenço o suor que lhe cobria a testa.

– Noirtier deserda a sua família e é poupado – continuou o médico, ignorando os apelos do dono da casa. – Mas é só ele fazer outro testamento e se torna alvo do criminoso, sem dúvida antes que resolva fazer um terceiro. Não havia tempo a perder.

– Tenha piedade da minha filha! – suplicou Villefort.

– Foi o senhor mesmo quem disse o nome dela; o senhor, que é o pai!

– Mas isso é impossível! Valentine é pura como um lírio e tem um coração de ouro!

– Nada de misericórdia. A senhorita Villefort foi quem embrulhou os remédios que foram enviados para o senhor Saint-Méran, e ele morreu. Ela preparou a laranjada da senhora Saint-Méran, e ela morreu. Pegou das mãos de Barrois a jarra com limonada que o seu avô costuma beber de manhã, e ele escapa como que por milagre. A senhorita Villefort é a culpada! É ela a envenenadora. Agora, senhor procurador do rei, cumpra o seu dever.

– Não posso mais me defender! – suplicou Villefort, caindo de joelhos diante do médico. – Por piedade, poupe a minha vida e a minha honra! Não vou arrastar a minha filha até as mãos do carrasco! Não posso acreditar que ela seja culpada. E se o senhor estiver enganado, doutor?

– Pois bem – disse o médico solenemente, depois de alguns minutos de silêncio –, vou esperar. Mas uma coisa eu lhe digo: se alguém ficar doente na sua casa, mesmo que seja o senhor, não me chame.

– O senhor me abandona, doutor?

– Sim, não posso continuar com isso. Adeus, senhor!

Naquela noite, todos os empregados da casa de Villefort se reuniram na cozinha. Depois foram, juntos, falar com o procurador do rei para pedir demissão. Nem súplicas nem promessas de aumento de salário os persuadiram a ficar. Diziam que queriam partir porque a morte morava naquela casa. Foram embora, lamentando deixar patrões tão bons, especialmente a senhorita Valentine, sempre tão bondosa e gentil!

Ao ouvir o que os criados diziam, Villefort olhou para Valentine. Ela estava chorando, o que o deixou muito abalado emocionalmente. Olhou também para a senhora Villefort e, por estranho que parecesse, teve a impressão de ver um sorriso fugaz e sinistro.

Naquele mesmo dia, o senhor Andrea Cavalcanti foi visitar o barão Danglars. Menos de dez minutos depois dos cumprimentos de praxe, ele chamou o banqueiro de lado e disse:

– Gostaria de agradecer a bondade com que o senhor vem me recebendo, barão. Espero não estar sendo precipitado, mas, diante do fato de meu nobre pai estar distante e de eu não ter alguém que faça as vezes de intermediário, gostaria de lhe pedir permissão para falar francamente com o senhor.

– Pode abrir o peito comigo, conde – disse Danglars, com o maior interesse.

– Sinto-me como se estivesse em minha própria casa quando convivo com a sua família. Além disso, as minhas afeições encontraram um objeto na pessoa da senhorita Danglars. Acredito que Deus tenha posto o senhor no meu caminho para me proporcionar a felicidade que, até hoje, o dinheiro não me trouxe. Como já disse, o meu pai está ausente, e não tenho protetores, de modo que sou obrigado a tomar a iniciativa de lhe pedir, pessoalmente, a mão da senhorita Eugénie Danglars.

– A sua proposta me honra, senhor. Mas, como o senhor age ao mesmo tempo como pretendente e interveniente, espero que compreenda que precisamos falar sobre a sua situação financeira e…

– Não se preocupe com isso, senhor – interrompeu-o Cavalcanti, com ar de tédio. – Antes de virmos para a França, meu pai previu a possibilidade de que eu quisesse me estabelecer neste país. Ao partir, ele me deixou uma série de documentos e uma carta em que dizia que me daria um bom rendimento anual, acredito que de cento e cinquenta mil liras, a partir do momento do meu casamento. Não sei ao certo os detalhes, mas posso, com a sua permissão, trazer-lhe a carta amanhã, de forma que o senhor tome conhecimento dos detalhes financeiros.

Em pouco tempo, a conversa se tornou uma transação financeira. Cavalcanti falou da fortuna do seu pai, e Danglars, do dote da filha. O banqueiro perguntou se o nobre italiano não tinha alguma herança por parte da mãe.

– Ora, acredito que sim! – disse Cavalcanti, como quem acaba de se lembrar de um detalhe de que se esquecera totalmente. – Vou verificar se há alguma informação sobre isso nos papéis que meu pai deixou comigo. Ou melhor, trarei todos os documentos para que o senhor, que está mais familiarizado com esse assunto, os examine.

Danglars ficou encantado. No dia seguinte, o jovem esteve no gabinete do banqueiro e lhe deixou um pacote de documentos. O barão se lançou avidamente sobre eles. A cada página que lia, a sua expressão era de mais entusiasmo. Quando Danglars deu a tarefa por terminada, o jovem perguntou, timidamente:

– O que o senhor acha da minha situação? Posso ter esperança de me casar com sua filha?

– Mais do que isso, conde. Quando podemos assinar o contrato matrimonial?

– Oh, senhor! Suas palavras enchem o meu coração de alegria! Vamos assinar o contrato e marcar o casamento para o mais breve possível, barão. A vida passa rápido, e eu estou ansioso por ser feliz. Além do mais, não há motivo para esperar. E também fico contente em saber que posso entregar nas suas mãos a parte que me cabe da fortuna do meu pai.

Danglars propôs um brinde, ao fim do qual Cavalcanti acrescentou:

– Depois de falar com o meu futuro sogro, preciso falar com o banqueiro. Gostaria de resgatar cinco mil francos do meu crédito, para despesas pessoais.

Capítulo 16

A nota que havia sido publicada no jornal sobre o papel desempenhado por Morcerf na rendição de Janina causou muita agitação no Senado, formado então apenas por nobres. Naquele dia, quase todos os parlamentares chegaram antes da hora, para discutir com os outros pares do reino o evento sinistro que atraía todas as atenções para um dos nomes mais conhecidos na ilustre instituição.

Alguns faziam comentários e trocavam reminiscências, que confirmavam as acusações. O conde de Morcerf não era benquisto por seus colegas. Para manter a sua posição, ele tinha, como todos os arrivistas, adotado modos arrogantes. Os aristocratas riam dele, os homens de talento o repudiavam, e aqueles que tinham motivos justos para se orgulhar o desprezavam.

Apenas o conde de Morcerf não tinha conhecimento da notícia. Ele não recebia o jornal em que ela havia sido publicada, e tinha passado a manhã escrevendo cartas e testando um novo cavalo. Morcerf chegou ao Senado no horário habitual e, com a arrogância de sempre, atravessou os corredores sem perceber a hesitação dos porteiros e a frieza dos colegas. A sessão tinha começado havia cerca de meia hora quando ele entrou.

Todos tinham o jornal diante de si e estavam ansiosos para iniciar o debate, mas ninguém desejava ser o primeiro a começar o ataque. Depois de algum tempo, um dos pares do reino, inimigo declarado de Morcerf, subiu à tribuna com tanta solenidade que todos sentiram que o momento desejado havia chegado.

Fez-se um grande silêncio. Apenas Morcerf ignorava o motivo de tanta atenção para um orador que, em geral, era ouvido com indiferença. Depois de um preâmbulo em que o orador anunciou que falaria de um assunto muito grave, sagrado e de importância para o Senado, ele mencionou os nomes Janina e coronel Fernand. Todos os olhos se voltaram para o conde de Morcerf, que ficou horrivelmente pálido.

O artigo foi lido no mais absoluto silêncio. O orador disse em seguida que relutava em discutir o assunto, mas que se tratava da honra do senhor de Morcerf e de todo o Senado, de modo que se sentia obrigado a propor um debate.

Morcerf ficou tão devastado diante daquele ataque colossal e inesperado que mal pôde falar. Seu nervosismo, que poderia ser atribuído tanto à surpresa do inocente quanto à vergonha do culpado, despertou alguma simpatia por ele. Aprovou-se a abertura de um inquérito, e o presidente do Senado perguntou ao conde de quanto tempo ele precisava para preparar a sua defesa.

– Meus pares – respondeu ele, que havia juntado coragem –, não é com tempo que se rechaça um ataque como o que foi desfechado contra mim por inimigos desconhecidos. Tenho de responder a essa ofensiva que, por um momento, me sobrepujou com a força e a rapidez de um raio. Eu preferia derramar o meu sangue para provar aos meus colegas que sou digno de ser um de seus pares!

Essas palavras deixaram uma boa impressão.

– Portanto – continuou o conde –, peço que o inquérito seja instaurado o mais rápido possível e me comprometo a apresentar todas as provas necessárias.

A abertura do inquérito foi aprovada por unanimidade. Uma comissão de doze membros foi nomeada para examinar as provas fornecidas por Morcerf, e a primeira sessão foi marcada para as oito horas daquela noite.

O conde pediu licença para se ausentar. Foi pegar as provas que muito antes havia preparado contra uma tempestade como essa, cuja eventualidade ele já havia previsto.

Toda Paris se agitou com a expectativa do que iria acontecer. Muitos acreditavam que Morcerf não apareceria, e correram boatos de que havia fugido para Bruxelas. Às oito horas, a Casa estava cheia, e o conde entrou quando o relógio dava a última das oito badaladas. Vestia-se de forma cuidada, porém simples, e, segundo o antigo costume militar, trazia o casaco abotoado até o queixo. Parecia calmo e, ao contrário do seu hábito, caminhava com naturalidade.

A presença dele causou um efeito muito favorável. Muitos dos membros da comissão se adiantaram para lhe apertar a mão. Um dos porteiros entregou uma carta ao presidente.

– O senhor pode falar – disse o presidente da comissão a Morcerf, enquanto rompia o selo da carta.

O conde começou a sua defesa de forma muito eloquente e hábil. Apresentou provas de que o vizir de Janina o tinha honrado com toda a sua confiança até a sua última hora de vida, a ponto de lhe ter entregue a missão para o sultão da Turquia, de cujo resultado dependeria a vida do próprio Ali-Pasha. Exibiu o anel, que em geral era usado pelo vizir para selar suas cartas. Afirmou que o recebera do próprio governante de Janina, como símbolo de autoridade, para que tivesse acesso a Tebelin a qualquer hora do dia ou da noite. Acrescentou que, infelizmente, a sua missão fracassara e, ao voltar para defender o seu benfeitor, encontrara-o morto. A confiança que Ali-Pasha tinha nele, porém, era tanta que, antes de morrer, o vizir havia deixado aos cuidados de Morcerf a sua esposa preferida e a sua filha.

Enquanto ouvia, o presidente da comissão bateu os olhos na carta que tinha nas mãos, e as primeiras palavras já despertaram a sua atenção. Depois de ler a missiva diversas vezes, ele disse a Morcerf:

– O senhor afirma, conde, que o vizir de Janina confiou sua esposa e filha a seus cuidados.

– Sim, senhor presidente. Mas, como antes, o infortúnio me perseguiu. Quando voltei, Vasiliki e sua filha, Haydée, haviam desaparecido.

– O senhor as conheceu?

– Graças à intimidade de que eu gozava com o Pasha e à sua grande confiança em mim, eu as vi mais de vinte vezes.
– O senhor sabe o que aconteceu com elas?
– Disseram-me que sucumbiram à dor ou, talvez, à privação. Eu não era rico, a minha vida corria perigo constante e, por mais que lamentasse, não pude procurá-las.
– Senhores, os senhores ouviram a defesa do senhor de Morcerf. Conde, o senhor tem alguma testemunha para avaliar a verdade das suas palavras?
– Infelizmente não tenho – respondeu o conde. – Todos os que estavam na corte do Pasha e que me conheciam estão mortos ou dispersos pelo mundo. Acredito ser o único dos meus compatriotas a ter sobrevivido àquela terrível guerra. Tenho apenas as cartas e o anel de Tebelin. A prova mais convincente de que disponho é a falta absoluta de testemunhos contra a minha honra e a minha ficha limpa na carreira militar.

Um murmúrio de aprovação se espalhou pelos presentes e, naquele momento, a causa de Morcerf estava ganha. Antes de pôr a questão em votação, porém, o presidente da comissão disse:

– Creio que os senhores e o conde não se oporão a ouvirmos uma testemunha que afirma ter evidências importantes e que se apresentou por sua própria iniciativa. Vou ler a carta que acabo de receber:

Senhor presidente,
Posso apresentar importantes fatos à comissão de inquérito nomeada para examinar a conduta, em Épiro e na Macedônia, de um certo general-tenente, o conde de Morcerf.

O presidente fez uma pausa. O conde de Morcerf ficou mortalmente pálido. A leitura prosseguiu:

Estive presente à morte de Ali-Pasha e sei o que aconteceu com Vasiliki e Haydée. Estou à disposição da comissão e peço a honra de ser ouvida. Estarei aguardando no corredor quando esta nota lhe for entregue.

– Quem é a testemunha, ou melhor, o inimigo? – perguntou o conde, com a voz muito alterada.

– Saberemos dentro de um momento, senhor. A comissão concorda em ouvirmos a testemunha?

– Sim, sim – foi a resposta unânime.

O presidente chamou o guarda e lhe perguntou se havia alguém aguardando no corredor.

– Uma mulher, acompanhada por uma criada.

– Deixe-a entrar.

Todos os olhos se voltaram para a porta. Pouco depois surgiu o porteiro e, atrás dele, uma mulher envolta em um grande véu, que a cobria totalmente. Pelo contorno e pelo perfume que ela exalava, percebia-se que era jovem e elegante. O presidente lhe pediu que ela retirasse o véu, e então todos viram que usava vestes gregas e era muito bonita.

O senhor de Morcerf olhava para ela com um misto de surpresa e terror, pois aquela mulher tinha nas mãos a vida dele. Para os outros presentes, porém, aquilo era uma reviravolta tão estranha e interessante nos acontecimentos que o bem-estar de Morcerf se tornou uma consideração secundária.

O presidente ofereceu uma cadeira à jovem, mas ela disse que preferia ficar em pé. O conde, ao contrário, desabou na sua cadeira, pois as suas pernas se recusavam a sustentá-lo.

– Senhora – começou o presidente –, a senhora afirma na carta que tem informações importantes sobre o caso Janina e que é testemunha ocular do que aconteceu. Permita-me observar, porém, que a senhora deveria ser muito jovem quando esses eventos ocorreram.

– Tinha 4 anos, mas esses eventos me afetaram de forma tão marcante que nem um detalhe deles me fugiu à memória.

– Como esses eventos afetaram a senhora?

– Meu nome é Haydée – respondeu a jovem. – Sou filha de Ali-Tebelin, Pasha de Janina, e de Vasiliki, sua muito amada esposa.

O rubor de modéstia e, ao mesmo tempo, de orgulho que tomou as faces da jovem, o fogo que se via nos seus olhos e a forma majestosa com que ela revelara a sua identidade deixaram uma impressão indescritível nos presentes.

O conde, por sua vez, não poderia ficar mais confuso e perturbado se um raio lhe tivesse caído na cabeça.

– A senhora – retomou o presidente, com uma mesura respeitosa – pode provar a autenticidade do que diz?

– Posso, senhor – respondeu Haydée, tirando uma bolsa de cetim perfumada de baixo do véu. – Aqui está minha certidão de nascimento, escrita por meu pai e assinada por seu principal escriturário; também tenho aqui a certidão de batismo, pois meu pai permitiu que eu fosse criada na religião da minha mãe. Este segundo documento tem o selo do grande primaz da Macedônia e Épiro. Por último, e talvez esta seja a prova mais importante, tenho um documento relativo à venda da minha pessoa e da minha mãe a um mercador armênio, de nome El Kobbir, realizada pelo oficial francês que, no seu acordo infame com o Império Otomano, reservou, como sua parte na pilhagem, a esposa e a filha de seu benfeitor. As duas foram vendidas pela soma de quatrocentos mil francos.

Uma palidez horrível se espalhou pelo rosto do conde, e os seus olhos ficaram injetados de sangue ao ouvir aquelas terríveis imputações, que foram recebidas pela comissão em silêncio implacável.

Haydée, com uma calma mais perigosa que a raiva, entregou ao presidente o registro da sua venda, escrito em árabe. O intérprete do Senado estava presente e leu o documento:

Eu, El Kobbir, mercador de escravos e fornecedor do harém de Sua Alteza, reconheço ter recebido do conde de Monte Cristo, para ser repassada ao sublime sultão, uma esmeralda avaliada em oitocentos mil francos como pagamento da compra de uma jovem escrava cristã, de 11 anos de idade, de nome Haydée, filha reconhecida do falecido Ali-Tebelin, Pasha de Janina, e de Vasiliki, sua esposa favorita; a jovem, junto com a mãe, que morreu ao chegar a Constantinopla, foi-me vendida há sete anos por um coronel francês que esteve a serviço do vizir Ali-Tebelin, de nome Fernand Mondego.

A compra supramencionada foi feita em nome de Sua Alteza, cujo mandato eu detinha, pela soma de quatrocentos mil francos.

A transação foi realizada em Constantinopla, com a autorização de Sua Alteza, no ano de 1247 da Hégira.

Assinado: El Kobbir

Para dar a este documento a devida credibilidade e autoridade, será autenticado legalmente com o selo imperial, com o consentimento do vendedor.

Ao lado da assinatura do mercador estava o selo do sublime sultão.

Um silêncio terrível se seguiu à leitura do documento. O conde ficou sem fala, e os seus olhos instintivamente procuraram por Haydée.

– Podemos, senhora, interrogar o conde de Monte Cristo, que, creio, está atualmente em Paris? – perguntou o presidente.

– O conde de Monte Cristo, meu segundo pai, está na Normandia há três dias, senhor.

– Então quem a aconselhou a tomar essa iniciativa, pela qual a comissão está endividada com a senhora?

– Essa iniciativa foi provocada em mim pela minha dor. Que Deus me perdoe! Apesar de ser cristã, sempre pensei em vingar a morte do meu ilustre pai. Portanto, logo que pus os pés na França e soube que o traidor vivia em Paris, me mantive vigilante, à espera desta oportunidade. Levo uma vida retirada na casa do meu nobre protetor e recebo todos os jornais. Foi em um deles que li a informação sobre o ocorrido no Senado hoje de manhã.

– Então o conde de Monte Cristo não tem conhecimento da sua ação? – perguntou o presidente.

– Ele ignora totalmente o que fiz, senhor, e o meu único temor é que ele desaprove a minha iniciativa. No entanto, hoje é um dia glorioso para mim, o dia em que, finalmente, eu tive a oportunidade de vingar o meu pai.

Durante todo esse tempo, o conde de Morcerf não disse uma palavra, e as linhas e rugas que aumentavam e se aprofundavam visivelmente no seu rosto traíam o seu sofrimento.

– Senhor de Morcerf, o senhor reconhece esta dama como a filha de Ali-Tebelin, Pasha de Janina?

– Não – disse Morcerf, fazendo um esforço para se levantar. – Isso não passa de um complô dos meus inimigos contra mim.

– O senhor não me reconhece! – exclamou Haydée. – Felizmente eu o reconheço. O senhor é Fernand Mondego, o oficial francês que dava instrução aos soldados de meu pai. Foi o senhor quem entregou o castelo de Janina! Foi o senhor quem, ao ser enviado a Constantinopla pelo meu pai para negociar diretamente com o sultão a vida ou a morte do seu benfeitor, trouxe de volta um firmã falsificado dando-lhe pleno perdão! Foi o senhor quem obteve, com esse mesmo firmã, o anel do Pasha, que lhe garantiria a obediência de Selim, o guardião do fogo! Foi o senhor quem matou Selim com sua espada! Foi o senhor quem vendeu minha mãe e a mim para El Kobbir. Assassino! Assassino! O sangue do seu senhor ainda está sobre a sua cabeça! Olhem todos para ele!

Essas palavras foram ditas com tanta veemência e com a força da verdade que todos olharam para a cabeça do conde.

– A senhora reconhece sem sombra de dúvida o senhor de Morcerf como aquele oficial, Fernand Mondego?

– Se eu o reconheço? – clamou Haydée. – Minha mãe me disse: "Você tinha um pai a quem amava e era destinada a ser quase uma rainha. Olhe bem para este homem, que a transformou em uma escrava; foi ele quem colocou a cabeça do seu pai sobre a estaca; foi ele quem nos vendeu; foi ele quem nos traiu! Olhe para a mão direita dele, com sua grande cicatriz. Se você se esquecer do rosto dele, reconhecerá a sua mão, que recebeu o ouro de El Kobbir!". Sim, eu o reconheço!

Cada uma daquelas palavras era como uma facada em Morcerf, que perdeu a determinação. Às últimas palavras ele instintivamente escondeu a mão, porque, de fato, ela tinha uma grande cicatriz. Mais uma vez o conde desabou na sua cadeira.

– Não perca a coragem, conde! – disse o presidente. – A justiça desta comissão não permitirá que o senhor seja esmagado por seus inimigos sem lhe dar o direito de defesa. O senhor deseja que se realizem mais investigações? O senhor deseja que eu envie dois senadores a Janina?

Morcerf não respondeu. Os outros pares do reino se entreolhavam, abismados. Eles conheciam o temperamento violento do conde e perceberam que apenas um golpe terrível destruiria a defesa daquele homem.

– O que o senhor decidiu? – insistiu o presidente.

– Nada – respondeu Morcerf, com a voz monótona e fria.

– Então a filha de Ali-Tebelin falou a verdade? Ela realmente é a infeliz testemunha diante de cujas evidências de culpa ninguém ousa se declarar inocente? – perguntou o presidente da comissão de inquérito. – O senhor realmente cometeu os crimes de que ela o acusa?

O conde de Morcerf olhou ao seu redor, desesperado, mas não despertou a simpatia dos seus juízes. Ele então abriu, com um puxão, os botões que fechavam o casaco e o asfixiavam e saiu do recinto, como um demente. Os seus passos cansados ecoaram tristemente e, depois, desapareceram.

– Senhores – disse o presidente quando o silêncio foi restaurado. – O conde de Morcerf é culpado desse crime grave, traição e desonra?

– Sim – foi a resposta unânime.

Haydée ouviu o veredito, mas seu rosto não revelou piedade nem alegria. Cobrindo o rosto com o seu véu, ela fez uma mesura para os senadores e deixou o recinto.

Albert estava determinado a matar o responsável por aquele golpe contra o seu pai. Ele havia descoberto que Danglars fizera investigações, através de contatos na Grécia, sobre a rendição do castelo de Janina. Pediu que seu amigo Beauchamp o acompanhasse a uma conversa com o banqueiro, pois acreditava não ser correto não ter uma testemunha em uma ocasião solene como aquela.

Ao chegarem à residência de Danglars, viram o fáeton e o criado do senhor Andrea Cavalcanti à porta.

– Melhor ainda – disse Albert. – Se o senhor Danglars não quiser se bater comigo, eu matarei o seu genro. Um Cavalcanti não vai se esquivar a um duelo.

O criado anunciou a visita de Albert de Morcerf, mas Danglars se recusou a vê-lo, já que sabia de tudo que havia acontecido na noite anterior. O jovem, porém, havia seguido o valete e irrompeu na sala seguido de Beauchamp.

– Ora, senhor, não tenho mais a liberdade de receber apenas quem eu quiser? – disse o banqueiro.

– Não, senhor – disse Albert com frieza. – Há certas circunstâncias, como as atuais, nas quais uma pessoa é obrigada a entrar na casa de determinadas pessoas, pelo menos quando não se trata de um covarde.

– O que o senhor quer de mim?

– O que eu quero do senhor – disse Albert, avançando e fingindo não notar Cavalcanti, que estava na sala – é propor um encontro em algum ponto isolado em que não sejamos perturbados por dez minutos. Ali, dos dois homens que se encontrarem, um ficará para trás, debaixo das folhas.

Danglars empalideceu. Cavalcanti deu um passo para a frente, e Albert, virando-se, dirigiu-lhe a palavra:

– Venha o senhor também, se quiser, conde. O senhor tem o direito de estar presente, já que é quase da família. Estou disposto a marcar esse tipo de encontro com quantos aceitarem o desafio.

Cavalcanti olhou, espantado, para Danglars, que se levantou com algum esforço e se colocou entre os dois homens. A investida contra Cavalcanti deu ao banqueiro a esperança de que a visita de Albert se devesse a um motivo diferente daquele que supusera inicialmente.

– Se o senhor veio aqui para procurar uma briga com este cavalheiro porque eu o prefiro ao senhor – disse Danglars a Albert –, eu levarei esta questão à justiça.

– Há um mal-entendido aqui – disse Morcerf com um sorriso sinistro. – O encontro que eu peço não tem nada a ver com assuntos matrimoniais. Eu me dirigi ao senhor Cavalcanti simplesmente porque, por um momento, me pareceu que ele estava inclinado a interferir na nossa discussão.

– Eu o advirto, senhor, de que, quando eu tenho a má sorte de encontrar um cachorro louco, eu o mato – disse Danglars, branco de medo e de raiva. – E não me sinto culpado, considerando, pelo contrário, que prestei um serviço à sociedade. Portanto, se o senhor está louco e tentar me morder, eu o matarei sem piedade. É minha culpa que seu pai foi desonrado?

– Sim, é sua culpa, canalha – respondeu Morcerf.

– Minha culpa? O senhor está louco! Eu sei lá alguma coisa da história da Grécia? Foi a meu conselho que o seu pai vendeu o castelo de Janina e traiu...

– Silêncio! – trovejou Albert. – O senhor não trouxe diretamente esta calamidade sobre nós, mas, hipocritamente, conduziu a ela. Quem escreveu a Janina pedindo informações sobre meu pai?

– Eu escrevi. Quando a filha de um homem está prestes a se casar com um jovem, sem dúvida é permissível que ele procure se informar sobre a família do jovem. É o dever do pai.

– O senhor escreveu sabendo muito bem qual seria a resposta que receberia – respondeu Albert.

– Garanto-lhe que nunca teria me passado pela cabeça escrever para Janina. O que sei eu das adversidades do Ali Pasha?

– Quer dizer que alguém o persuadiu a escrever?

– Sem dúvida. Eu falei sobre o passado de seu pai com uma pessoa e mencionei que a fonte da riqueza dele era um mistério. Essa pessoa me perguntou onde o seu pai tinha feito fortuna. Eu respondi que na Grécia, e ele sugeriu que eu escrevesse para Janina.

– Quem lhe deu esse conselho?

– Ora, ninguém mais, ninguém menos que o seu amigo, o conde de Monte Cristo.

– O conde de Monte Cristo sabe qual foi a resposta que o senhor recebeu?

– Sabe sim, eu a mostrei a ele.

– Ele sabia que o nome do meu pai era Fernand Mondego?

– Sim, eu lhe disse isso há tempos. Um dia depois que eu recebi a carta, o seu pai, aconselhado por Monte Cristo, me pediu oficialmente a mão de minha filha para o senhor. Eu rejeitei, sem esclarecer o motivo.

Albert sentiu um rubor subir-lhe pelas faces. Não havia dúvida de que Danglars se defendia com a baixeza, mas, ao mesmo tempo, com a segurança de um homem que fala pelo menos em parte a verdade, não por motivo de consciência, mas por medo. Além disso, o que Morcerf procurava não era quem tinha mais culpa, mas um homem que aceitasse o desafio de uma luta, e era evidente que isso Danglars não faria.

Enquanto pensava, vieram-lhe à mente diversos detalhes que haviam sido esquecidos ou nos quais não prestara atenção. Monte Cristo sabia de tudo, já que havia comprado a filha de Ali-Pasha e, mesmo tendo conhecimento de toda a história, aconselhara Danglars a escrever a Janina. Depois que a resposta havia chegado, o conde havia atendido ao desejo de Albert de ser apresentado a Haydée. Permitiu que a conversa se voltasse para a morte de Ali e não se opôs à narrativa da história dela (sem dúvida depois de instruí-la, nas poucas sentenças ditas em romaico, para que não permitisse que Morcerf reconhecesse o pai). Além disso, Monte Cristo havia instruído Morcerf a não mencionar o nome do seu pai perante Haydée. Não poderia haver dúvida de que tudo era um plano premeditado e que o conde era aliado dos inimigos de seu pai.

Albert puxou Beauchamp de lado e lhe expôs essas considerações.

– Você tem razão – disse-lhe o amigo. – O senhor Danglars apenas fez o trabalho sujo. Você tem que tomar satisfação é com o senhor de Monte Cristo.

– Gostaria que o senhor compreendesse – disse Albert a Danglars – que o assunto entre nós ainda não está encerrado. Preciso me certificar com o conde de Monte Cristo de que as suas acusações contra ele são justificadas.

Fazendo uma mesura, Albert saiu com Beauchamp, ignorando Cavalcanti.

Os dois jovens se dirigiram para o número 30 da avenida Champs-Élysées, mas o conde estava no banho e não podia receber ninguém. Albert, porém, conseguiu de Baptistin a informação de que ele iria à Ópera naquela noite.

Voltando à carruagem, disse a Beauchamp:

– Conto com você para ir hoje à Ópera comigo e, se puder trazer Château-Renaud, melhor.

Ao chegar a casa, Albert enviou uma mensagem a Franz, Debray e Morrel dizendo-lhes que gostaria de vê-los na Ópera naquela noite. Depois, procurou a mãe, que, desde os acontecimentos da véspera, tinha ficado no quarto e não queria ver ninguém. Ele a encontrou na cama, arrasada pela humilhação pública. Ao ver Albert, ela agarrou a mão do filho e começou a chorar. Ele ficou olhando em silêncio para a mãe por um minuto, enquanto a sua determinação de se vingar ganhava força.

– Mãe, a senhora sabe se o senhor de Morcerf tem inimigos?

– Meu filho – respondeu Mercedes, notando que o jovem não havia dito "meu pai" –, as pessoas que têm a posição do conde sempre têm muitos inimigos secretos. E os inimigos que se conhecem nem sempre são os mais perigosos.

– Sei disso, e esse é o motivo de eu recorrer à sua perspicácia. Nada lhe escapa. A senhora observou, por exemplo, no baile que demos, que o senhor de Monte Cristo se recusava a comer ou beber qualquer coisa na nossa casa.

– O que tem Monte Cristo a ver com a pergunta que você me fez?

– O senhor de Monte Cristo é quase um oriental, e os habitantes do Leste nunca comem nem bebem na casa de um inimigo, para se reservarem a liberdade da vingança.

– Você está sugerindo que Monte Cristo é nosso inimigo, Albert? Você está louco! Ele salvou a sua vida. Peço-lhe que se livre dessa ideia e lhe imploro que se mantenha em bons termos com ele.

– Por que a senhora quer que eu seja amigo desse homem, mãe? Ele tem algum poder de nos prejudicar?

– Que jeito estranho de falar! O que o conde fez para você?

Albert mudou de assunto, mas Mercedes viu o sorriso irônico que lhe passou nos lábios e entendeu tudo.

– Eu não estou bem, Albert. Fique comigo e me faça companhia. Não desejo ficar sozinha.

– A senhora sabe que eu gostaria muito de atender ao seu desejo, mas assuntos importantes e urgentes me obrigam a me afastar por toda a noite.

Em seguida, o jovem foi para os seus aposentos, a fim de se arrumar. Às dez para as oito, Beauchamp apareceu. Château-Renaud prometera estar na Ópera "antes de a cortina levantar", disse ele. Os dois jovens seguiram para lá.

Apenas depois do fim do segundo ato, Albert procurou Monte Cristo no seu camarote. O acompanhante do conde, Maximilian Morrel, vinha observando Albert a noite toda, e nenhum dos dois ficou surpreso quando, depois de ouvir a porta do camarote abrir, se depararam com Albert, acompanhado por Beauchamp e Château-Renaud.

– Bem-vindos! – exclamou o conde. – Boa noite, senhores.

– Não viemos aqui para uma troca de banalidades ou profissões falsas de amizade – respondeu Albert, com voz trêmula e sussurrada. – Viemos aqui exigir uma explicação, conde.

– Uma explicação na Ópera? – respondeu Monte Cristo com voz calma. – Não estou a par dos costumes de Paris, mas não pensei que este fosse o local adequado para exigir uma explicação.

– No entanto, quando uma pessoa se fecha e não recebe ninguém, sob o pretexto de estar no banho, não podemos perder a oportunidade quando acontece de nos encontrarmos com essa pessoa em algum outro lugar.

– Não sou de acesso difícil, senhor – disse Monte Cristo. – O senhor mesmo esteve na minha casa ainda ontem.

– Ontem eu estive na sua casa porque não sabia quem o senhor era – disse Albert, elevando a voz, em um tom que todos nos corredores e camarotes próximos o ouviram.

– O senhor não parece estar de posse do seu juízo – respondeu Monte Cristo.

– Estou bem, desde que compreenda as suas perfídias e que faça com que o senhor perceba que me vingarei – disse Albert, em fúria.

– Não o compreendo e, mesmo que compreendesse, não há razão para falar tão alto. Aqui é o meu camarote, e apenas eu tenho o direito de elevar a minha voz. Saia daqui, senhor de Morcerf!

Albert compreendeu a alusão ao seu sobrenome e estava prestes a jogar a sua luva no rosto do conde quando Morrel, percebendo a sua intenção, segurou-lhe o braço. Inclinando-se, Monte Cristo estendeu a mão e pegou a luva do jovem.

– Considero que a sua luva foi jogada, senhor, e a devolverei envolvida em uma bala. Saia ou eu chamarei meus criados para expulsá-lo!

Fora de si e com os olhos injetados de sangue, Albert recuou um passo, e Morrel aproveitou a oportunidade para fechar a porta do camarote. Monte Cristo pegou o binóculo, como se nada de extraordinário tivesse acontecido e voltou sua atenção para o palco, pois a cortina acabara de ser levantada. O homem tinha, de fato, um coração de ferro e um rosto de mármore!

– Como o senhor o ofendeu? – sussurrou Morrel.

– Eu não o ofendi; pelo menos não pessoalmente.

– Mas deve haver um motivo para essa cena estranha.

– As aventuras do conde de Morcerf exasperaram o jovem.

– O que o senhor vai fazer a esse respeito?

– Eu o matarei antes das dez da manhã amanhã. É isso o que eu farei.

– Conde! O senhor...

– Meu caro Maximilian – interrompeu o conde. – Ouça como Duprez canta bem este verso: *"Matilda! Ídolo do meu coração!"*. Bravo!

Morrel viu que era inútil dizer algo. Quando a cortina caiu, ouviu-se uma batida à porta do camarote.

– Entre – disse Monte Cristo.

Beauchamp entrou.

– Boa noite, Beauchamp – disse Monte Cristo, como se aquela fosse a primeira vez que via o jornalista naquela noite. – Por favor, sente-se.

Beauchamp fez uma mesura e se sentou.

– Como o senhor viu, eu estava acompanhando o senhor de Morcerf agora há pouco. Admito que Albert errou ao perder o controle e vim pedir desculpas por ele. Esse pedido de desculpas é uma iniciativa minha, o senhor compreende. Gostaria de acrescentar que o considero honrado demais para se recusar a dar alguma explicação quanto à sua ligação com as pessoas de Janina e...

– Beauchamp – interrompeu-o Monte Cristo –, o conde de Monte Cristo só deve explicações a si próprio. Portanto, nem mais uma palavra sobre esse assunto, por favor. Faço o que me apraz, Beauchamp, e, creia-me, o que eu faço sempre fica bem feito. Diga ao visconde que amanhã, antes das dez da manhã, eu terei visto a cor do sangue dele.

– Então só me resta fazer os preparativos necessários para o duelo – disse Beauchamp.

– Isso não me interessa – respondeu Monte Cristo. – Foi desnecessário perturbar-me no meio da ópera com uma trivialidade como essa. Diga ao visconde que, apesar de ter sido eu o insultado, cedo a ele a escolha de armas e aceito qualquer condição, sem discussão. Tenho certeza da vitória. Mande uma mensagem para a minha casa hoje, informando a arma e o horário escolhidos. Não gosto que me façam esperar.

– Pistolas são as armas, oito horas é o horário, e o Bosque de Vincennes é o local – disse Beauchamp, desconcertado.

– Muito bem – respondeu Monte Cristo. – Agora que está tudo acertado, por favor, deixe-me ouvir a ópera e diga a seu amigo Albert para não voltar a me importunar. Diga-lhe para ir para casa e dormir.

Beauchamp deixou o camarote totalmente estupefato.

– Posso contar com você, não posso? – perguntou Monte Cristo a Morrel. – O jovem está agindo às cegas e não conhece a verdadeira causa desse duelo, que é conhecida apenas por Deus e por mim. Mas eu lhe dou minha palavra, Morrel, que Deus estará do nosso lado.

– Quem é o seu segundo padrinho e testemunha?

– Não conheço ninguém em Paris a quem possa dar essa honra, além de você e o seu cunhado. Você acha que Emmanuel está disposto a me prestar esse serviço?

– Posso garantir-lhe que sim. Estaremos na sua casa às sete horas.

– Silêncio! A cortina está subindo. Não quero perder nem uma nota desta ópera. A música de Guilherme Tell é encantadora.

Depois que Duprez cantou a sua famosa ária, Monte Cristo se levantou e foi embora, seguido por Morrel. Os dois se despediram à porta do teatro e, cinco minutos depois, o conde chegava a sua casa.

– Ali, traga as minhas pistolas incrustadas de marfim! – disse ao criado ao entrar.

Ali obedeceu, e Monte Cristo começava a examinar as armas quando a porta do seu gabinete se abriu e Baptistin apareceu. Antes que uma palavra fosse dita, uma mulher entrou. Ela estava atrás de Ali e, ao ver, pela porta entreaberta, as pistolas na mão de Monte Cristo, correu para dentro da sala. Baptistin deu um olhar perplexo para o seu amo, mas, a um sinal deste, saiu e fechou a porta atrás de si.

– Quem é a senhora? – perguntou Monte Cristo à mulher.

A estranha olhou ao redor, para ter certeza de que estavam a sós, e então, jogando-se de joelhos e com as mãos unidas, falou, traindo seu desespero:

– Edmond, não mate o meu filho!

O conde se sobressaltou e, deixando cair a arma que tinha na mão, soltou um gemido.

– Que nome a senhora acaba de pronunciar, senhora de Morcerf? – perguntou.

– O seu! – exclamou ela, jogando para trás o véu. – O seu nome, de que, talvez, eu seja a única que não se esqueceu. Edmond, não é a senhora de Morcerf quem o veio procurar; é Mercedes.

– Mercedes morreu, madame. Não conheço mais ninguém com esse nome.

– Mercedes está viva e se lembra de tudo. Só ela o reconheceu ao vê-lo, e mesmo antes de vê-lo, Edmond, ela o conheceu pelo tom da sua voz. Desde aquele momento ela seguiu todos os seus passos, observou-o e teve medo de você. Ela não tem necessidade de procurar pela mão que deu este golpe no senhor de Morcerf.

– Em Fernand, a senhora quer dizer, senhora – retorquiu Monte Cristo, com ironia e amargura. – Desde que estamos nos lembrando de nomes, que recordemos todos.

Ele pronunciou o nome Fernand com uma expressão de tanto ódio que Mercedes sentiu o medo dominá-la.

– Peço-lhe, Edmond, que poupe o meu filho.

– Quem lhe disse, senhora, que eu tenho más intenções em relação ao seu filho?

– Ninguém, mas eu percebi tudo. Eu o segui à Ópera hoje e, escondida em outro camarote, vi tudo o que aconteceu.

– Então a senhora também viu que o filho de Fernand me insultou em público – disse Monte Cristo, com uma calma terrível. – A senhora deve ter visto que ele só não me lançou sua luva no rosto porque um dos meus amigos segurou-lhe o braço.

– Meu filho atribui ao senhor todos os infortúnios do seu pai.

– Senhora, aqui há um mal-entendido. O pai dele não sofre nenhum infortúnio; é um castigo que lhe é infligido, não por mim, mas pela providência.

— Por que você quer tomar o lugar da providência? Por que quer lembrar, quando Ele se esquece? O que você tem a ver com Janina e o vizir, Edmond?

— Eu não jurei vingança contra o oficial francês que traiu Ali-Tebelin, nem contra o conde de Morcerf; foi contra Fernand, pescador e marido de Mercedes, a catalã.

— Que terrível vingança por uma culpa pela qual o próprio destino é o único responsável! Eu sou a culpada, Edmond! Se você quer se vingar em alguém, deve ser em mim, que não tive forças para suportar a sua ausência e a minha solidão.

— Mas a senhora sabe por que eu estava ausente? Por que ficou sozinha? Por que eu fui preso?

— Não sei por que você foi preso.

— É verdade, a senhora não sabe — disse Monte Cristo, pegando um papel descolorido de uma gaveta da sua escrivaninha e o colocando diante de Mercedes. — Fui preso porque, na véspera do meu casamento, um homem chamado Danglars escreveu esta carta na pérgula da taverna La Réserve, e Fernand, o pescador, a despachou pelo correio.

Era a carta de Danglars ao procurador do rei, que o conde de Monte Cristo tinha tirado do dossiê de Edmond Dantès no dia em que, disfarçado como agente da firma Thomson & French, pagara ao senhor Boville a soma de duzentos mil francos.

Consternada, Mercedes leu as seguintes linhas:

O procurador do rei é informado por este intermédio, por um amigo do trono e da religião, que um certo Edmond Dantès, imediato do Pharaon, *que chegou hoje de manhã procedente de Esmirna, foi encarregado por Murat de entregar uma carta ao Usurpador, e, pelo Usurpador, de entregar a carta a um grupo bonapartista em Paris. A informação sobre esse crime pode ser corroborada com a prisão de Dantès, pois a referida carta será encontrada com ele, na casa de seu pai ou na sua cabine no* Pharaon.

— Deus do céu! — exclamou Mercedes, passando a mão na testa úmida de suor. — Esta carta...

– Eu a comprei por duzentos mil francos, senhora – disse Monte Cristo. – Mas foi barato, pois hoje ela permite que eu me justifique perante os olhos da senhora. Essa carta causou a minha prisão. O que a senhora não sabe é quanto tempo eu fiquei preso. A senhora ignora que fui jogado em uma masmorra do Château d'If, a um quarto de légua de onde a senhora morava, por catorze longos anos. A cada dia desses anos eu renovei o meu voto de vingança, feito no primeiro dia, apesar de não saber que a senhora tinha se casado com Fernand e que o meu pai morrera de fome.

– Céu misericordioso! – exclamou Mercedes, arrasada.

– Tudo isso eu fiquei sabendo ao deixar a minha prisão. Jurei vingança contra Fernand e me vingarei!

– Tem certeza de que Fernand fez o que diz?

– Absoluta. E não é de estranhar, pois ele fez muitas coisas odiosas. Os franceses nunca se vingaram por ele ter passado para o lado dos ingleses; os espanhóis não o fuzilaram por ter lutado contra a sua pátria de nascimento; Ali-Tebelin, no seu túmulo, deixou impune a traição e o assassinato de um de seus assalariados. Mas eu, traído, assassinado e jogado em um túmulo, me levantei desse túmulo, pela graça de Deus, e é o meu dever para com Deus punir esse homem. Ele me mandou aqui com esse propósito, e eu estou pronto.

A pobre mulher deixou a cabeça cair entre as mãos e ajoelhou-se.

– Perdão, Edmond – suplicou. – Perdoe por mim, que ainda o amo!

– Impossível, senhora. Não posso desobedecer a Deus, que me escolheu para punir essa raça maldita!

– Então se vingue, Edmond – chorou a mãe, de coração partido –, mas que a sua vingança caia sobre os culpados, sobre ele ou sobre mim, mas não sobre o meu filho! Desde que eu o conheci, Edmond, adorei o seu nome e, depois, respeitei a sua memória. Ah, não macule a imagem de nobreza e pureza que eu sempre tive de você no meu coração! Se soubesse quanto rezei por você, quando o julgava vivo e quando o julgava morto! O que mais eu podia fazer, Edmond, a não ser chorar e rezar? Juro, Edmond, pelo filho por cuja vida eu agora imploro, que todas as noites, por dez anos, eu chorei e acordei tremendo e gelada. Sou culpada, mas acredite-me, Edmond, sofri muito!

– Você viu o seu pai morrer na sua ausência? – clamou Monte Cristo, enfiando os dedos no cabelo. – Viu a mulher que amava dar a mão a seu rival, enquanto você definhava nas profundezas de uma masmorra?

– Não, mas eu vejo aquele a quem amei prestes a se tornar o assassino do meu filho!

A tristeza e o desespero na voz de Mercedes ao dizer essas palavras foram tão grandes que arrancaram um soluço da garganta do conde. O leão tinha sido domado, o vingador havia sido aplacado.

– O que a senhora me pede? A vida de seu filho? Pois bem, então ele viverá.

Mercedes soltou uma exclamação de alegria, que causou duas lágrimas nos olhos de Monte Cristo, mas elas desapareceram imediatamente.

– Oh, Edmond, eu lhe agradeço! – exclamou Mercedes, tomando a mão do conde e a beijando. – Agora você é novamente o homem dos meus sonhos, o homem que eu sempre amei!

– O pobre Edmond, porém, não terá muito tempo para apreciar o seu amor – respondeu Monte Cristo. – O morto voltará ao seu túmulo; o fantasma, à escuridão!

– O que você está dizendo, Edmond?

– Digo que, já que você me ordena, eu devo morrer!

– Morrer! Quem lhe disse para morrer? De onde vem essa estranha ideia de morte?

– Você não pode supor que eu tenha o menor desejo de viver depois de ter sido insultado publicamente, diante de um teatro cheio, por um moleque, que se vangloriará do meu perdão como de uma vitória? O que eu amei mais depois de você, Mercedes, fui eu mesmo; quero dizer, a minha dignidade, a força que me fazia superior aos outros. Essa força era a vida para mim. Você a quebrou, e agora eu só posso morrer!

– Mas não haverá duelo, Edmond, já que você perdoa o meu filho.

– Haverá o duelo, mas será o meu sangue, e não o do seu filho, que manchará o chão – respondeu Monte Cristo, com solenidade.

– Você diz a verdade quando afirma que o meu filho não vai morrer?

– Sim, senhora. A vida dele será preservada.

– Edmond, isso é muito nobre da sua parte – disse Mercedes, com os olhos cheios de lágrimas. – Você teve piedade de uma pobre mulher, que recorreu a você sem ousar ter esperança de alcançar misericórdia.

– A senhora diz isso, mas o que diria se soubesse como é grande o sacrifício que estou fazendo?

– Apesar de o meu rosto ter ficado pálido, os meus olhos terem perdido a vivacidade e a minha beleza ter-se extinguido – disse ela, com os olhos cheios de gratidão e sem responder à pergunta de Monte Cristo –, o coração de Mercedes permaneceu o mesmo. Adeus, Edmond. Não tenho mais nada a pedir ao céu. Eu voltei a vê-lo, e você continua tão nobre e tão grande quanto no passado. Adeus, Edmond, e muito obrigada.

O conde não respondeu. Mercedes abriu a porta e desapareceu, antes de ele acordar de seus dolorosos devaneios. O relógio bateu uma hora da madrugada, e o barulho da carruagem que levava a senhora de Morcerf embora trouxe o conde de Monte Cristo de volta à realidade.

– Que tolo eu fui! – exclamou ele. – Devia ter arrancado o meu coração no dia em que resolvi me vingar!

A noite passou devagar. O conde de Monte Cristo não prestava atenção às horas, que se arrastavam, porque sofria uma tortura mental só comparável àquela por que tinha passado quando ele, como Edmond Dantès, estivera na masmorra do Château d'If. No último minuto, os seus planos tinham sido frustrados. Ele havia preparado tudo e, quando estava a ponto de se vingar, abrira mão da sua justa retaliação. O motivo era que, nos seus planos, ele havia se esquecido de um fator importante, o seu amor por Mercedes!

Finalmente o relógio bateu seis horas; o conde deixou suas meditações de lado e fez seus preparativos finais, antes de ir ao encontro da morte voluntária. Quando Morrel e Emmanuel chegaram ao local combinado, Monte Cristo estava pronto e, pelo menos aparentemente, calmo. Em seguida, surgiram Franz e Debray. Mas já eram oito e dez quando, finalmente, viram Albert se aproximar a cavalo, a toda velocidade e seguido de um criado.

Albert desceu do cavalo e caminhou na direção dos quatro jovens. Monte Cristo estava a certa distância. O visconde de Morcerf estava pálido, e os seus olhos, vermelhos e inchados, deixavam claro que não tinha dormido. O rosto tinha uma expressão de tristeza que parecia estranha naquele jovem.

– Obrigado, senhores, por terem vindo até aqui – disse ele. Em seguida, dirigindo-se a Maximilian, acrescentou: – Senhor Morrel, por favor, informe ao conde de Monte Cristo que eu gostaria de trocar algumas palavras com ele.

– Em particular? – perguntou Maximilian.

– Não, diante de todos.

Os jovens, surpresos, olharam uns para os outros, mas Morrel ficou encorajado com esse incidente inesperado e foi até onde o conde estava.

– O que ele quer? – perguntou Monte Cristo.

– Só sei que deseja falar com o senhor.

– Espero que não sejam novos insultos.

– Não acredito que esta seja a intenção dele – foi a resposta de Morrel.

O conde se aproximou, acompanhado por Maximilian e Emmanuel. A calma que se via no rosto de Monte Cristo contrastava com a expressão de dor no de Albert. O jovem avançou na direção de seu adversário e, quando estavam a três passos um do outro, os dois pararam.

– Senhores, aproximem-se – disse Albert. – Não quero que os senhores percam nem uma palavra do que tenho a dizer ao conde de Monte Cristo, pois devem repeti-las a todos que quiserem ouvir.

– Aguardo o que o senhor tem a dizer – disse o conde.

– Eu o censurei, senhor, por ter divulgado a conduta de Morcerf em Épiro – começou Albert, com voz trêmula. A voz, porém, foi ficando mais firme à medida que ele prosseguia: – Acreditava que o senhor não tinha o direito de puni-lo, por mais que ele pudesse ser culpado. Hoje, porém, estou mais bem informado. Não é a traição de Fernand Mondego ao Ali-Pasha que me deixa disposto a perdoá-lo, mas, sim, a traição de Fernand, o pescador, ao senhor e os enormes sofrimentos que a conduta dele lhe causou. Portanto, digo, e o faço em voz alta, que o senhor tinha justificativa para se vingar do meu pai, e eu, seu filho, agradeço ao senhor por não ter feito ainda mais.

Os jovens que assistiam à cena ficaram estupefatos. Lentamente Monte Cristo elevou os olhos aos céus, agradecendo. Ele não entendia como Albert podia ter submetido sua natureza orgulhosa àquela súbita humilhação.

Reconheceu nisso a influência de Mercedes e, então, compreendeu por que aquela nobre mulher não havia recusado o sacrifício dele, pois ela sabia que não seria necessário.

– Agora – continuou Albert –, se o senhor considerar suficiente este pedido de desculpas, me dê a sua mão. Na minha opinião, a qualidade de reconhecer as próprias faltas não fica muito atrás da rara qualidade da infalibilidade, que o senhor parece possuir. Apenas um anjo de Deus poderia ter impedido que um de nós morresse, e esse anjo apareceu. Talvez não para nos tornar amigos, mas pelo menos para fazer com que tenhamos estima um pelo outro.

Monte Cristo estendeu a sua mão para Albert, que a apertou com respeito.

– Senhores! O conde de Monte Cristo aceita as minhas desculpas. Tenho confiança de que o mundo não me considerará covarde porque segui os ditames da minha consciência.

Enquanto os jovens trocavam comentários uns com os outros, Monte Cristo permanecia quieto e de cabeça baixa. Ele estava esmagado sob o peso de vinte e quatro anos de lembranças. Não pensava em Albert ou nos jovens que o cercavam, mas na mulher corajosa, que tinha ido até ele para suplicar pela vida de seu filho. Ele lhe tinha oferecido a sua vida, e ela a salvara, confessando ao filho um terrível segredo de família, sob o risco de matar para sempre o amor do jovem por ela.

O conde de Monte Cristo fez uma mesura para os jovens com um sorriso triste e entrou na sua carruagem, acompanhado por Maximilian e Emmanuel. Albert montou em seu cavalo e voltou para a cidade a galope. Um quarto de hora depois ele chegava a sua casa. Teve a impressão de que o pai espiava, com o rosto pálido, por trás da cortina do seu quarto de dormir. Ignorando-o, Albert entrou nos seus próprios aposentos. Lá, olhou vagarosamente para todos os luxos que tinham feito a sua vida tão fácil e feliz desde a infância. Tirou a moldura do retrato da mãe e o enrolou. Pôs todas as suas joias em ordem e as guardou, e colocou todo o dinheiro que trazia em uma gaveta.

Apesar de ter dado ordens expressas de que não deveria ser perturbado, o seu valete entrou no quarto quando Albert estava no meio da arrumação.

– Perdoe-me – disse o criado. – Sei que o senhor me proibiu de perturbá-lo, mas o conde de Morcerf mandou me chamar. Não quero falar com ele antes de receber instruções do senhor. Se ele me perguntar o que aconteceu no Bosque de Vincennes, o que eu digo?

– Diga a verdade. Diga que não houve duelo e que eu pedi desculpas ao conde de Monte Cristo.

O valete fez uma mesura e saiu. Albert voltou ao seu inventário. Registrou tudo o que tinha e que estava deixando para trás. Quando terminou, dirigiu-se para o quarto da mãe. Ficou parado à porta dos aposentos dela.

Mercedes estava fazendo, no seu quarto, exatamente o que Albert fizera no dele. Rendas, roupas, joias, dinheiro, tudo estava sendo colocado cuidadosamente em gavetas, que a condessa trancava. Albert viu todos esses preparativos e compreendeu.

– Mãe! – exclamou ele, jogando-se nos seus braços. – O que a senhora está fazendo?

– O que você está fazendo? – foi a resposta dela.

– A senhora não pode ter tomado a mesma resolução que eu! Vim lhe informar que vou sair desta casa.

– Eu também, Albert – respondeu Mercedes. – Devo confessar que estava pensando em sair acompanhada pelo meu filho. Vejo que não me enganei.

– Mãe, eu não posso permitir que a senhora tenha a vida que eu escolhi para mim. Eu vou viver, daqui para a frente, sem um título de nobreza e sem fortuna. Vou iniciar o meu aprendizado e vou pedir dinheiro emprestado para o meu pão de cada dia, até ter condições de comprá-lo com o meu próprio dinheiro.

– Você vai sofrer fome e pobreza, meu filho? – perguntou Mercedes. – Não diga isso, ou vou acabar desistindo da minha resolução.

– Mas não eu da minha, querida mãe. Sou jovem, forte e, creio, corajoso. Além disso, desde ontem aprendi o que significa a força de vontade. Há os que sofreram muito e, no entanto, não sucumbiram ao sofrimento; reconstruíram a sua vida sobre as ruínas de sua felicidade anterior. O passado está encerrado para mim, minha mãe, e eu não aceitarei nada dele, nem mesmo o meu sobrenome. A senhora entende, não entende?, que o seu filho não pode ter o nome de um homem que deveria corar de vergonha perante todos os outros homens?

– Albert, meu filho – disse Mercedes –, a sua consciência falou mais alto quando a minha voz debilitada se manteve calada. Siga os ditames da sua consciência, meu filho. Não se desespere. A vida ainda tem encantos para você, pois você mal tem 22 anos. Um caráter nobre como o seu deve ter um sobrenome sem mácula. Adote o sobrenome do meu pai, Herrara. Seja qual for a carreira que você escolher, não demorará a tornar esse nome ilustre. E, quando tiver alcançado isso, meu filho, volte a aparecer diante da sociedade e do mundo, que ficará mais belo por causa dos seus sofrimentos passados.

– Farei o que a senhora deseja, mãe – disse o jovem. – A fúria de Deus não pode perseguir a senhora, que é tão nobre, ou a mim, que sou tão inocente. Agora que tomamos essa resolução, ajamos com rapidez. O senhor de Morcerf saiu de casa há uma hora. Aproveitemos a oportunidade e vamos embora, sem a necessidade de dar explicações.

– Estou pronta – disse Mercedes.

Albert correu até a rua em busca de um táxi. Ele estava pensando em uma casa mobiliada, pequena e humilde, mas agradável e confortável. O táxi chegou e, quando Albert subia na carruagem, um homem se aproximou e lhe entregou uma carta. Albert reconheceu nele o administrador do conde de Monte Cristo.

– Da parte do conde – disse Bertuccio.

Albert pegou a carta e a leu. Em seguida, com lágrimas nos olhos, entrou na casa e entregou o papel para Mercedes, sem uma palavra. A carta dizia:

Albert,

Descobri os seus planos e espero poder provar-lhe que tenho consciência do que é correto. É livre e está deixando a casa do conde, levando consigo a sua mãe. Mas lembre-se: você deve a ela mais do que o seu pobre e nobre coração pode lhe dar. Guarde a luta para si mesmo, suporte todo o sofrimento sozinho e a poupe da miséria que inevitavelmente acompanhará os seus primeiros esforços, pois ela não merece nem uma fração da infelicidade que, até hoje, se abateu sobre ela.

O conde de Monte Cristo

Sei que os dois estão deixando a casa de Morcerf sem levar nada consigo. Não tente descobrir como eu sei. Eu sei.

Ouça, Albert, o que eu tenho a lhe dizer. Há vinte e quatro anos eu voltei ao meu país e era um jovem orgulhoso e feliz. Eu tinha uma namorada, uma jovem nobre a quem eu adorava, e trouxe para ela cento e cinquenta luíses, que tinha juntado com dificuldade, labutando incessantemente. Aquele dinheiro era para ela e, sabendo quanto o mar é traiçoeiro, eu enterrei o meu pequeno tesouro no jardim atrás de uma casa em Marselha que sua mãe conhece muito bem.

Recentemente passei por Marselha e fui ver aquela casa de tristes memórias. A caixa de ferro ainda está no mesmo lugar. Está no canto sombreado por uma linda figueira, que o meu pai plantou no dia do meu nascimento.

Por uma coincidência estranha e triste, esse dinheiro, que deveria ter contribuído para o conforto da mulher que eu adorava, servirá hoje para o mesmo objetivo. Você é um jovem generoso, Albert, mas talvez o orgulho ou o ressentimento o ceguem. Se não aceitar, se pedir para outra pessoa o que eu tenho o direito de lhe oferecer, só posso dizer que é pouco generoso da sua parte recusar algo que é oferecido à sua mãe por alguém cujo pai sofreu os horrores da fome e do desespero por culpa do seu pai.

Albert aguardou em silêncio enquanto sua mãe decidia o que fazer depois de terminar de ler a carta.

– Aceito – disse ela. – Ele tem o direito de pagar o dote que vou levar comigo para o convento.

Colocando a carta contra o coração, Mercedes pegou o braço do filho, e os dois desceram a escada.

Enquanto isso, Monte Cristo também tinha voltado à cidade e estava em casa, entregue aos seus pensamentos, quando a porta se abriu.

– O conde de Morcerf – anunciou Baptistin.

– Conduza-o à sala de visitas.

Quando Monte Cristo foi se encontrar com o general, ele caminhava de um lado a outro da sala.

– Então é mesmo o senhor, senhor de Morcerf – disse o anfitrião calmamente. – Pensei ter ouvido mal.

– Sim, sou eu – respondeu o conde, com uma contração de lábios assustadora, que o impedia de articular as palavras com clareza.

– Gostaria de saber a que devo o prazer de ver o conde tão cedo – continuou Monte Cristo.

– O senhor tinha um encontro com o meu filho hoje de manhã? – perguntou o visitante. E, diante da confirmação, acrescentou: – Meu filho tinha todos os motivos para se bater em duelo com o senhor e para fazer o possível para matá-lo.

– Mas, apesar de todos esses motivos, ele não me matou. Na verdade, não houve duelo.

– Isso, com certeza, quer dizer que o senhor apresentou desculpas ou algum tipo de explicação?

– Não dei nenhuma explicação, e foi ele quem pediu desculpas. Ele provavelmente descobriu que existe um homem mais culpado que eu.

– Quem é este homem?

– O pai dele!

– O senhor está dizendo que meu filho agiu como um covarde?

– O senhor Albert de Morcerf não é covarde! – disse Monte Cristo. – Mas presumo que o senhor não veio aqui para me contar os seus assuntos de família – acrescentou, com frieza.

– Realmente, não vim aqui para isso! – respondeu o general. – Vim lhe dizer que eu também o considero meu inimigo. Vim lhe dizer que eu o odeio instintivamente e que sempre o odiei! Como a geração jovem não se bate mais em duelo, somos nós que devemos fazê-lo. O senhor concorda?

– Sem dúvida.

– Os seus preparativos estão feitos?

– Estou sempre pronto.

– O senhor compreende que lutaremos até que um de nós caia? – perguntou o general, cerrando os dentes de raiva.

– Até que um de nós caia – repetiu lentamente o conde de Monte Cristo.
– Então vamos; não precisamos de padrinhos ou acompanhantes.
– De fato, nós nos conhecemos muito bem – concordou o dono da casa.
– Ao contrário, é porque não nos conhecemos.
– Ora – respondeu Monte Cristo, mantendo aquela sua frieza exasperante. – O senhor não é o soldado Fernand, que desertou na véspera da batalha de Waterloo? O senhor não é o tenente Fernand, que serviu de guia e espião do Exército francês na Espanha? O senhor não é o coronel Fernand, que traiu, vendeu e assassinou seu benfeitor, Ali? E não foram todos esses Fernand, combinados, que se tornaram o general e conde de Morcerf, um dos pares da França?

– Torpe! O senhor me censura com a minha vergonha quando talvez esteja prestes a me matar! – exclamou o general. – Eu não disse que eu era desconhecido para o senhor. Sei muito bem que, demoníaco como o senhor é, conseguiu penetrar na obscuridade do meu passado e ler, não sei à luz de que tocha, cada página da minha vida. O senhor me conhece, mas eu não o conheço, aventureiro cercado de ouro e pedras preciosas! Em Paris, o senhor chama a si mesmo de conde de Monte Cristo; na Itália, de Simbad, o Marinheiro; em Malta... o que seria? Não sei. É o seu nome real que eu gostaria de saber, de maneira a que possa pronunciá-lo no campo de batalha quando enterrar a minha espada no seu coração.

Toda a cor fugiu do rosto de Monte Cristo. Seus olhos queimavam com uma flama devoradora. Ele foi, veloz como um raio, para o quarto ao lado e, tirando em poucos segundos a gravata, o casaco e o colete, vestiu uma camisa e um chapéu de marinheiro, debaixo do qual o seu longo cabelo negro afluiu.

Voltou assim trajado e, com os braços cruzados, andou em direção ao general, que não entendia aquele desaparecimento súbito. Ao vê-lo novamente, porém, os dentes de Morcerf começaram a bater, as pernas cederam, e ele recuou até encontrar uma mesa na qual se apoiar.

– Fernand! – bradou Monte Cristo. – Você se lembra do meu nome, não? Pois, apesar de toda a minha dor e as torturas por que passei, apresento-lhe hoje uma face rejuvenescida pela alegria da vingança, e uma face que muitas vezes o senhor viu em seus sonhos desde o seu casamento com... Mercedes.

Com a cabeça jogada para trás e as mãos estendidas, o general olhava fixamente e em silêncio para aquela aparição terrível. Depois, agarrando-se à parede, para se apoiar, deslizou lentamente ao longo dela, até a porta, pela qual saiu gaguejando: "Edmond Dantès!"

Com um lamento que não se pode comparar a nenhum som humano, Morcerf se arrastou para o pátio, cambaleando como um bêbado, e caiu nos braços do seu valete.

– Para casa! – sussurrou.

O ar fresco e a vergonha de ter fraquejado diante do seu criado o fizeram se recompor. À medida que Morcerf se aproximava da sua casa, mais crescia a sua angústia.

Ao chegar, encontrou a porta da casa escancarada. Um táxi, cujo motorista parecia surpreso de ser chamado para uma residência tão magnífica, estava estacionado no pátio. O conde olhou o cenário, aterrorizado, e, sem ousar falar com ninguém, fugiu para os seus aposentos.

Naquele momento, duas pessoas desciam a escada. Eram Mercedes e o filho, no braço de quem ela se apoiava. Os dois estavam indo embora. Passaram bem perto do infeliz, que, escondido em seu próprio quarto, ouviu Albert dizer:

– Tenha coragem, mãe! Vamos, esta não é mais a nossa casa.

O conde ficou ouvindo os passos dos dois se afastar, e um soluço terrível lhe escapou do peito diante da dor de ser abandonado, ao mesmo tempo, pela mulher e pelo filho. Correu para a janela para ver, pela última vez, tudo o que ele havia amado no mundo. O táxi passou, e nem a cabeça de Mercedes nem a de Albert apareceram na janela da carruagem para dar um último adeus ao pai e marido abandonado.

No mesmo instante em que as rodas do táxi passaram por baixo do portão em arco, ouviu-se um estampido, e uma fumaça escura saiu pelo vidro da janela do quarto, que fora quebrada pela força da explosão.

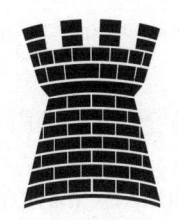

Capítulo 17

Ao se separar de Monte Cristo, depois do duelo que não aconteceu, Morrel caminhou lentamente até a casa dos Villefort. Noirtier e Valentine lhe tinham permitido duas visitas por semana, e ele pretendia aproveitar aquela hospitalidade.

Valentine estava à sua espera, morta de ansiedade, pois tinha ouvido falar do que acontecera na Ópera. A moça levou Maximilian aos aposentos do avô e lhe perguntou avidamente sobre os detalhes. Os olhos de Valentine brilharam de felicidade ao tomar conhecimento do final feliz.

– Agora vamos falar dos nossos próprios assuntos – disse Valentine, fazendo um sinal para que Morrel se sentasse ao lado do avô. Ela se acomodou sobre uma grande almofada aos pés do velho. – Sabe que vovô deseja sair desta casa? Sabe o motivo que ele alegou?

Noirtier olhou para a neta com a intenção de pedir que ela ficasse em silêncio, mas Valentine só tinha olhos e sorrisos para Morrel, e o desejo do avô lhe passou despercebido.

– Seja qual for o motivo alegado pelo senhor Noirtier, tenho certeza de que é um bom motivo! – exclamou Maximilian.

– Ele diz que o ar da rua desta casa não me faz bem!

– Ele pode ter razão! – exclamou Morrel. – Você não está com aparência muito saudável nos últimos quinze dias.

– Talvez não, mas meu avô se tornou o meu médico e, como ele sabe tudo, tenho confiança de que em breve estarei curada.

– Então você realmente está doente, Valentine? – perguntou Morrel, com ansiedade.

– Não doente de verdade; só sinto uma pequena indisposição, nada além disso.

Nem uma palavra de Valentine escapava à atenção de Noirtier.

– Que tratamento você está recebendo para essa estranha doença?

– Toda manhã eu tomo uma colher do remédio do meu avô. Na verdade, comecei com uma colher, mas agora já estou tomando quatro. Vovô diz que é uma panaceia.

Valentine sorriu, mas o seu sorriso era triste. Maximilian olhou para ela em silêncio, com a expressão de amor nos olhos. Ela era muito bonita, mas a palidez tinha se acentuado, os olhos tinham um brilho mais intenso que o normal, e as mãos, que antes tinham a brancura da madrepérola, haviam ficado amareladas, como cera velha.

– Mas esse remédio não foi preparado especialmente para o senhor Noirtier? – perguntou Morrel.

– É verdade, e ele é muito amargo – respondeu Valentine. – Tudo o que eu bebo depois parece ter o mesmo sabor.

Noirtier olhou para a neta interrogativamente.

– É isso mesmo, vovô. Agora há pouco eu tomei um pouco de água com açúcar, e estava tão amarga que eu deixei a metade.

Noirtier sinalizou que desejava dizer alguma coisa. Valentine foi pegar o dicionário, debaixo do olhar preocupado do avô.

– Nossa, estou tendo vertigens de novo! – disse a moça, rindo.

Morrel, que estava mais preocupado com a expressão dos olhos de Noirtier do que com a indisposição de Valentine, correu para o lado dela.

– Não se alarme – disse ela, sorrindo. – Já passou.

Em seguida, percebendo que o avô queria falar com Maximilian a sós, acrescentou:

– Lembrei-me agora de uma coisa que preciso fazer lá em baixo, mas volto logo. Fique com vovô, Max, que eu não vou demorar.

Valentine saiu correndo, mas se sentiu mal e caiu na escada. Ao ouvir o barulho, Morrel abriu a porta e encontrou a amada esticada no chão. Ele a tomou nos braços e a carregou de volta à sala de Noirtier, onde a pôs em uma poltrona. Valentine abriu os olhos e olhou ao redor. Viu um grande terror espelhado nos olhos do avô e, tentando sorrir, disse:

– Não se alarme, vovô. Não é nada. Eu apenas senti uma vertigem. Sabe, Maximilian, tenho uma novidade para lhe contar. Eugénie Danglars vai se casar dentro de uma semana, e daqui a três dias a mãe dela vai dar uma festa e...

A moça interrompeu o que estava dizendo, e uma expressão de dor tomou conta do seu rosto. Ela caiu para trás na poltrona e ficou imóvel.

O grito de terror que estava preso na garganta de Noirtier se manifestava nos olhos do ancião. Morrel puxou a campainha para chamar ajuda; a criada que estava no quarto de Valentine e o novo valete do velho, que tomara o lugar de Barrois, entraram correndo no quarto.

Valentine estava tão fria, pálida e imóvel que o temor que tomava conta daquela casa maldita os fez sair correndo, pedindo ajuda aos gritos. Ouviu-se então a voz de Villefort:

– O que está acontecendo?

Morrel olhou para Noirtier, que lhe indicou o quarto onde ele já se havia refugiado em uma ocasião. Correu para lá justamente quando Villefort entrava na sala do pai. Ao ver Valentine, o procurador do rei correu e a pegou nos braços, dando ordens para que alguém fosse chamar o médico. Em seguida, pôs Valentine de volta na poltrona, decidindo ir ele mesmo atrás de d'Avrigny.

Sem poder revelar a sua presença, Morrel saiu pela outra porta, com o coração apertado. Aqueles eram os mesmos sintomas, ainda que menos agudos, que precederam a morte da senhora Saint-Méran e de Barrois, pensou. Foi então que se lembrou das palavras de Monte Cristo: "Se precisar de alguma coisa, me procure. Eu posso fazer muita coisa", e saiu correndo pela rua.

Enquanto isso, Villefort chegara à casa do médico em um cabriolé de aluguel. Quando o criado abriu a porta, sem dizer uma palavra, ele entrou e correu escada acima em direção ao consultório de d'Avrigny. Ao vê-lo entrar naquele estado de agitação, o médico perguntou:

– Mais alguém ficou doente na sua casa?

– Sim, doutor – disse o procurador do rei, desesperado. – Há uma maldição na minha casa!

– Quem está morrendo agora? – perguntou o médico, com uma expressão de "eu bem que o avisei" no rosto. – Qual é a nova vítima que vai nos acusar de fraqueza diante de Deus?

– Valentine! – disse Villefort, soluçando.

– A sua filha! – exclamou o médico, surpreso.

– O senhor estava errado – disse Villefort.

– Vamos depressa. Mas, toda vez que o senhor me chamou, já era tarde demais. Vamos tentar salvar a vítima.

O cabriolé que havia trazido Villefort levou os dois de volta.

Enquanto isso, Morrel batia à porta de Monte Cristo.

– O que aconteceu? – perguntou o conde ao ver o jovem, que duas horas antes estivera todo sorridente e agora voltava naquele estado de inquietação.

– Preciso de sua ajuda. Ou, pelo menos, pensei que o senhor possa me ajudar em uma situação impossível.

– Conte-me o que está acontecendo.

– Não sei se posso revelar esse segredo, conde – disse o jovem, com hesitação.

– Acredita no meu afeto por você? – perguntou Monte Cristo, tomando as mãos do jovem.

– Algo no meu coração me diz que não devo guardar segredos do senhor – disse Morrel, decidindo-se.

O jovem falou a Monte Cristo de suas suspeitas sobre a morte de Barrois, depois a morte do marquês e da marquesa Saint-Méran. Acrescentou que acreditava que logo haveria uma quarta vítima.

– Meu amigo – disse Monte Cristo –, sei tanto quanto você que houve vários crimes. Mas eu não tenho nenhum escrúpulo. Se a justiça divina caiu sobre aquela casa, olhe para o outro lado, Maximilian, e deixe as coisas seguir o seu curso. Deus os condenou, e eles têm que se submeter à sentença a que foram condenados.

– Então o senhor sabia de tudo? – gritou Morrel, aterrorizado. – Sabia de tudo e não disse nada?

– O que isso me importa? – respondeu Monte Cristo, dando de ombros.

– Mas eu amo Valentine! – gritou Maximilian. – Eu a amo muito, loucamente. Daria a minha própria vida para lhe poupar uma lágrima! Amo Valentine Villefort, a quem alguém está matando, o senhor entende? Imploro-lhe que me diga como eu posso salvá-la.

Monte Cristo soltou um grito apenas comparável ao rugido de um leão ferido. Nem mesmo no campo de batalha, na Argélia, Morrel tinha visto uma expressão como aquela e, para não exibir a sua dor, o conde baixou a cabeça. Depois de alguns segundos, e já com a fisionomia recomposta, Monte Cristo disse:

– Veja, meu caro amigo, como Deus pune os mais orgulhosos e insensíveis pela sua indiferença diante de desastres terríveis. Eu acompanhei, com indiferença e curiosidade, o desenrolar dessa tragédia e, como um anjo decaído, ri do mal cometido, em segredo, pelos seres humanos.

Diante da angústia do jovem, porém, Monte Cristo acrescentou:

– Mas vamos deixar de nos lamentar, o que de nada adianta. Tenhamos esperança. Eu vou cuidar de você e lhe ordeno que tenha esperança. Saiba que eu nunca minto e nunca cometo um erro. Se você tivesse recorrido a mim hoje à noite ou amanhã cedo, talvez fosse tarde demais. É meio-dia, e, se Valentine não estiver morta agora, ela não morrerá!

Monte Cristo ficou quieto, com a mão na testa. O que passava por aquela mente implacável apenas Deus sabe.

– Maximilian – disse ele, um pouco depois, já com a expressão de calma no rosto –, volte para a sua casa e não faça nada. Isso é uma ordem! Eu lhe mando notícias depois. Vá!

– Conde, a sua calma me assusta! O senhor tem algum poder sobre a morte? É um anjo?

Monte Cristo limitou-se a olhar com um sorriso triste para aquele jovem, tão valente no campo de batalha, mas que estava tão horrorizado diante da possibilidade de perder Valentine e diante dos poderes aparentemente sobrenaturais do conde.

– Eu posso fazer muita coisa, meu amigo – acrescentou. – Agora vá, preciso ficar a sós.

Dominado pela prodigiosa ascendência que Monte Cristo exercia sobre todos os que o cercavam, Morrel nem tentou resistir. Apertou a mão do conde e saiu.

Enquanto isso, Villefort e d'Avrigny chegaram à casa do magistrado. Valentine ainda estava inconsciente. O médico a examinou, sob o olhar atento do procurador do rei. Noirtier também esperava, ansioso, um veredito.

– Ela ainda está viva! – disse d'Avrigny, depois de algum tempo.

– Ainda! – exclamou Villefort – Doutor, que palavra terrível!

– É verdade, mas eu repito: ainda está viva. E eu estou surpreso com isso.

Nesse momento, os olhos de d'Avrigny se encontraram com os de Noirtier, que brilhavam com uma alegria imensa.

– Chame a criada da menina – disse o médico a Villefort.

Foi só ele sair da sala e a porta se fechar, e d'Avrigny se aproximou de Noirtier.

– O senhor tem algo a me dizer? – perguntou.

O velho sinalizou que sim.

– Sozinho?

– Sim.

– Pode deixar.

Villefort voltou, seguido de uma criada e, pouco depois, da senhora Villefort.

– O que aflige a pobre criança? – perguntou ela, com lágrimas nos olhos e fingindo um amor maternal.

D'Avrigny observava Noirtier e percebeu que os olhos do velho se dilatavam e que a testa dele se cobriu de suor. Seguiu a direção do olhar de Noirtier, que pousava insistentemente na dona da casa.

– Ah! – exclamou o médico, involuntariamente.

– É melhor levá-la para a cama dela – disse a senhora Villefort.

D'Avrigny viu ali a oportunidade de ficar sozinho com Noirtier e concordou que levassem Valentine para o quarto dela. Mas proibiu a família de lhe dar qualquer coisa para beber ou comer, a não ser o que ele prescrevesse. Valentine, muito pálida, tinha recuperado a consciência, mas estava tão fraca que nem conseguia falar. Antes de ser levada embora, porém, ela lançou um olhar para o avô. D'Avrigny seguiu a inválida, fez suas prescrições e disse a Villefort que fosse ele mesmo até a farmácia, para aviar a receita. Recomendou-lhe que acompanhasse a preparação do medicamento e o esperasse no quarto de Valentine. Em seguida, voltou aos aposentos de Noirtier e fechou a porta com cuidado.

– O senhor sabe alguma coisa sobre a doença da sua neta? – perguntou ele.
– Sim – sinalizou o velho com os olhos.
– O senhor já esperava esse acidente que ocorreu hoje com Valentine?
– Sim.
– O senhor sabe do que Barrois morreu? – prosseguiu o médico, depois de pensar um pouco.
– Sim.
– O senhor acredita que a morte dele foi natural?
– Não.
– Já lhe ocorreu a ideia de que Barrois tenha sido envenenado?
– Sim.
– O senhor acredita que o veneno era para ele?
– Não.
– O senhor acredita que a mesma mão que golpeou Barrois, por engano, golpeou Valentine hoje?
– Sim.
– Então ela também vai sucumbir ao veneno? – perguntou o médico, olhando com atenção para Noirtier, para ver o efeito que aquelas palavras teriam nele.
– Não – respondeu o velho, com uma expressão de triunfo nos olhos.
– Essa, então, é a sua esperança? O senhor espera que o assassino desista de suas tentativas?
– Não.
– Então o senhor tem esperança de que o veneno não mate Valentine?
– Sim.
– Como o senhor acha que ela vai escapar?
Noirtier fixou o olhar no frasco que continha o seu remédio.
– Ah! – exclamou d'Avrigny. – Então o senhor concebeu a ideia de preparar o organismo dela contra o veneno?

– Sim.

– Desenvolvendo tolerância a ele aos poucos?

– Sim – respondeu Noirtier, encantado por ser compreendido. – Sim, sim.

– O senhor me ouviu dizer que havia brucina no seu remédio e quis neutralizar os efeitos do veneno fazendo com que o organismo de Valentine se acostumasse a ele?

– Sim – confirmou o velho, com a mesma alegria triunfante.

– E o senhor conseguiu! – exclamou o médico. – Sem essas precauções, Valentine teria morrido hoje, e seria impossível fazer algo por ela.

Nesse momento Villefort voltou.

– Aqui está o remédio que o senhor pediu, doutor – disse ele. – Foi preparado diante dos meus olhos, e ninguém mais encostou nele, a não ser eu.

– Então vamos ver Valentine – disse o médico, depois de ter provado e aprovado o medicamento. – Vou deixar minhas instruções, e o senhor deve tomar as providências de forma a garantir que ninguém as desrespeite – acrescentou, dirigindo-se a Villefort.

Enquanto isso, um padre italiano alugou uma casa ao lado da de Villefort. Não se sabe o que convenceu os moradores anteriores a desocuparem a casa, mas o fato é que, por volta das cinco horas daquela mesma tarde, o novo inquilino, *signor* Giacomo Busoni, mudou-se para lá com seus móveis humildes. E, pouco depois, quem passava na rua estranhava que havia operários trabalhando na casa durante a noite.

Valentine foi confinada à sua cama, muito fraca e completamente exausta. Durante a noite, o seu cérebro doente vagueava por ideias e imagens estranhas. Durante o dia, porém, a presença do avô a levava de volta à realidade. Ele fazia com que o levassem ao quarto da neta todas as manhãs e a vigiava durante todo o dia com cuidados paternais. Villefort passava uma ou duas horas com seu pai e sua filha, ao voltar do tribunal. Às seis, ele se recolhia ao seu gabinete, e às oito da noite d'Avrigny chegava, trazendo com ele a bebida preparada para a doente. Então Noirtier era levado de volta para os seus aposentos, e uma enfermeira, escolhida pelo médico, substituía-os ao lado da doente, até as dez ou onze horas da noite. Quando Valentine já dormia profundamente, a enfermeira trancava o quarto, entregava as chaves a

Villefort e se recolhia. Assim, ninguém tinha acesso ao quarto de Valentine, a não ser pela alcova de Édouard.

Morrel visitava Noirtier todas as manhãs, em busca de notícias de Valentine, e a cada dia que passava o encontrava menos ansioso. Quatro dias tinham se passado desde o ataque e, lembrando-se de que Monte Cristo lhe dissera que ela viveria, se sobrevivesse às duas primeiras horas, Maximilian procurava se animar.

Valentine passava os dias em um estado de sonolência. À noite, quando apenas uma lâmpada que queimava em um receptáculo de alabastro afastava a escuridão, ela via sombras passar de um lado para outro. Em geral, esses delírios duravam até as duas ou três da madrugada, e então ela caía em um sono profundo, do qual só acordava pela manhã.

Uma noite, depois que todos tinham saído do quarto, aconteceu um incidente inesperado. Dez minutos depois de a enfermeira tê-la deixado sozinha, no quarto trancado a chave, Valentine viu a porta da biblioteca, que ficava atrás da lareira, em um nicho da parede, abrir-se lentamente, sem fazer o menor ruído. Em outras circunstâncias, ela teria puxado o cordão da sineta para pedir ajuda, mas a jovem estava febril, como acontecia quase todas as noites, e imaginava que todas aquelas visões que a cercavam eram resultado do seu delírio e que, pela manhã, todos os fantasmas da noite desapareceriam sem deixar vestígio.

Uma figura humana surgiu pela porta e se aproximou da cama. Ela sentiu a pulsação se acelerar e se lembrou de que a melhor maneira de se livrar daqueles importunos visitantes noturnos era tomar a bebida preparada pelo médico para acalmar as agitações. Era muito refrescante e, além de baixar a febre, também reduzia o seu sofrimento, ainda que por pouco tempo. Estendeu a mão para pegar o frasco, mas a aparição deu dois grandes passos, pegou o copo e levou-o até a lâmpada, como se estivesse verificando a transparência e pureza do seu conteúdo. Valentine não tirava os olhos do homem, ou fantasma, que parecia querer protegê-la, e não a ameaçar. O teste aparentemente não o deixou satisfeito, e ele pegou uma colher da bebida e a engoliu. Em seguida, em vez de desaparecer, como ela esperava, o homem disse:

– Pode beber!

Valentine levou um susto. Era a primeira vez que uma das suas visões noturnas falara com ela.

– O conde de Monte Cristo! – murmurou ela.

– Não tenha medo – disse ele, pondo o dedo sobre os lábios e pedindo-lhe silêncio – e não chame ninguém. Você vê diante de si, Valentine, um homem de verdade, e não uma ilusão, e esse homem tem tanta ternura como um pai e tanto respeito como um amigo. Olhe para mim e veja como os meus olhos estão vermelhos, e a minha face, pálida. Isso é porque eu não fechei os olhos nem um instante nas últimas quatro noites, que passei protegendo-a a pedido de Maximilian.

– Maximilian! Então ele lhe contou!

– Contou tudo. Disse-me que você pertence a ele, e eu lhe prometi que você não vai morrer.

– O senhor diz que esteve me protegendo, mas eu não o vi.

– Estava atrás daquela porta, que leva até uma casa ao lado, que eu aluguei.

– O senhor é culpado de uma grande indiscrição, e o que chama de proteção eu considero um insulto.

– Valentine, durante as longas vigílias, vi pessoas que a visitavam e lhe traziam alimentos e bebidas. Quando eu julguei haver perigo, como fiz agora há pouco em relação à sua bebida, substituí o veneno por uma poção para lhe restaurar a saúde. Em vez de causar a morte, a bebida fez o sangue circular nas suas veias.

– Veneno! Morte! Do que o senhor está falando!

– Silêncio, minha criança – disse Monte Cristo, colocando mais uma vez o indicador sobre os lábios. – Falei em veneno e em morte, mas pode beber isto.

O conde tirou do bolso um frasco com um líquido vermelho do qual pingou algumas gotas no copo de Valentine.

A jovem estendeu a mão, mas imediatamente depois a recolheu, tomada pelo medo. Monte Cristo pegou o copo, bebeu metade do seu conteúdo e o entregou de volta a Valentine, que sorriu e então bebeu tudo.

– Reconheço o gosto desta bebida, que venho tomando à noite. Obrigada.

– Esse líquido salvou a sua vida nas últimas quatro noites, Valentine – disse o conde. – Mas eu passei por uma verdadeira tortura quando via o veneno ser colocado no seu copo e fui assaltado por temores de que você o bebesse antes de eu poder substituí-lo.

– Então o senhor deve ter visto quem pôs o veneno no meu copo.
– Vi, sim.
– O senhor está tentando me fazer acreditar que algo diabólico está acontecendo – disse a moça, sentando-se na cama. – Que estão tentando me envenenar na casa do meu pai. Isto é impossível!
– Você não é a primeira pessoa sobre quem essa mão pesou, Valentine. Não viu o senhor Saint-Méran, a senhora Saint-Méran e Barrois cair sob o golpe dessa mão? O senhor Noirtier também teria sido vitimado se não fosse pelo tratamento que o médico lhe prescreve há quase três anos e que fez o organismo dele desenvolver tolerância a esse veneno.
– Então é por isso que o meu avô me tem feito tomar uma parte das bebidas dele no último mês?
– Ela tinha um sabor amargo?
– Tinha, sim.
– Então isso explica tudo – disse Monte Cristo. – Ele também sabe que alguém está administrando veneno nesta casa. Talvez saiba quem é essa pessoa. Seu avô a vem protegendo contra esse mal. É por isso que você continua viva, depois de ter tomado esse veneno, que, em geral, é inclemente.
– Mas quem é essa pessoa assassina?
– Você nunca viu ninguém entrar no seu quarto à noite?
– Vi, mas sempre pensei que estivesse delirando ou sonhando. Não sei quem está atentando contra a minha vida. Por que alguém desejaria a minha morte?
– Daqui a pouco você vai ver essa pessoa – disse Monte Cristo. – Já é quase meia-noite, e esta é a hora em que ela ataca. Você não está delirando nem febril. Junte toda a sua coragem e finja estar dormindo, e você a verá.
– Estou ouvindo um barulho – disse Valentine, pegando a mão do conde.
– Saia rápido.
– Até logo.

Valentine estava sozinha e aguardava no silêncio da noite. Estava atenta, mas foi assaltada por dúvidas. Por que alguém quereria matá-la? Ela nunca tinha feito mal a ninguém e não tinha inimigos. Mas um pensamento horrível não saía da sua cabeça e a mantinha alerta: existia uma pessoa no mundo que tentara assassiná-la e que faria mais uma tentativa. E se o conde não tivesse tempo de vir em seu socorro? E se o fim da sua vida estivesse se aproximando, e ela nunca mais visse Morrel?

Trinta minutos se arrastaram, parecendo uma eternidade. Quando o relógio bateu meia-noite e meia, Valentine ouviu, primeiro, um arranhar de unhas na porta da biblioteca, mostrando-lhe que o conde continuava de guarda, e, em seguida, um barulho do outro lado do quarto. Tremendo de terror, ela aguardou em silêncio, cobrindo o rosto com o braço. Alguém se aproximou da cama, e a jovem juntou toda a sua força para manter a respiração regular, como que em um sono tranquilo.

– Valentine! – disse uma voz, baixinho. – Valentine!

E então, no meio do silêncio, a moça ouviu o som quase inaudível de um líquido ser despejado no copo que ela esvaziara pouco antes. Valentine, então, arriscou-se a abrir os olhos e viu, por cima do braço, uma mulher. Talvez a jovem tenha tremido ou a sua respiração se alterara, pois a mulher se debruçou sobre a cama para verificar se ela realmente dormia. Era a senhora Villefort!

Ao reconhecer a sua madrasta, Valentine tremeu com tanta violência que toda a cama se agitou. A senhora Villefort imediatamente se afastou em direção à parede e ali ficou, observando. Ao ouvir a respiração de Valentine se regularizar e acreditando que ela dormia, a madrasta estendeu o braço mais uma vez e esvaziou o conteúdo de um frasco no copo da doente. Em seguida, retirou-se sem fazer barulho algum.

– E então? Você ainda tem dúvidas? – perguntou-lhe, depois de alguns minutos, o conde de Monte Cristo, que entrara mais uma vez no quarto sem fazer barulho. – Você a reconheceu?

– Reconheci, mas não consigo acreditar! O que devo fazer? Não posso sair desta casa? Será que não tenho escapatória?

– Valentine, a mão que a persegue a seguirá por toda parte. Os seus criados serão seduzidos com ouro, e a morte virá camuflada de todas as formas: no copo de água que você bebe de um poço, na fruta que você apanha de uma árvore.

– Mas as precauções tomadas por meu avô não me tornaram imunes ao envenenamento?

– Apenas de um tipo de veneno, e mesmo assim se a dose não for grande demais. O veneno será mudado, ou a dose, aumentada – respondeu o conde, encostando os lábios no copo. – Na verdade, isso já foi feito. Ela não está mais tentando envenenar você com brucina, mas com um narcótico simples. Reconheço o gosto do álcool em que ele foi dissolvido. Se você tivesse bebido o que a senhora de Villefort acaba de pôr neste copo, estaria perdida.

– Por que ela quer me matar? Eu nunca lhe fiz mal algum!

– Mas você é rica, Valentine. E você impede que o filho dela herde esse dinheiro.

– Édouard? Pobre criança! É por causa dele que todos esses crimes estão sendo cometidos?

– Você finalmente entendeu!

– Deus permita que ele não sofra por isso! Mas por que o meu avô não morreu?

– Porque ela pensou que, se você morrer, o dinheiro naturalmente reverteria para o seu irmão, a não ser que ele fosse deserdado. E, portanto, cometer mais esse crime seria correr um risco inútil. Mas procure se acalmar, Valentine. Você vai viver para ser amada e feliz e para tornar feliz um nobre coração. Para conseguir isso, porém, você deve ter confiança em mim. Tem de aceitar, sem discussão, o que eu lhe der para tomar. E não pode confiar em ninguém, nem mesmo no seu pai.

– Meu pai não tem participação nesse complô tenebroso, tem?

– Não. Mas o seu pai, que está acostumado com crimes e criminosos, deve saber que todas essas pessoas que morreram na casa dele não tiveram morte natural. O seu pai deveria ter protegido você, deveria estar onde eu estou agora; deveria ter esvaziado esse copo e se levantado contra essa assassina.

– Farei todo o possível para viver, pois há duas pessoas no mundo que me amam tanto que a minha morte seria a morte deles: meu avô e Maximilian.

– Vou cuidar deles como estou cuidando de você. Aconteça o que acontecer, Valentine, não entre em pânico. Mesmo que você sofra e fique sem a visão e a audição, não tenha medo. Mesmo que acorde sem saber onde está, não tenha medo. Mesmo que, ao acordar, você estiver dentro de um caixão, lembre-se de que naquele momento um amigo está cuidando de você; um pai que deseja a felicidade: a sua e a de Maximilian.

– E pensar que eu vou ter de passar por tudo isso!
– Valentine, você preferiria denunciar a sua madrasta?
– Prefiro morrer.
– Não, você não vai morrer, mas prometa-me que, aconteça o que acontecer, não vai se queixar nem perder a esperança.
– Vou pensar em Maximilian.
– Você é como uma filha querida para mim, Valentine! Só eu posso salvá-la, e eu a salvarei – disse Monte Cristo, com um sorriso afetuoso.

Valentine respondeu com um sorriso de gratidão.

O conde, então, tirou do colete a pequena caixa feita de esmeralda e, abrindo-a, pôs na mão direita de Valentine uma pílula do tamanho de uma ervilha. Ela olhou para o seu protetor e a engoliu.

– Boa noite, minha filha – disse Monte Cristo. – Agora eu vou dormir um pouco, pois acabo de salvá-la!

Monte Cristo velou por algum tempo aquela criança, que aos poucos caiu em um sono profundo. Em seguida, o conde pegou o copo, que estava três quartos cheio, jogou parte do seu conteúdo na lareira e o colocou de volta na mesa de cabeceira. Assim, pareceria que Valentine havia bebido o que estava no copo. Olhou mais uma vez para a jovem, que dormia como um anjo, e desapareceu pela porta.

Algumas horas mais tarde, a porta do quarto de Édouard voltou a se abrir. A senhora Villefort fora ver os efeitos da sua poção. Ela parou no limiar, atenta a qualquer barulho; depois, aproximou-se lentamente da mesa de cabeceira e viu que o copo de Valentine ainda tinha um quarto do seu conteúdo original. A visitante noturna esvaziou o copo na lareira, lavou-o com cuidado, enxugou-o com o seu lenço e o recolocou sobre a mesa. Com a consciência pesada, ela relutava em olhar para Valentine. A envenenadora estava aterrorizada com a sua própria obra!

Depois de algum tempo, juntando coragem, ela se inclinou e olhou para Valentine. A moça já não respirava; os seus lábios brancos tinham cessado de tremer; o rosto estava branco como cera, e as unhas começavam a ficar azuladas. Depois de contemplar aquele rosto por algum tempo, a senhora Villefort puxou a coberta e pôs a sua mão sobre o coração da moça. Estava imóvel e frio. A única pulsação que sentiu era a da sua própria mão, que retirou com um estremecimento. Tudo estava acabado, disso não havia dúvida. Não tinha mais nada a fazer naquele quarto. Com grande cuidado, ela se retirou.

Depois do amanhecer, a enfermeira entrou no quarto com uma xícara na mão. Vendo Valentine imóvel na cama, concluiu que a moça dormia, foi até a lareira e reavivou o fogo. Acomodou-se, então, em uma poltrona. Quando o relógio bateu oito horas, assustou-se ao ver que Valentine ainda dormia e que não tinha se mexido. Aproximou-se e tocou o braço da paciente, que estava rígido. Correu para a porta aos gritos:

– Socorro! Socorro!

– Quem está pedindo socorro? – perguntou o médico, que chegava para a sua visita.

– O que aconteceu? – gritou Villefort, saindo às pressas do seu quarto.

Os dois correram para o quarto de Valentine, onde já se encontravam todos os criados que estavam naquele andar, quando a enfermeira começou a gritar.

– Esta também! – lamentou d'Avrigny, depois de examinar Valentine. – Meu Deus! Quando isso vai ter fim?

– Doutor... – gaguejou Villefort. – O que o senhor está dizendo? Ai...

– Estou dizendo que Valentine morreu – respondeu o médico.

Villefort cambaleou e caiu com a cabeça na cama da filha.

Ao ouvirem as palavras do médico e o choro do pai, os criados fugiram, aterrorizados. O silêncio da casa destacava o som da correria deles pelas escadas e passagens e da agitação no pátio. Depois, fez-se novamente silêncio. Todos os criados haviam deixado aquela casa amaldiçoada.

Nesse momento, a senhora Villefort surgiu, em um penhoar. Por um momento, ficou parada à porta, com uma expressão de interrogação no rosto e, ao mesmo tempo, esforçando-se para conseguir verter algumas lágrimas. De repente ela se precipitou na direção da mesa de cabeceira, com as mãos estendidas. Tinha visto d'Avrigny pegar o copo de Valentine, o mesmo que tinha certeza de ter esvaziado durante a noite. Um quarto do copo estava cheio, da mesma forma como estivera quando ela o esvaziara na lareira.

Se tivesse se deparado com o fantasma da enteada, a senhora Villefort não teria ficado mais aterrorizada. O líquido dentro do copo tinha a mesma cor e aparência da mistura que Valentine havia bebido. Era, sem dúvida, o veneno! D'Avrigny examinava o copo com atenção. Só poderia ser uma intervenção divina o fato de que, apesar de todas as suas precauções, houvesse vestígios e uma prova do crime.

A senhora Villefort ficou paralisada, como uma estátua de terror, enquanto Villefort continuava com a cabeça mergulhada nas roupas de cama da filha, sem tomar conhecimento do que se passava ao seu redor. D'Avrigny foi até a janela para examinar, na claridade, o conteúdo do copo. Mergulhou o dedo ali, experimentou e disse:

– Já não é mais brucina. Vejamos o que é agora!

O médico foi até um pequeno armário onde se guardavam remédios, pegou um pouco de ácido nítrico e o jogou no líquido. O conteúdo do copo instantaneamente ficou vermelho.

– Ah! – exclamou ele, ao mesmo tempo com o horror de um juiz a quem a verdade acabara de ser revelada e a alegria do estudante que resolvera um problema.

Apavorada, a senhora Villefort se arrastou até a porta e desapareceu. Um instante depois, ouviu-se o som surdo da queda de um corpo. Ninguém, porém, prestou a menor atenção. Mas o médico, que estava de olho nela, notou a sua saída. Ele ergueu a tapeçaria que escondia a porta e, olhando para a alcova de Édouard, percebeu como a dona da casa tinha entrado no quarto durante as noites.

– Vá cuidar da senhora Villefort; ela não está bem – disse d'Avrigny à enfermeira.

– Mas e a senhorita Villefort? – gaguejou a enfermeira.

– A senhorita não tem mais necessidade de ajuda. Ela está morta!

– Morta! – gemeu Villefort.

– Morta! – gritou outra voz, em desespero. – Valentine está morta?

Os dois homens se voltaram e viram Morrel à porta, pálido e abatido.

O jovem havia chegado àquela casa no horário de sempre, para receber notícias de Valentine. Naquela manhã, porém, encontrara a porta lateral aberta e entrara. Esperara um pouco na entrada, chamando algum criado para anunciá-lo. Mas os serviçais tinham todos fugido, e ninguém foi atendê-lo. A confiança que sentia, de que tudo estava bem, deu lugar à dúvida, apesar das promessas de Monte Cristo e das boas notícias que vinha recebendo nos dias anteriores. Tomado pelo medo, subiu a escada e foi até o quarto de Valentine. A porta estava aberta, e ele escutou soluços. Foi então que ouviu a palavra "morta"!

Villefort se levantou, quase com vergonha de ter sido surpreendido em um paroxismo de dor. A profissão que exercera por vinte e cinco anos o deixara de fora do âmbito dos sentimentos humanos.

– Quem é o senhor? – perguntou a Morrel. – O senhor não sabe que não se entra em uma casa onde reina a morte? Vá embora!

Morrel continuou petrificado, sem tirar os olhos da figura pálida deitada sobre a cama.

– Vá embora! – repetiu Villefort.

O jovem olhou, atordoado, para o cadáver, o dono da casa e o médico. Abriu a boca, como que para responder, mas não conseguiu dizer nada. Virou-se e saiu correndo. Cinco minutos depois, ouviu-se o ranger da escada sob um grande peso. Morrel carregava Noirtier, na sua cadeira, com força quase sobre-humana. Ao entrar no quarto e ser levado para perto da cama de Valentine, o rosto de Noirtier tinha uma expressão terrível. Para Villefort, aquele rosto de olhos flamejantes parecia uma terrível aparição. Em toda a sua vida, toda vez que tivera contato com o seu pai, algum desastre havia acontecido.

– Veja o que eles fizeram! – chorou Morrel, apontando para Valentine.
– Veja, meu pai!

Villefort deu um pulo, como se tivesse levado um choque, e olhou assombrado para aquele jovem que ele mal conhecia, mas que chamava Noirtier de "pai".

Os olhos de Noirtier ficaram injetados de sangue; as veias da garganta saltaram, e todo o seu rosto ficou azulado. O silêncio daquele grito que se formava no peito do avô e que não conseguia sair da sua boca era, ao mesmo tempo, terrível e de cortar o coração. D'Avrigny correu em direção ao inválido e o fez inalar um remédio.

– Eles me perguntam quem sou eu, senhor, e que direito eu tenho de estar aqui! – gritou Morrel, tomando a mão inerte nas suas. – O senhor sabe. Conte para eles! Diga-lhes que eu estava noivo dela; que ela era a minha adorada.

A voz de Maximilian foi sufocada por soluços, e ele caiu de joelhos ao lado da cama. A sua dor era tanta que d'Avrigny virou o rosto, para esconder a sua emoção. Villefort, atraído pelo magnetismo que une as pessoas que sentem o mesmo luto, estendeu a mão para o moço, sem pedir mais explicações.

Por algum tempo, ouviram-se apenas o choro de Morrel e a respiração pesada de Noirtier. Villefort, já recomposto, aproximou-se do jovem e disse:

– Eu não sabia que o senhor a amava ou que era seu noivo. Diante da sua dor, que vejo ser sincera, eu o perdoo. Além disso, a minha própria dor é grande demais para que a raiva e a indignação encontrem lugar no meu coração. Despeça-se dela, pois Valentine agora precisa apenas de um padre e do médico.

– O senhor está enganado, senhor – respondeu Morrel, levantando-se. – Pela forma como morreu, creio que ela também precisa de um vingador. Mande buscar o padre, senhor Villefort. Eu a vingarei!

– O que o senhor quer dizer com isto? – perguntou Villefort, com a voz sumindo-lhe na garganta.

– Todos os senhores sabem, tão bem quanto eu, que Valentine foi assassinada!

Villefort inclinou a cabeça, d'Avrigny deu um passo para trás, e Noirtier sinalizou que concordava com as palavras de Maximilian.

– O senhor deveria agir sem misericórdia, senhor procurador do rei! – continuou Morrel. – É seu dever encontrar o assassino.

– O senhor está enganado – respondeu Villefort.

– Eu me junto ao senhor Morrel e também exijo justiça – interveio d'Avrigny. – Meu sangue ferve ao pensar que a minha indiferença e covardia encorajaram o assassino.

Enquanto o médico falava, Maximilian percebeu que os olhos do senhor Noirtier brilhavam com uma luz quase sobrenatural.

– Um momento! – disse Morrel. – O senhor Noirtier deseja falar.

Voltando-se para o velho, o jovem acrescentou:

– O senhor sabe quem é o assassino?

– Sim – sinalizou o avô de Valentine.

– E o senhor nos ajudará a encontrá-lo?

O velho olhou fixamente para a porta.

– O senhor quer que eu saia deste quarto? – perguntou Morrel, com espanto e tristeza.

– Sim.

– Tenha piedade!

Os olhos de Noirtier se mantiveram implacavelmente fixos na porta.

– Posso, pelo menos, voltar depois?

– Sim.

– É para eu sair sozinho?

– Não.

– Quem sai comigo? O médico?

– Sim.

– Mas o senhor Villefort compreende o senhor?

– Sim.

– Não se preocupe – disse Villefort, muito satisfeito porque aquela conversa com seu pai seria particular. – Compreendo muito bem o que o meu pai quer dizer.

D'Avrigny pegou o jovem pelo braço e o levou para a sala ao lado. Depois de cerca de um quarto de hora, ouviram-se passos vacilantes. Villefort apareceu à porta, lívido e coberto de suor.

– Venham – chamou-os.

Já dentro do quarto, o dono da casa prosseguiu, falando com a voz abafada pela emoção:

– Senhores, deem-me a sua palavra de honra que este terrível segredo permanecerá enterrado para sempre entre nós.

– Mas o culpado! – exclamou Morrel.

– Não tema, a justiça será feita – disse Villefort. – Meu pai me revelou o nome do culpado. Ele e eu estamos tão ansiosos quanto os senhores para vingar Valentine, mas pedimos que este crime permaneça em segredo. Meu pai faz esse pedido apenas porque sabe que Valentine será vingada de forma terrível. Ele me conhece, e eu lhe dei a minha palavra. Peço apenas três dias. Se, dentro de três dias, a vingança pelo assassinato da minha filha não tiver sido feita de forma terrível...

– Esta promessa será cumprida, senhor Noirtier? – perguntou Morrel.

– Sim – sinalizou o ancião, com uma expressão de alegria sinistra nos olhos.

– Então jurem! – bradou Villefort. – Jurem que pouparão a honra da minha casa e deixarão a mim a vingança pela minha filha!

– Sim – disse d'Avrigny, com voz fraca.

Morrel, porém, foi até a cama, deu um beijo na boca de Valentine e fugiu do quarto com um grande gemido de desespero.

Como Villefort já não tinha criados, ele e d'Avrigny tomaram as providências pessoalmente. O médico perguntou qual padre o pai de Valentine queria que ele chamasse.

– Qualquer um.

– Ao lado da sua casa vive um padre italiano – respondeu o médico. – Posso chamá-lo.

– Sim, por favor.

– O senhor quer falar com ele?

– Só quero ficar sozinho. Por favor, peça-lhe desculpas por mim. Sendo padre, ele entenderá a minha dor.

D'Avrigny foi buscar o padre e o levou para o quarto onde estava o cadáver. Logo que ficou sozinho, o abade passou a tranca na porta pela qual o médico havia saído e também na que levava ao quarto de Édouard. O abade Busoni velou o corpo até o amanhecer, quando voltou para sua casa.

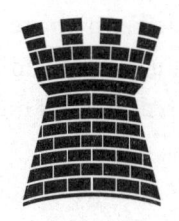

Capítulo 18

A cada dia que passava, a sociedade parisiense era abalada por uma nova tragédia ou escândalo. Além de mais uma morte suspeita na casa do senhor Villefort, da descoberta de que a jovem estava noiva à revelia do pai e da desonra e suicídio do conde de Morcerf, vinha ocorrendo uma série de roubos muito ousados nas residências da nobreza. Não havia pistas sobre os crimes, e o procurador do rei não se encontrava em condições emocionais de se entregar de corpo e alma a essa questão.

O barão Danglars também enfrentava uma tempestade, mas pelo menos ela não era do conhecimento público. E havia uma esperança no horizonte: a perspectiva de casar a filha com um rico nobre italiano seria suficiente para que ele tivesse crédito para especular e recuperar suas perdas recentes. Danglars começava a respirar aliviado quando recebeu a inesperada visita da filha no gabinete.

– Não me diga que você quer comprar um vestido novo para a cerimônia da assinatura do acordo matrimonial! – brincou ele.

– Não, meu pai. Quero ser sincera com o senhor: não quero me casar com Cavalcanti.

– Mas o que está me dizendo? Onde vai encontrar um noivo mais adequado? Lembre-se de que a sua reputação pode ser muito prejudicada se romper dois noivados consecutivos...

– Eu não tenho intenção de me casar.
– O que disse?
Seguiu-se uma conversa difícil entre pai e filha. Diante da irredutibilidade de Eugénie, Danglars acabou lhe revelando que estava em má situação financeira e que precisava do crédito que a notícia do noivado lhe abriria no mercado.
– Ah, então é isso! – exclamou Eugénie, aliviada. – Por que não me disse logo? De quanto tempo o senhor precisa?
Com o pragmatismo que caracterizava aquela família, pai e filha tiveram uma nova conversa, mais franca e objetiva. Logo que o banqueiro levantasse dinheiro para suas especulações, eles encontrariam uma desculpa socialmente aceitável para terminar o noivado. Chegaram a decidir que, se possível, esperariam que Cavalcanti investisse o seu dinheiro na empresa de Danglars antes do rompimento.
Três dias mais tarde, o barão e a baronesa davam uma festa para a assinatura do contrato matrimonial. Todos notaram que o noivo parecia mais ansioso do que a noiva para selar o compromisso. De outro lado, a normalmente seca Eugénie parecia de muito bom humor e trocava olhares e sorrisos com o pai. O notário chegou, e todos se dirigiram para uma sala ao lado, onde o documento seria assinado diante de testemunhas.
Naquele momento, o valete se aproximou de Danglars e lhe disse algo em voz baixa. O banqueiro pediu licença aos presentes e foi para o salão, onde dois guardas o esperavam.
– O que os senhores desejam, cavalheiros? – perguntou, irritado, o dono da casa. – Seja o que for, peço que voltem em uma hora mais conveniente, porque estamos comemorando a assinatura do contrato matrimonial de minha filha.
– Desculpe, senhor – respondeu o mais velho dos policiais. – Recebemos ordens de levar imediatamente ao tribunal de justiça um certo senhor Andrea Cavalcanti. Ele está em sua casa?
– O visconde Andrea Cavalcanti? Deve ser um engano! Do que ele é acusado?
– Não sabemos, barão. Onde se encontra esse cavalheiro?
Nesse momento, todos perceberam a ausência do noivo. Procuraram pela casa e pelo jardim, mas ele havia desaparecido, como que por milagre,

enquanto todos os olhos estavam voltados para os guardas. Os policiais, no entanto, foram até o hotel em que ele se hospedava e prenderam Cavalcanti quando ele se preparava para fugir em sua carruagem.

Na casa de Danglars, a festa se transformou instantaneamente em um cenário estranho, em que todos pareciam paralisados, e reinava um silêncio sepulcral. Eugénie saiu correndo e trancou-se no seu quarto com a amiga e professora de música, Louise d'Amilly, e se recusou a ver qualquer pessoa.

Monte Cristo procurou pela sala. Andrea desaparecera.

Depois que os convidados foram embora, Danglars, aturdido com a reviravolta dos acontecimentos, dirigiu-se à polícia em busca de uma explicação. Lá, foi informado de que um dos participantes dos roubos havia sido preso e afirmado que pertencia a um bando de ladrões chefiado por Cavalcanti. Ele não seria um nobre italiano, mas, sim, um corso forçado, de nome Benedetto, evadido das galés de Toulon, e que era acusado de ter assassinado um tal de Caderousse, seu antigo companheiro de grilhões, quando saía da casa de Monte Cristo. Benedetto se infiltrou na sociedade parisiense com uma recomendação falsa para Monte Cristo. Durante os jantares e bailes para os quais era convidado, ele colhia dados sobre a disposição das casas, sua segurança e seus tesouros.

No dia seguinte, Monte Cristo saiu mais cedo para o enterro de Valentine, para antes fazer uma visita a Danglars. O banqueiro tinha visto, pela janela, a carruagem do conde entrar no pátio e saiu para encontrá-lo, com um sorriso triste, ainda que afável, no rosto.

— E então, conde? — ele cumprimentou o visitante, estendendo-lhe a mão.
— O senhor veio me dar os pêsames? A má sorte sem dúvida me persegue. Começo a me perguntar se eu não desejei azar para aqueles pobres Morcerf. Mas juro que não lhes desejei mal. Morcerf talvez fosse um pouco orgulhoso demais para quem saiu do nada, como eu. Mas todos temos os nossos defeitos.

Danglars prosseguiu:
— O senhor notou que as pessoas da nossa geração, ou melhor, da minha geração, já que o senhor ainda é jovem, as pessoas da minha geração não tiveram sorte neste ano. Olhe para o nosso puritano, o procurador do rei, cuja família está morrendo inteira da forma mais misteriosa, sendo a filha dele

a mais recente vítima. Depois, temos Morcerf, que foi desonrado e morreu pela própria mão. E eu não apenas estou coberto de ridículo devido ao torpe Cavalcanti, mas também perdi minha filha.

– A sua filha?

– Ela fugiu com a mãe e, conhecendo-a como eu a conheço, sei que nunca mais voltará à França. Ela não aguentaria a vergonha com a qual aquele impostor a cobriu. Ah, Cavalcanti desempenhou bem o papel dele! Pensar que recebíamos em casa um assassino, um ladrão e um impostor e que ele quase se tornou o marido da minha filha! A única sorte de tudo isso é que o canalha foi preso antes de o contrato matrimonial ser assinado.

– Mesmo assim, meu caro barão – disse Monte Cristo –, esses problemas familiares, que esmagariam um homem pobre cuja filha fosse a sua única fortuna, são toleráveis para um milionário. Digam os filósofos o que quiserem, um homem prático sempre sabe que, na verdade, o dinheiro compensa muita coisa. Portanto, o senhor, que é o rei das finanças, não demorará a ser consolado.

Danglars olhava para o conde pelo canto dos olhos, sem saber se estava zombando dele ou se realmente falava sério.

– É verdade – respondeu ele. – É fato que, se a riqueza traz consolo, eu devo me sentir consolado, pois sem dúvida sou rico.

– Tão rico, meu caro barão, que a sua riqueza é como as pirâmides do Egito. Se o senhor quisesse demoli-las, não ousaria fazê-lo; e, se ousasse, não conseguiria fazê-lo.

Danglars sorriu com essa brincadeira da parte do conde.

– Isso me lembra – disse Danglars – que, quando o senhor chegou, eu estava emitindo cinco notas promissórias. Já assinei duas delas e, com a sua licença, gostaria de assinar as outras três.

– Com toda certeza, barão.

Por um momento, o silêncio só foi quebrado pelo arranhar da pena sobre o papel.

Danglars deu um sorriso de satisfação consigo mesmo:

– São títulos ao portador do Banco da França. Veja – acrescentou –, pois, se eu sou o rei, o senhor é o imperador das finanças. O senhor já viu muitos pedacinhos de papel como esses, pequenos, mas que valem, cada um, um milhão?

O conde pegou as notas que o banqueiro tão orgulhosamente lhe entregava e leu:

Ao presidente do Banco da França.
Favor pagar à minha ordem, do depósito realizado por mim junto ao seu banco, a soma de um milhão em moeda corrente.
Barão Danglars.

– Uma, duas, três, quatro, cinco! – contou Monte Cristo. – Cinco milhões! Ora, o senhor é um verdadeiro Creso! É maravilhoso, especialmente se, como suponho, a quantia seja paga em dinheiro.

– Será.

– Realmente, é ótimo ter tanto crédito, e isso só pode acontecer na França. Cinco pedaços de papel que valem cinco milhões! Só vendo para crer.

– O senhor tem alguma dúvida?

– Não.

– Mas o senhor disse isso em um tom... Espere, se isso lhe dá prazer, acompanhe o meu funcionário até o banco, e o senhor vai vê-lo sair com as notas do Tesouro nessa quantia.

– Não, de modo algum – disse Monte Cristo, dobrando as cinco notas. – Isso é tão interessante que vou fazer eu mesmo a experiência. O meu crédito com o senhor era da importância de seis milhões. Eu já retirei novecentos mil, de forma que ainda tenho um saldo de cinco milhões e cem mil. Aceitarei os cinco pedaços de papel que tenho nas mãos, confiando na sua assinatura. Eis aqui um recibo de seis milhões, que liquida a nossa conta. Eu o tinha feito antes porque, devo confessar, vou precisar de muito dinheiro hoje.

Monte Cristo pôs as notas no próprio bolso e apresentou o recibo ao banqueiro.

Danglars foi tomado pelo terror.

– O quê? – gaguejou ele. – O senhor tem intenção de levar esse dinheiro, conde? Desculpe, mas é um depósito que eu mantenho para as obras de caridade, e eu prometi pagar esta manhã.

– Este já é outro assunto – disse Monte Cristo. – Eu não me importo particularmente com essas cinco notas. Pague-me, então, de outra forma. Foi apenas para satisfazer a minha curiosidade que eu peguei esses papéis, para poder depois contar a todos que, sem pestanejar e sem pedir nem cinco minutos de prazo, o banco do senhor Danglars havia me pagado cinco milhões em dinheiro. Teria sido tão extraordinário! Aqui estão os seus bônus, porém. Dê-me letras de algum outro tipo.

Ele estendeu os cinco bônus para Danglars, que, lívido até os lábios, estendeu a mão, como a ave de rapina estende a garra, através das barras de sua gaiola, para pegar um pedaço de carne que lhe está sendo tirado. Inesperadamente, porém, mudou de ideia e, com um grande esforço conteve-se. Um sorriso passou rapidamente pelo seu rosto.

– Como o senhor quiser – disse o banqueiro. – O seu recibo é o mesmo que dinheiro.

– Ah, sim. Se o senhor estivesse em Roma, os banqueiros Thomson & French não criariam dificuldade em me pagar, contra o meu recibo, da mesma forma que o senhor mesmo está fazendo. Posso ficar com o dinheiro, então?

– Sim – respondeu Danglars, enxugando a testa.

Monte Cristo pôs novamente as cinco letras no bolso.

– Conto com a sua compreensão: um banqueiro é ligado a formalidades como ninguém, de forma que, ao lhe entregar essas letras, eu senti, por um momento, como se estivesse roubando esse dinheiro dos sanatórios a que ele era destinado. Que bobagem a minha! Foi por isso que relutei em lhe entregar os papéis. Mas ainda lhe devo a soma de mil francos...

– Ora, isso é uma ninharia. A sua comissão deve ser quase isso. Não se preocupe, estamos quites!

– O senhor está falando a sério, conde? – perguntou Danglars.

– Nunca faço brincadeiras com banqueiros.

Monte Cristo se dirigia à porta quando o valete anunciou o senhor Boville, tesoureiro geral de Hospitais e Asilos.

– Parece que eu cheguei bem em tempo para receber as letras assinadas pelo senhor – disse Monte Cristo. – Mais um minuto e haveria um rival no resgate.

O conde de Monte Cristo trocou uma mesura cerimoniosa com Boville, que estava na sala de espera e foi imediatamente levado para o escritório do senhor Danglars. O rosto severo do conde foi iluminado por um sorriso fugaz quando ele viu o portfólio que o tesoureiro geral levava na mão. A carruagem esperava Monte Cristo, e ele se dirigiu diretamente ao banco.

Enquanto isso, Danglars recebeu o tesoureiro com um sorriso forçado.

– Bom dia, meu caro credor – disse o banqueiro. – Digo isso porque tenho a certeza de que estou recebendo a visita do credor, e não do amigo.

– O senhor tem razão, barão. – disse o senhor Boville. – Venho em nome dos hospitais e asilos. Por meu intermédio, as viúvas e órfãos vieram lhe pedir os donativos de cinco milhões!

– E ainda dizem que se deve ter pena dos órfãos! – disse Danglars, tentando ganhar tempo com brincadeiras. – Pobres crianças!

– O senhor recebeu a minha carta ontem?

– Recebi.

– Aqui está o recibo com a minha assinatura.

– Meu caro senhor Boville, se o senhor me permite, as suas viúvas e os seus órfãos terão a bondade de esperar vinte e quatro horas, pois o senhor de Monte Cristo, que acaba de sair daqui... Talvez o senhor o tenha visto...

– Vi. E então?

– Bem, o senhor de Monte Cristo levou os cinco milhões deles.

– Como assim?

– O conde tinha um crédito ilimitado comigo, aberto pela casa bancária Thomson & French, de Roma. Ele veio resgatar cinco milhões imediatamente, e eu lhe entreguei as ordens de pagamento bancárias. O senhor pode entender que, se eu retirar dez milhões da minha conta em um único dia, o presidente do banco vai achar que há algo de estranho. Se os resgates forem feitos em dois dias, porém, isso não acontecerá – acrescentou Danglars com um sorriso.

– O quê? – exclamou o senhor de Boville, incrédulo. – O senhor pagou cinco milhões para o cavalheiro que acaba de sair da sua casa! Cinco milhões!

– É verdade, aqui está o recibo assinado por ele.

O senhor Boville pegou o papel que Danglars lhe entregava e leu:

Recebi do barão Danglars a soma de cinco milhões de francos, que lhe será paga pelo banco Thomson & French, de Roma.

– Então é verdade! – disse. – Ora, esse conde de Monte Cristo deve ser um nababo! Tenho que lhe fazer uma visita e conseguir uma doação da parte dele.
– É só pedir, e o senhor vai receber uma contribuição do conde. Os donativos dele ultrapassam os vinte mil francos por mês.
– Magnífico! Apresentarei a ele o exemplo da senhora de Morcerf e seu filho.
– Que exemplo?
– Eles doaram toda a sua fortuna para as nossas instituições. Disseram que não querem dinheiro obtido por meios desonestos.
– E do que eles vivem?
– A mãe se retirou para o interior, e o filho vai se alistar... Eu registrei ontem o documento da doação.
– Quanto eles possuíam?
– Não muito. Entre doze e treze mil francos. Voltemos a falar dos nossos milhões.
– Como quiser – disse Danglars, com a maior naturalidade que conseguiu simular. – O senhor precisa desse dinheiro com urgência?
– Sim, a nossa contabilidade passará por uma auditoria amanhã.
– Amanhã? Por que o senhor não me contou logo? Até lá há muito tempo. A que horas será a auditoria?
– Às duas da tarde.
– Mande alguém aqui ao meio-dia, então – disse Danglars com um sorriso.
– Virei pessoalmente.
– Melhor ainda, pois isso me dará o prazer de vê-lo novamente.
Os dois homens apertaram-se as mãos. Antes de ir embora, Boville perguntou a Danglars:
– O senhor não vai ao enterro da pobre senhorita Villefort? Quando vinha para cá, cruzei com o cortejo fúnebre e pensei que talvez não encontraria o senhor no seu escritório.

– Não vou – respondeu o banqueiro. Aquele caso Cavalcanti me deixou em uma situação ridícula. Quando se tem um nome tão inatacável como o meu, a situação fica delicada. Vou fugir ao convívio social por algum tempo.

O senhor Boville foi embora, manifestando muita solidariedade para com o banqueiro em aflição. Foi só sair do alcance da voz, porém, que Danglars gritou:

– Tolo! Pode vir ao meio-dia, que eu estarei longe daqui.

O barão, então, passou tranca dupla na porta, esvaziou todas as gavetas onde guardava o dinheiro, juntou cerca de cinquenta mil francos em letras bancárias, queimou vários documentos, colocou outros em lugares óbvios no escritório e, por fim, escreveu uma carta, selou-a e a endereçou à baronesa Danglars.

Pegando um passaporte da gaveta, examinou-o e murmurou:

– Ótimo! Ainda é válido por mais dois meses!

O senhor Boville realmente havia visto o cortejo fúnebre de Valentine, que estava a caminho do cemitério Père-Lachaise. Monte Cristo chegou de carruagem, mas desceu e acompanhou o carro funerário a pé. Seus olhos, porém, procuravam ansiosamente Morrel entre os presentes.

Depois de algum tempo ele viu uma sombra mover-se por entre os arbustos escuros, afastado e sem ser percebido pelas outras pessoas. Era Maximilian, lívido e com as faces encovadas. Ele foi até uma pequena elevação, de onde tinha uma boa vista do túmulo, e ali ficou. A calma e a imobilidade do jovem alarmaram o conde, que procurou ver se havia algum volume sob o casaco do jovem, denunciando a presença de uma arma.

Quando todos tinham ido embora, depois de terminada a cerimônia, Maximilian se aproximou do túmulo de Valentine e passou alguns minutos em oração silenciosa. Em seguida, saiu e foi para a casa da irmã, a pé. Monte Cristo dispensou a sua carruagem e o seguiu.

Cinco minutos depois de Maximilian entrar na casa, a visita do conde foi anunciada. Julie, que estava no jardim, recebeu-o com aquele sorriso radiante que reservava a ele toda vez que o encontrava. Monte Cristo, porém, interrompeu os cumprimentos:

– Desculpe-me, senhora, mas tenho que ver Maximilian com urgência – disse, subindo a escada enquanto falava, sem esperar a autorização da dona da casa.

Tremendo da cabeça aos pés, o conde localizou o quarto de Maximilian e ficou do lado de fora da porta, sem saber o que fazer. Com a sua rapidez habitual ao tomar decisões, porém, Monte Cristo deu uma cotovelada no painel de vidro da porta, estilhaçando-o, enfiou a mão pelo vidro quebrado e entrou no quarto.

Obviamente aborrecido, Morrel se adiantou para receber o conde, mais com a intenção de barrar a sua passagem do que de lhe dar as boas-vindas.

– Desculpe – disse Monte Cristo, esfregando o cotovelo. O assoalho está liso demais, e eu escorreguei, batendo o cotovelo no vidro.

– O senhor se cortou? – perguntou Morrel com frieza.

– Não sei. Mas o que você estava fazendo? Talvez escrevendo uma carta, já que tem os dedos manchados de tinta.

– Sim, estava escrevendo.

– E por que as suas pistolas estão na sua mesa de trabalho?

– Vou viajar.

– Meu amigo, meu querido amigo, você não me engana com a sua aparente calma. Sem dúvida você entende que, se agi da forma como fiz, quebrando o vidro da porta e me intrometendo na privacidade de um amigo, é porque sou movido por uma terrível convicção. Morrel, você tem intenção de acabar com a própria vida!

– De onde o senhor tirou essa ideia, conde?

Agindo rápido e surpreendendo Maximilian, Monte Cristo foi até a mesa e pegou a carta que o jovem tinha começado a escrever. Morrel tentou tomá-la, mas o conde o segurou com firmeza pelo pulso.

– Confesse que tem intenção de se matar, porque estou certo de que isto está escrito aqui.

– Se eu decidi voltar esta pistola contra mim mesmo, quem vai me impedir de fazê-lo? – gritou Morrel, abandonando totalmente a sua calma estudada. – Todas as minhas esperanças foram frustradas, o meu coração está partido, a minha vida não vale nada e só me reserva dor e luto. Seria um alívio morrer.

Se eu continuar vivendo, vou enlouquecer. Quem pode me condenar por querer morrer? O senhor?

– Sim, Morrel – disse Monte Cristo, com uma voz que contrastava de forma estranha com a agitação do jovem. – Eu lhe digo que você está errado.

– Logo quem! O senhor, que me enganou com esperanças absurdas! Que me animou, consolou e tranquilizou com promessas vãs, quando eu poderia ter salvado a vida dela, com alguma ação rápida e drástica, ou pelo menos poderia tê-la visto morrer nos meus braços! O senhor, que fingiu dispor de todos os recursos da ciência, mas que não conseguiu ministrar um antídoto para a moça envenenada! Na verdade, conde, se o senhor não me inspirasse horror, eu teria pena do senhor.

– Morrel!

– Já que o senhor abusou da minha confiança e veio me desafiar no meu próprio quarto, onde eu me fechei como no meu túmulo, então o conde de Monte Cristo, meu falso benfeitor e salvador universal, vai ver o seu amigo morrer...

Com uma risada insana, Maximilian correu na direção das pistolas. Mas o conde pôs as mãos sobre as armas e disse:

– Repito mais uma vez que você não acabará com a sua vida!

– E quem é o senhor para ter autoridade sobre um ser livre e racional?

– Quem sou eu? Sou o único homem que tem direito de lhe dizer que não desejo que o filho do seu pai morra hoje!

– Por que o senhor fala do meu pai? – gaguejou o jovem.

– Porque sou o homem que salvou a vida do seu pai quando ele queria, como você deseja hoje, acabar com ela. Porque sou o homem que enviou a bolsa para a sua irmã e o *Pharaon* para o velho Morrel! Porque eu sou Edmond Dantès!

Com um gemido, o jovem caiu aos pés do conde. Em seguida, levantou-se e correu para chamar Julie e Emmanuel.

A moça se jogou nos braços de Monte Cristo, e Emmanuel o abraçou, ambos cheios de gratidão. Diante de tanto afeto, aquele homem de ferro sentiu um grande aperto na garganta e, inclinando a cabeça, chorou. Por alguns minutos, só se ouviam soluços naquele quarto.

– Por que esperou até hoje para nos contar que o senhor é o nosso benfeitor, conde? – perguntou Emmanuel quando conseguiu controlar a emoção. – Isso foi cruel para conosco, que ansiávamos por lhe mostrar a nossa gratidão e, talvez, também para com o senhor!

– Meu amigo – respondeu Monte Cristo –, a minha intenção era nunca revelar este segredo. Mas fui obrigado a fazê-lo devido a um grande acontecimento que, espero, nunca chegue ao seu conhecimento. Deus é testemunha de que a minha intenção era ir para o túmulo com este segredo no coração. – Em seguida, olhando para Maximilian, que tinha se afastado, acrescentou: – Mantenha vigilância sobre ele.

– Por quê? – perguntou Emmanuel.

– Não posso me explicar, mas fique de olho nele dia e noite.

Emmanuel olhou ao redor da sala e viu as pistolas. Monte Cristo fez sinal de que "sim" com a cabeça. Em seguida, pegando as mãos de Julie e Emmanuel nas suas, pediu:

– Meus bons amigos, peço-lhes que me deixem a sós com Maximilian.

Em seguida, já a sós com o jovem, perguntou:

– Está melhor?

– Pode ficar sossegado que decidi não me matar – respondeu Morrel, que parecia sair de um estupor. – Acho que estou voltando a mim após o choque da sua revelação, pois já recomecei a sofrer pela morte de Valentine. Descobri que tenho um melhor remédio para a minha dor que uma bala ou uma faca: o meu próprio sofrimento vai me matar.

– Ouça, meu amigo: um dia, em um momento de tanto desespero quanto você sente hoje, tomei uma decisão como a sua; um dia, igualmente desesperado, o seu pai também quis se matar. Se alguém tivesse dito ao seu pai naquele momento, ou para mim, que viria o dia em que ele ou eu seríamos felizes, nós não acreditaríamos. Porém quantas vezes o seu pai não abençoou a própria vida ao abraçar você, e quantas vezes eu mesmo...

– Ora, o senhor apenas perdeu a sua liberdade – interrompeu-o Morrel. – Meu pai havia perdido a fortuna, mas eu perdi Valentine!

– Vejo que você, a quem eu amo como a um filho, está sofrendo. Mas lhe ordeno e imploro que você continue a viver, porque chegará o dia em que me agradecerá por ter-lhe salvado a vida!

– Como o senhor pode dizer isso? Acho que o senhor nunca amou; ou, pelo menos, não como eu amei.

– Só lhe digo para ter esperança, Maximilian.

– Meu Deus! O senhor está tentando me persuadir a crer que voltarei a ver Valentine? Não brinque com a minha dor, eu lhe peço.

– Tenha esperança. E, de hoje em diante, você vai viver comigo. Dentro de uma semana iremos embora da França. E eu repito: tenha esperança.

– O senhor está apenas prolongando a minha agonia, conde!

– Cristo disse que a fé remove montanhas, Maximilian. Tenha fé em Deus se não confia em mim como seu amigo. Preste atenção ao que vou lhe dizer agora: de hoje a um mês, eu porei na sua frente duas pistolas carregadas e uma taça com um veneno mais mortal do que aquele que matou Valentine. Hoje é 5 de setembro; faz exatamente dez anos que eu salvei a vida do seu pai quando ele queria se matar.

– O senhor está falando sério? Dentro de um mês o senhor permitirá que eu ponha fim à minha vida e, com ela, à minha dor?

– Certo. Mas, em troca, quero a sua promessa de que esperará até 5 de outubro.

– Prometo!

Monte Cristo abraçou o jovem afetuosamente.

– Então vamos para a minha casa. Você vai ficar nos aposentos de Haydée, que já foi embora. O meu filho substituirá a minha filha.

– Haydée foi embora? Ela o deixou?

– Foi esperar por mim...

O apartamento escolhido por Albert de Morcerf para sua mãe ficava no segundo andar. O primeiro era alugado para um inquilino misterioso. Nem o porteiro tinha visto o rosto do homem.

Dizia-se que era um homem de alta posição, e o seu desejo de esconder a sua verdadeira identidade era respeitado. Todos os dias, fosse inverno ou verão, ele chegava pontualmente às quatro horas da tarde; vinte minutos depois, uma grande carruagem parava à porta do prédio e dela descia uma mulher de roupa escura, sempre coberta por véus. Ela passava pela portaria como uma sombra e subia a escada com um andar tão leve que a escada não rangia. Nunca alguém lhe perguntou aonde ia, e nunca alguém viu o seu rosto. Quando ela chegava ao primeiro andar, a porta se abria e, depois que ela entrava, fechava-se novamente. Os dois saíam da casa da mesma maneira: a mulher saía primeiro e, vinte minutos depois, era a vez do desconhecido.

No dia seguinte ao enterro de Valentine e à visita de Monte Cristo a Danglars, o misterioso inquilino chegou ao apartamento às dez horas da manhã, e não no seu horário habitual. Alguns minutos depois, uma carruagem de aluguel parou em frente à entrada e dela desceu a mulher. A porta do apartamento estava aberta, e, antes de ela se fechar, ouviu-se a voz da mulher:

– Oh, Lucien! Oh, meu querido!

O porteiro ficou, então, sabendo que o nome do inquilino era Lucien. Sendo, porém, um profissional exemplarmente discreto, não comentou isso nem mesmo com sua mulher.

– O que aconteceu, minha cara? – perguntou o inquilino à sua visitante.

– Posso confiar em você?

– Sabe que sim. O que está acontecendo? O bilhete, escrito tão às pressas, que você me mandou nesta manhã me deixou morto de ansiedade.

– O senhor Danglars fugiu ontem à noite!

– Para onde ele foi?

– Não sei.

– Como assim, não sabe? Ele foi embora para sempre?

– Sem dúvida que sim. Ontem à noite o barão foi a cavalo até o portão de Charenton, onde uma carruagem postal o esperava. Ele partiu com o seu valete e disse ao cocheiro que ia para Fontainebleau. E me deixou uma carta. Aqui está: leia-a.

Minha senhora e fidelíssima esposa.

Debray involuntariamente fez uma pausa e olhou para a baronesa, que corou.

– Leia! – disse ela.

Quando a senhora receber esta carta, não mais terá um marido. A senhora o terá perdido, da mesma forma como perdeu a sua filha, ou seja, estarei viajando por uma das trinta ou quarenta estradas que saem da França.

Devo-lhe uma explicação. Uma letra de cinco milhões de francos foi-me apresentada inesperadamente, para resgate, hoje de manhã. Eu paguei. Imediatamente depois, outra letra do mesmo valor me foi apresentada. Adiei o pagamento para amanhã, e estou indo embora para fugir desse amanhã, que seria desagradável demais para suportar. A senhora me entende, não entende, minha preciosa esposa? Tenho certeza de que sim, porque a senhora sabe mais das minhas finanças do que eu mesmo.

Eu a deixo sem dor de consciência, senhora e esposa muito prudente, sabendo que a senhora tem seus amigos e, para completar a sua felicidade, a liberdade que eu me apresso a lhe devolver.

Enquanto eu tinha esperança de que a senhora trabalhava pelo bem da nossa empresa e a fortuna da nossa filha, filosoficamente fechei os olhos a tudo, mas, como a senhora causou a ruína da nossa empresa, não quero servir de alicerce para a fortuna de outra pessoa. A senhora era rica quando eu me casei com a senhora, ainda que pouco respeitada. Desculpe-me falar com tanta franqueza, mas, como esta é, com toda a probabilidade, uma carta que ficará apenas entre nós dois, não vejo por que deva escolher as palavras.

Eu aumentei a nossa fortuna, e ela continuou a crescer por quinze anos, até que desastres inesperados e incompreensíveis me tragaram. Apesar de não ser por minha culpa, sou hoje um homem arruinado. A senhora só pensou em aumentar a sua própria fortuna, e estou convencido de que foi bem-sucedida.

Deixo-a como quando me casei com a senhora: rica, ainda que com pouca honra. Adeus! A partir de hoje eu também vou trabalhar para mim mesmo. Aceite a minha gratidão pelo exemplo que a senhora me deu, e que eu pretendo seguir.

Seu marido muito devotado,
Barão Danglars.

A baronesa observava Debray enquanto ele lia a carta, e viu que, apesar do autocontrole dele, o jovem mudou de cor uma ou duas vezes. Ao terminar a leitura, ele dobrou a carta lentamente e retomou a expressão pensativa.

– E então? – perguntou a senhora Danglars, ansiosa.

– Então o quê, senhora?

– O que você acha desta carta?

– É muito simples, senhora. O senhor Danglars foi embora cheio de suspeitas.

– Sem dúvida. Mas isto é tudo o que você tem a dizer?

– Não entendo o que quer dizer, senhora – respondeu ele friamente.

– Ele foi embora! Nunca vai voltar!

– Não acredito nisso, baronesa.

– Pois eu tenho certeza de que não vai voltar – respondeu a senhora Danglars, acrescentando, em tom suplicante: – Estou livre para sempre.

Debray, porém, nada disse. Depois de algum tempo, a baronesa perguntou:

– O quê? Você não vai dizer nada?

– Só tenho uma coisa a lhe perguntar: o que a senhora pretende fazer?

– Era isto que eu ia perguntar a você. Peço o seu conselho.

– Eu a aconselho a viajar – respondeu friamente o jovem. – Como disse o senhor Danglars, a senhora é rica e livre. É absolutamente necessário que deixe Paris, devido ao escândalo duplo: o do rompimento do noivado da sua filha e o da fuga do seu marido. O mundo deve pensar que a senhora é pobre, pois a opulência da mulher de um banqueiro falido é um pecado imperdoável. A senhora deve permanecer em Paris apenas por uns quinze dias, dizendo a todos que foi abandonada. Conte a suas melhores amigas como tudo aconteceu, e elas logo espalharão as suas "confidências". A senhora, então, pode abrir mão de sua casa, deixando as suas joias para trás e desistindo dos seus bens. Todos a louvarão por seu desprendimento e generosidade. Todos saberão que a senhora foi abandonada pelo seu marido e pensarão que é pobre. Apenas eu saberei da sua posição financeira, e estou pronto a lhe prestar contas, como um parceiro honesto.

Pálida de espanto, a baronesa ouvia, com desespero e terror, aquele discurso feito com tanta indiferença.

– Abandonada! – repetiu ela. – Sim, absolutamente abandonada! O senhor está certo, todos saberão disso.

– Mas a senhora é rica, muito rica – continuou Debray.

O jovem, então, passou a lhe prestar contas sobre as suas transações financeiras conjuntas. Enquanto falava, tirou do bolso letras bancárias, preencheu-as e assinou. A baronesa ficou em silêncio, sem, porém, ouvir uma só palavra. Ela concentrava os seus esforços em dominar as batidas do seu coração e em conter as lágrimas. Tudo o que queria era uma palavra de ternura, mas esperou em vão por isso.

– A sua parte atinge um milhão, trezentos e quarenta mil francos – concluiu Debray, entregando-lhe as notas que assinara. – Isso quer dizer que a senhora tem uma renda muito boa, algo por volta de sessenta mil francos. Isso é muito dinheiro para uma mulher que não pode exibir sinais de riqueza, pelo menos por um ano.

– Muito obrigada – respondeu a baronesa. – O senhor já me ofereceu muito mais do que necessita uma pobre mulher que pretende viver em isolamento por algum tempo.

Debray ficou espantado por um minuto, mas logo se recompôs e fez um gesto de indiferença. Até aquele momento, a senhora Danglars esperava algo mais. Diante da atitude do jovem e, principalmente, do silêncio expressivo que se seguiu ao diálogo, ela levantou a cabeça e foi embora sem se despedir ou olhar para trás.

No exato momento em que a baronesa descia a escada, no apartamento do primeiro andar, pela porta do qual ela passava, Albert dizia a Mercedes:

– Mãe, vamos contar as nossas riquezas! Precisamos fazer os nossos planos.

– A soma é... nada! – ela respondeu com um sorriso triste.

Mãe e filho passavam pela primeira crise da vida pós-riqueza. O arrebatamento de cumprirem o seu dever e abrirem mão de bens materiais se desgastara, e os dois tiveram que descer do seu mundo de sonhos e bravatas para enfrentar a dura realidade.

Mercedes nunca havia ostentado riqueza no vestir, ou de outra forma, e não era apegada ao luxo. Mas gostava de beleza e se sentia oprimida em passar o dia olhando para a feia mobília, o chão sem tapetes, as paredes cobertas apenas por um papel sem graça e de má qualidade. O inverno se aproximava, e ela não podia se dar ao luxo de acender a lareira, por falta de lenha. A bela catalã perdera seu olhar orgulhoso e o sorriso encantador. Ela, porém, tentava sorrir, mas era um sorriso como uma luz sem calor.

Albert também andava inquieto. Não sabia ser pobre. Se decidia sair sem luvas, as suas mãos eram brancas demais; se percorria a cidade a pé, suas botas eram elegantes demais.

Essas duas almas nobres e inteligentes, unidas pelos laços do amor materno e filial, haviam conseguido, porém, entender-se tacitamente.

– Ora, a soma não é zero, é de três mil francos – disse o jovem. – Para nós, isso é uma quantia enorme, e com ela nós vamos garantir um futuro maravilhoso.

– Então nós vamos mesmo aceitar esse dinheiro?

– Pensei que já tivéssemos chegado a um acordo sobre isso – disse Albert com firmeza. – Como a senhora sabe, o dinheiro está em Marselha. Já fiz as contas: duzentos francos nos levarão até aquela cidade.

Diante da surpresa da mãe, o jovem continuou:

– Um lugar na diligência até Chalon vai nos custar trinta e cinco francos. Veja, mãe, que eu a estou tratando como uma rainha! A senhora vai de diligência, e eu, de uma forma mais modesta. Sou jovem, e um homem não precisa de muito conforto. De Chalon a senhora viaja para Lyon; de lá, para Avignon; e, em seguida, para Marselha, de vapor. Isto dá um total de sessenta e quatro francos. Deixei cinquenta francos para despesas eventuais e arredondei o total para cento e vinte. Não sou um filho muito generoso?

– E você?

– Como já disse, vou fazer a viagem de forma mais econômica e reservei oitenta francos para mim.

– Mas de onde sairão esses duzentos francos? E ainda temos que pagar o aluguel deste apartamento!

– Veja, tenho quatrocentos francos! Consegui esse dinheiro vendendo meu relógio e os meus selos. Portanto, estamos ricos! Só devemos trinta e cinco francos do aluguel, e pode deixar que eu pago dos meus oitenta. Além disso, tenho uma surpresa para a senhora.

Albert tirou do bolso uma carteira e, dela, uma letra de mil francos.

– O que é isto? – perguntou Mercedes.

– Mil francos. Não se preocupe, esses mil francos foram ganhos legitimamente. Eu me alistei ontem na Saphis. Achei que, como sou dono do meu próprio corpo, poderia vendê-lo. E me vendi por mais do que eu achava que valia! Consegui dois mil francos.

– Então esses mil francos...

– São a primeira metade. Receberei o resto dentro de seis meses.

– O preço do seu sangue! – murmurou Mercedes, tremendo.

– Sim, se eu for morto, mãe – disse Albert, rindo. – Mas muitos voltaram com vida, como Morrel, a quem a senhora conhece. Pense na alegria de quando eu voltar, com a minha farda bordada!

Mercedes tentou sorrir, mas não conseguiu reprimir um suspiro.

– Não quero que você me deixe só, meu filho.

– Tenho que ir, mãe – disse ele, com calma e firmeza. – Já assinei o contrato, e nós precisamos disso. Não vou morrer se a senhora me prometer que não vai deixar de ter esperança.

– Faça como desejar – respondeu Mercedes.

– A senhora, enfim, compreende que teremos de nos separar. E vamos começar logo. A senhora viaja hoje para Chalon. Eu a encontro em Marselha.

Pouco depois, Albert chamou o proprietário e acertou as contas. Mercedes e o filho já tinham juntado os seus poucos pertences e saíram da casa. Quando desciam a escada, alguém, que estava à frente deles, se voltou ao ouvir o farfalhar da seda da saia dela.

– Debray! – exclamou Albert.

– Morcerf! – respondeu o secretário do ministro.

Em seguida o secretário do ministro subiu os degraus que os separavam, cumprimentou Mercedes com uma mesura e, apertando a mão de Albert, disse:

– Sinto muita solidariedade na desventura que se abateu sobre você. Se eu puder lhe prestar algum serviço, por favor, conte comigo.

Albert agradeceu e declinou a oferta.

Debray corou, lembrando-se do dinheiro que tinha no bolso, e não conseguiu deixar de refletir que alguns minutos antes aquela casa abrigava duas mulheres: uma, justamente desonrada, tinha saído com quase um milhão e meio de francos sob a capa; a outra, que sofria uma desventura imerecida, talvez se considerasse rica com poucos francos, porque tinha o filho. Abalado por esse paralelo, ele gaguejou algumas palavras de cortesia formal e desceu a escada.

Naquela tarde, a senhora de Morcerf beijou o seu filho e entrou na diligência. Um homem assistia à cena, escondido atrás da janela de um banco. Depois que a diligência partiu e Albert foi embora, ele murmurou para si mesmo:

– Como posso restaurar a esses dois inocentes a felicidade que tirei deles? Que Deus me ajude!

Capítulo 19

Desde o dia em que Noirtier conversou com o abade Busoni na câmara de morte de Valentine, o seu desespero deu lugar a uma resignação completa, surpreendendo todos que conheciam a sua afeição pela neta. Não se sabia como, mas o fato era que as palavras do religioso lhe tinham dado coragem.

A casa estava cheia de rostos novos, pois os Villefort haviam contratado dois novos valetes, um para o magistrado, outro para Noirtier, e duas criadas para a dona da casa. O tribunal terminaria o seu recesso no dia seguinte, e o procurador do rei se fechou no seu gabinete, onde procurava afastar a tristeza estudando os seus casos. Depois de horas debruçado sobre os processos, Villefort saiu para caminhar um pouco pelo jardim. Édouard brincava ali. Mas seus olhos foram atraídos para o primeiro andar.

Noirtier, que todos os dias era levado para perto da janela no fim do dia, de forma a aproveitar os últimos raios de sol, fitava firmemente um ponto determinado, com uma forte expressão de ódio. O procurador do rei, que compreendia muito bem o pai, seguiu a direção daquele olhar e viu a quem ele se dirigia: à senhora Villefort, que lia debaixo de um limoeiro. O magistrado empalideceu, pois entendeu imediatamente o que passava pela cabeça do velho.

Como um pássaro atraído pelo magnetismo de uma cobra, Villefort se aproximou da casa; seus movimentos eram seguidos pelo olhar penetrante do pai, que parecia lhe cobrar o cumprimento de uma promessa.

– Pode deixar – murmurou Villefort lá de baixo. – Tenha paciência por um ou dois dias. Eu farei o que disse que faria.

Essas palavras pareceram acalmar Noirtier. O procurador do rei voltou ao seu gabinete, onde trabalhou até as cinco da madrugada. Em seguida, cochilou um pouco e acordou com a luz do sol. "Hoje", pensou, "o homem que empunha a espada da justiça deve fulminar quem tiver culpa." Lembrou-se de seu pai, sentado à janela no dia anterior, e acrescentou, em um murmúrio:

– Sim, a justiça será feita!

Ficou algum tempo, de cabeça baixa e sentado em uma poltrona, ouvindo os sons da casa, que acordava: portas abrindo-se e fechando-se, o barulho da sineta da senhora Villefort chamando a criada e os gritos do seu menino, irrequieto e vivaz.

O procurador do rei tocou a sineta, e o novo valete apareceu. Mais tarde, chamou o valete e lhe disse:

– Informe à senhora que eu desejo falar com ela.

Pouco depois, o criado voltou, para barbear Villefort.

– A senhora disse que estará à sua espera tão logo o senhor esteja pronto.

O procurador do rei fez a barba e se vestiu. Em seguida, com seus papéis debaixo do braço e o chapéu na mão, foi para os aposentos de sua esposa. Ela lia um jornal em um divã. Estava pronta para sair; o chapéu descansava sobre uma cadeira, e ela vestia luvas. Édouard, sentado ao seu lado, rasgava o jornal.

– Como o senhor está pálido! – disse a dona da casa ao marido. – Esteve trabalhando a noite toda novamente?

– Édouard, vá brincar na sala – ordenou Villefort. – Quero falar com a sua mãe.

Desacostumado com aquele tom, que também assustou a senhora Villefort, o menino se dirigiu à saída, pálido e trêmulo. O pai, porém, foi até ele e o beijou, falando com carinho:

– Vá, meu filho, vá!

Em seguida, trancou a porta atrás de si.

– Onde a senhora guarda o veneno que usa? – indagou o magistrado, sem preâmbulos.

– Não... Não compreendo – gaguejou ela, empalidecendo.

– Eu perguntei – continuou Villefort, com a voz de uma calma assustadora – onde a senhora esconde o veneno com o qual matou meu sogro, minha sogra, Barrois e minha filha Valentine.

– O que o senhor está dizendo? – gemeu a dona da casa.

– Não lhe cabe fazer perguntas, mas responder a elas – disse Villefort, impassível.

– Responder ao meu marido ou ao juiz?

– Ao juiz, senhora, ao juiz – prosseguiu ele, indiferente ao terror dos olhos e ao tremor de todo o corpo dela. – Isso deve ser verdade, pois a senhora não nega a acusação. E não pode negar! A senhora enganou apenas os que estavam cegos pela afeição que lhe têm. Desde a morte da senhora Saint-Méran eu sei que havia um envenenador na minha casa, pois o senhor d'Avrigny me advertiu. Depois da morte de Barrois (que Deus me perdoe!), minhas suspeitas recaíram sobre um anjo inocente. Mas, desde o falecimento de Valentine, não há dúvidas na minha mente, nem na minha nem na de outras pessoas.

– Imploro-lhe, senhor, que não se deixe levar pelas aparências e... – gaguejou a senhora Villefort.

– O seu crime – interrompeu-a o marido, imperturbável –, que é do conhecimento de muitas pessoas e do qual muitas outras suspeitam, será tornado público e punido. Falo-lhe como o seu juiz!

A jovem mulher escondeu o rosto nas mãos.

– A senhora é covarde? De fato, sempre observei que os envenenadores são covardes. Mas a sua covardia não a impediu de matar três idosos e uma jovem. Espero que a senhora tenha guardado um pouco do seu veneno, pois quem é culpado deve ser punido!

– Punido! – exclamou ela. – É a segunda vez que o senhor fala esta palavra!

– A senhora pensou que escaparia à punição por ser casada com aquele que exige retaliação para os outros culpados? Que as suas vítimas não seriam vingadas? Não, senhora! A envenenadora será arrastada ao patíbulo, a não ser que tenha reservado para si mesma algumas gotas do veneno mais mortal.

A senhora Villefort soltou um grito selvagem, e o seu rosto se contorceu em uma expressão de terror.

– Não tema o patíbulo, senhora – retomou o magistrado. – Não pretendo desonrá-la, pois isso comprometeria a minha própria reputação. Se a senhora me ouviu bem, deve entender que não vai morrer no patíbulo!

– O que o senhor quer dizer?

– Quero dizer que a mulher do primeiro magistrado não vai, com sua infâmia, macular um nome irrepreensível e, com um só golpe, trazer desonra ao seu marido e ao seu próprio filho.

– Não... Oh, não!

– Portanto, senhora, isso seria um ato de bondade da sua parte, pelo qual eu lhe agradeceria. A senhora ainda não respondeu à pergunta que eu lhe fiz quando entrei no seu quarto: onde guarda o seu veneno?

– Tenha piedade! – suplicou ela. – Pelo amor que o senhor já me teve! Pelo nosso filho! O senhor não pode desejar isso!

– O que eu não desejo é que a senhora pereça no patíbulo. Mas exijo que a justiça seja feita. A minha missão na Terra é punir.

A mulher se jogou aos pés do marido, desesperada. Ele se inclinou e concluiu:

– Lembre-se, senhora, de que, se a justiça não tiver sido feita quando eu voltar, eu a acusarei com os meus próprios lábios e a prenderei com as minhas próprias mãos! Se a senhora estiver viva quando eu chegar, passará a noite em uma cela de prisão.

A senhora Villefort desmoronou sobre o chão.

– Adeus, senhora, adeus!

E, com essas palavras, o procurador do rei foi embora, trancando a porta do quarto atrás de si.

Depois de encerrada a sessão do tribunal, o procurador do rei voltava para casa, no meio do tráfego pesado, pensando na mulher. De repente, tomou uma decisão: "Ela tem que viver", disse para si mesmo. "Tem que se arrepender, pedir perdão a Deus e criar o meu filho." O seu cérebro cansado continuou a pensar: "Ela ama o filho, o único sobrevivente da minha infeliz família, e foi por seu amor ao filho que ela cometeu os crimes. Nunca se deve perder a esperança no coração de uma mãe que ama o filho. Ela se arrependerá, e ninguém saberá da sua culpa. Ela irá, com o menino, para longe daqui e será feliz, porque a sua felicidade se concentra no amor pelo filho."

Ao chegar a casa, Villefort correu para os aposentos da mulher. Passou pela porta de Noirtier, que estava semiaberta, e viu que ali havia dois homens, mas seus pensamentos estavam distantes. A porta do quarto da senhora Villefort estava trancada.

– Héloïse! – gritou ele.

– Quem está aí? – perguntou uma voz.

– Sou eu! Abra depressa!

No entanto, apesar do pedido e do tom de angústia com que ele foi feito, a porta permaneceu fechada. Ele a arrombou com um pontapé.

A senhora Villefort estava de pé no *hall* de entrada de seus aposentos, pálida e com o rosto contorcido. Ela o olhou com fúria.

– Héloïse! Héloïse!

A jovem mulher estendeu para ele a mão dura e já sem vida.

– Está tudo acabado, senhor – ela disse com a voz áspera e rascante. – Que mais o senhor deseja?

A mulher, então, desmoronou sobre o tapete. O procurador do rei correu para ela, mas a senhora Villefort estava morta. Nas mãos, ela tinha um frasco de vidro com uma rolha de ouro.

– Onde está o meu filho? – gritou Villefort. – Édouard! Édouard!

Ouvindo aqueles gritos, vários criados correram para os aposentos da dona da casa.

– Onde está meu filho? – perguntou ele.

– A senhora chamou o menino há cerca de meia hora, senhor – respondeu o valete. – Édouard não desceu desde então.

O cadáver estava estendido na entrada do quarto, onde Édouard deveria estar, e parecia montar guarda, com olhos arregalados e uma expressão de ironia nos lábios. Atrás do corpo da senhora Villefort, a cortina estava levantada, e o magistrado viu a criança deitada no divã. Pensou que o menino estivesse dormindo, e uma grande alegria encheu o coração daquele homem infeliz. Seu único desejo era pegar o filho nos braços e fugir com ele para longe. Pulou o cadáver de sua mulher e, pegando a criança no colo, apertou-a contra o peito. Chamou-o e o sacudiu, mas Édouard não respondeu. Villefort pôs os lábios sobre as faces do menino, que estavam frias e lívidas; colocou a mão sobre o seu coração, que não mais batia. Estava morto!

Aterrorizado, Villefort caiu de joelhos. O menino se soltou dos seus braços e rolou para o lado da mãe. Um papel caiu do peito do pequeno cadáver. Villefort o pegou e, reconhecendo a letra da sua mulher, leu:

> *O senhor sabe que eu fui uma boa mãe, pois foi pelo bem do meu filho que me tornei uma criminosa. Uma boa mãe nunca abandona o seu filho!*

Villefort não conseguia acreditar nos seus olhos. Devia estar ficando louco. Ele se arrastou para perto do corpo de Édouard e o examinou cuidadosamente.

– Meu Deus! – gritou ele, desolado. – É a mão de Deus!

O procurador do rei se levantou. Aquele homem, que nunca tinha tido compaixão de ninguém, decidiu procurar o pai, na esperança de poder lhe contar seu sofrimento e chorar com ele.

Ao chegar aos aposentos do pai, Noirtier ouvia atentamente o abade Busoni. O magistrado se lembrou da visita do padre no dia da morte de Valentine.

– Aparentemente o senhor só vem aqui com a morte! – acusou-o.

– Na primeira vez, vim rezar sobre o corpo de sua filha – respondeu Busoni. – E hoje vim lhe dizer que o senhor já foi bastante castigado pelo que me fez e que, a partir de agora, rezarei para que Deus o perdoe.

– Meu Deus! Esta não é a voz do abade Busoni!

– Não – disse o abade, tirando da cabeça a sua falsa tonsura.

– O senhor é Monte Cristo! – exclamou o magistrado, diante do cabelo negro que caiu ao redor do rosto do visitante.

– O senhor ainda não acertou! Deve voltar mais ao passado!

– O senhor não é Busoni? Nem Monte Cristo. Meu Deus! O senhor é o meu inimigo secreto e implacável. Eu devo tê-lo prejudicado de alguma forma em Marselha. Ai de mim!

– O senhor tem razão – disse o conde. – Pense!

– Mas o que eu fiz contra o senhor? – bradou Villefort, cuja mente estrebuchava no limiar entre a razão e a insanidade e entre o sonho e a realidade. – Diga-me! O que eu lhe fiz?

– O senhor me condenou a uma morte lenta e abominável. O senhor matou o meu pai. O senhor me roubou a liberdade, o amor e a felicidade!

– Quem é o senhor?

– Sou o fantasma de um pobre coitado que o senhor enterrou injustamente nas masmorras do Château d'If. Depois de muito tempo, esse fantasma saiu do seu túmulo, sob o disfarce de conde de Monte Cristo, e acumulou ouro e diamantes, de forma a que o senhor não o reconhecesse antes de hoje.

– Eu o reconheço! – gritou o procurador do rei. – O senhor é...

– Sou Edmond Dantès – concluiu Monte Cristo.

– O senhor é Edmond Dantès! – repetiu o magistrado, pegando o conde pelo pulso. – Venha comigo.

Ele arrastou o visitante pela casa. Monte Cristo o seguiu, sem saber aonde estava sendo levado, mas com um mau pressentimento.

– Veja, Edmond Dantès! – disse Villefort, apontando para os cadáveres da sua mulher e seu filho. – Está satisfeito com a sua vingança?

Monte Cristo empalideceu, percebendo que tinha ultrapassado os limites da vingança. Já não poderia mais dizer que Deus estava ao seu lado. Com uma expressão de infinita angústia, jogou-se sobre o corpo da criança, abriu-lhe os olhos, sentiu o seu pulso e, levando-o correndo para o quarto de Valentine, trancou a porta.

– Meu filho! – gritou Villefort. – Maldito seja o senhor!

O procurador do rei estava paralisado, com os olhos saltando-lhe das órbitas e as veias das têmporas salientes, que pareciam prestes a estourar.

Um quarto de hora depois, a porta do quarto de Valentine se abriu, e o conde de Monte Cristo reapareceu. Estava pálido, com os olhos tristes e o coração pesado. Todas as feições nobres daquele rosto, normalmente calmo, estavam distorcidas pela dor. Ele trazia nos braços a criança, a quem não conseguira restituir a vida. Ajoelhou-se e colocou, com reverência, o pequeno corpo ao lado do da mãe.

– Onde está o senhor Villefort? – perguntou a um criado.

Em vez de responder, o criado apontou para o jardim. No local indicado, cercado por serviçais, Villefort cavava a terra com uma pá, com fúria, gritando:

– Eu vou encontrá-lo! Vou encontrá-lo, nem que tenha de cavar até o julgamento final.

– Ele enlouqueceu! – exclamou Monte Cristo, horrorizado.

O conde se apressou a deixar aquela casa maldita. Pela primeira vez, tinha dúvidas se tinha o direito de fazer o que fizera.

– Basta! – disse. – Deixe-me salvar o último!

Ao chegar a casa, o conde chamou Morrel e lhe comunicou:

– Apronte tudo, Maximilian. Amanhã vamos embora de Paris.

– O senhor não tem mais nada a fazer aqui? – perguntou o jovem.

– Não – respondeu Monte Cristo. – Permita Deus que eu já não tenha feito demais!

Morrel foi se despedir de sua irmã e do cunhado. Os dois comentavam o principal assunto da sociedade parisiense: os escândalos e as calamidades inesperadas que tinham se abatido sobre as famílias Morcerf, Danglars e Villefort.

– Quantos desastres! – exclamou Emmanuel, pensando em Morcerf e Danglars.

– Quanto sofrimento! – murmurou Julie, pensando em Valentine, cujo nome ela, com a sua sensibilidade feminina, evitava mencionar diante do irmão.

– Se foi a mão de Deus que se abateu sobre essas famílias – continuou Emmanuel –, Ele, que é a própria bondade, não deve ter encontrado nada no passado dessas pessoas que merecesse o alívio do seu sofrimento.

– Esse julgamento não é muito apressado, Emmanuel? – interpôs Julie. – Se alguém tivesse dito que o meu pai merecia ser castigado, quando tinha posto uma pistola contra a sua cabeça, essa pessoa não estaria errada?

– Sim, mas Deus não permitiu que ele morresse, da mesma forma que não permitiu que Abraão sacrificasse o seu filho. Para o patriarca, assim como para nós, Ele mandou um anjo no último momento, para deter a mão da morte.

Emmanuel mal tinha terminado de falar quando a sineta tocou. A porta se abriu para admitir Monte Cristo.

– Maximilian, vim buscá-lo – disse o conde.

– Para onde o senhor vai com o meu irmão, conde? – perguntou Julie.

– Em primeiro lugar, para Marselha.

– Por favor, traga-o de volta curado desta melancolia – pediu a moça.

– Vou procurar entretê-lo – prometeu o visitante.

Eles se despediram. No último momento, Julie correu para o conde e disse:

– Gostaria de lhe agradecer...

– Senhora – interrompeu-a Monte Cristo –, a senhora já me agradeceu demais. O que mais me comove não são as suas palavras, mas a afeição que vejo nos seus olhos. Como os benfeitores dos romances, eu não deveria ter revelado quem sou para os senhores, mas eu me sinto muito bem ao ver a sua alegria, gratidão e afeto. E, agora, vou levar o meu egoísmo ao ponto de lhes pedir, meus amigos, que não se esqueçam de mim, porque provavelmente nunca mais me verão.

– Não ver o senhor nunca mais! – exclamou Emmanuel.

As lágrimas rolavam pelas faces de Julie. O conde apertou a mão da moça, como havia feito na escada da casa dela, em Marselha, onze anos antes, e deu-lhe um beijo.

– Ainda confia em Simbad, o marinheiro? – perguntou-lhe, sorrindo.

A jovem retribuiu o sorriso em meio às lágrimas.

Em seguida, Monte Cristo saiu daquela casa, onde morava a felicidade. Morrel o seguiu, com aquela indiferença que demonstrava em relação a tudo desde a morte de Valentine.

A carruagem estava à espera, pronta para partir. Ali aguardava Monte Cristo no pé da escada, o rosto coberto de suor, por ter corrido.

– Você viu o velho cavalheiro? – perguntou-lhe o conde em árabe.

Ali fez um sinal afirmativo.

– E abriu a carta diante dos olhos dele, como eu lhe instruí?

Novamente, o escravo sinalizou que sim.

– O que ele fez?

Ali imitou a expressão do rosto de Noirtier e fechou os olhos, comunicando o seu assentimento.

– Então está tudo bem, ele aceita – disse Monte Cristo. – Vamos!

Meia hora depois, o conde puxou o cordão de seda que estava amarrado no dedo de Ali. O escravo deteve a carruagem.

A noite era muito agradável, e o céu estava coberto de estrelas. Tinham chegado à colina Villejuif, de onde Paris parecia um mar escuro. Os milhões de luzes da cidade faziam pensar em ondas fosforescentes. A um sinal de Monte Cristo, a carruagem se afastou, deixando-o a sós. Ele contemplou a paisagem por algum tempo.

– Oh, grande cidade! No vosso seio palpitante eu encontrei o que buscava; como um mineiro, cavei com paciência as vossas entranhas, para extirpar o mal. Minha obra está feita; a minha missão, terminada; e agora vós não tendes mais nem prazer nem dor para mim. Adeus, Paris! Adeus!

Olhou mais uma vez, demoradamente, para a metrópole e voltou para a carruagem, que continuou o seu caminho. Viajaram em completo silêncio por dez léguas.

– Você lamenta ter vindo comigo? – perguntou Monte Cristo a Morrel, interrompendo os pensamentos soturnos do jovem.

– Não, conde, mas, ao deixar Paris...

– Se eu pensasse que a sua felicidade estava em Paris, eu o teria deixado lá.

– Valentine descansa em Paris, e sinto como se a estivesse perdendo pela segunda vez.

– Maximilian, os amigos que perdemos não repousam sob o chão; estão enterrados profundamente nos nossos corações. Assim, eles sempre nos acompanham.

A viagem foi muito rápida; as cidades passavam por eles como sombras. Chegaram a Chalon na manhã seguinte, onde o barco a vapor do conde os esperava. Os dois viajantes embarcaram sem perda de tempo. Mais uma vez a viagem foi rápida. Até Morrel parecia encantado com a rapidez do movimento, e o vento, que jogava seu cabelo para trás, parecia varrer, pelo menos por um instante, aquela expressão sombria do seu rosto. Logo chegaram a Marselha.

– Aqui é o lugar exato em que meu pai ficou quando o *Pharaon* entrou no porto – disse ele, quando os dois estavam na Cannebière. – Foi aqui que aquele homem, a quem o senhor salvou da morte e da desonra, se jogou nos meus braços. Eu ainda sinto as lágrimas dele no meu rosto.

– Eu estava ali – disse Monte Cristo, sorrindo e apontando a primeira esquina.

Nesse momento, ouviram o soluçar de uma mulher que estava no lugar apontado pelo conde. Coberta por um véu, ela acenava para o passageiro de um barco que partia para a Argélia. Monte Cristo a observou com grande emoção, o que não teria passado despercebido a Morrel se os olhos do jovem não estivessem fixos no barco que partia.

– Meu Deus! – exclamou Morrel. – O jovem que abana a mão, aquele de farda, é Albert de Morcerf.

– Sim – disse Monte Cristo.

Os olhos do conde se voltaram para a mulher de véu, que em seguida virou a esquina e desapareceu. Morrel tinha planos de visitar o túmulo do pai, e os dois ficaram de se encontrar, depois, no cemitério. Monte Cristo se dirigiu sozinho para aquela pequena casa onde morara com seu pai quando era um marinheiro feliz e confiante. Quando se aproximava da casa, a mulher de véu estava fechando o portão. O conde entrou sem bater, subiu os degraus gastos que conhecia tão bem e andou pelo caminho pavimentado que levava ao pequeno jardim. Foi ali que Mercedes havia encontrado, no local indicado, a quantia que, por delicadeza, o conde dissera ter sido depositada vinte e quatro anos antes.

Monte Cristo ouviu um suspiro profundo e, olhando na direção de onde ele vinha, viu Mercedes sentada debaixo de uma pérgula coberta de jasmins. Ela estava com a cabeça inclinada para a frente, chorando amargamente. Havia levantado parcialmente o véu e, acreditando estar sozinha, dava vazão aos suspiros e soluços que por tanto tempo reprimira na presença do filho.

– Senhora, já não posso mais lhe trazer felicidade, mas lhe ofereço consolo – disse o conde.

– Na verdade, eu sou uma mulher muito infeliz e sozinha no mundo – respondeu Mercedes. – Meu filho era tudo o que eu tinha, e ele também me deixou.

– Ele agiu bem, senhora – respondeu o conde. – É um jovem de coração nobre e entende que todo homem deve um tributo ao seu país. Se permanecesse ao seu lado, a vida dele seria inútil. Ao lutar contra a adversidade, ele se tornará grande e poderoso e transformará a sua má sorte em prosperidade. Deixe-o refazer o futuro para si e para a senhora.

– Peço a Deus, do fundo do meu coração, que traga a prosperidade para o meu filho. Para mim, nada quero. Houve tanta tristeza na minha vida que eu sinto que o túmulo não está distante. O senhor fez bem, conde, em me trazer de volta ao lugar onde um dia eu fui tão feliz. É no local onde se encontrou a felicidade que se deve esperar pela morte.

– As suas palavras me são pesadas ao coração, principalmente porque a senhora tem todos os motivos para me odiar. Fui eu quem causou todos os seus infortúnios. A senhora poderia me censurar...

– Odiá-lo! Censurá-lo, Edmond! Odiar e censurar o homem que salvou a vida do meu filho, pois sei que era a sua intenção matar o filho de quem o senhor de Morcerf tinha tanto orgulho. Edmond, meu amigo! Não! É a mim que eu odeio e censuro! Ah, mas eu fui duramente punida! Eu tinha fé, inocência e amor; tudo que conta para a felicidade, mas duvidei da bondade de Deus!

Monte Cristo tomou a mão dela em silêncio.

– Não, meu amigo, não me toque – disse ela, retirando a mão com gentileza. – O senhor me poupou. De todos, porém, eu sou a maior culpada. Todos os outros foram movidos pelo ódio, pela cobiça ou pelo egoísmo. Na raiz de todas as minhas ações, porém, estava a covardia. Não, Edmond, não tome a minha mão. Sei que deseja dizer algumas palavras bondosas e afetuosas, mas guarde-as para outra pessoa. Eu não as mereço.

Monte Cristo pegou a mão dela e a beijou, com respeito. Ela sentiu, porém, que era um beijo sem sentimento e começou a chorar.

– Não, Mercedes, você deve ter uma opinião melhor de si mesma. Você é uma boa e nobre mulher e me desarmou com a sua dor. Eu, porém, chamo Deus por testemunha de que Ele precisava de mim e, por isso, a minha vida foi poupada. Passei um período de muita infelicidade, sendo desertado por quem me amava e perseguido por pessoas que não me conheciam. Depois do cativeiro, da solidão e da adversidade, foi-me restaurada a liberdade, e me tornei dono de uma imensa fortuna. Esta era tão grande que eu não pude deixar de concluir que ela me fora mandada por Deus com algum propósito.

Considerei aquela riqueza como um fardo sagrado. Desde então não tive um momento de paz: eu me sentia empurrado para a frente, como uma nuvem de fogo enviada pelos céus para queimar as cidades dos maus. Eu me ensinei a ser violento, estoico e a sorrir nas situações mais terríveis. Transformei aquele moço de natureza bondosa e confiante em uma pessoa vingativa, traiçoeira e má. Depois de me preparar assim, segui o caminho que se abrira diante de mim. Atingi o meu objetivo: a infelicidade daqueles que atravessaram o meu caminho!

– Basta, Edmond, basta! – disse Mercedes. – Diga-me adeus. Simplesmente vá embora.

– Antes de partir, Mercedes, gostaria de saber se não há algo que eu possa fazer por você.

– Só tenho um desejo, Edmond: a felicidade do meu filho.

– Peça a Deus, que é o único a dispor da vida e da morte, para poupar a vida dele, e eu farei o resto. E para você, Mercedes?

– Não preciso de nada. Eu vivo entre dois túmulos. Um é o de Edmond Dantès, que morreu há muitos anos. Ah, como eu o amava! O outro túmulo pertence ao homem que Edmond Dantès matou. Aprovo o seu ato, mas devo rezar pelo morto.

– O seu filho será feliz, senhora.

– Então eu também terei toda a felicidade que me for possível.

– Mas o que você vai fazer?

– Agora só vivo para rezar. Não preciso trabalhar, pois tenho o pequeno tesouro que você enterrou.

Ela tocou a mão do conde com os dedos trêmulos e subiu correndo a escada, desaparecendo da vista dele. Monte Cristo saiu da casa com o coração pesado, mas Mercedes não o viu. Os olhos dela estavam procurando um barco na vastidão do oceano. Os seus lábios, porém, murmuravam, quase involuntariamente:

– Edmond! Edmond!

Com o coração apertado por ter visto Mercedes pela última vez, o conde foi para o cemitério, onde Morrel o esperava. Dez anos antes ele também tinha procurado, em vão, um túmulo no mesmo local. Voltara à França com milhões, mas não tinha conseguido encontrar o túmulo do pai, que morrera de fome. Morrel tinha mandado erguer uma cruz, mas ela caíra e fora queimada com o lixo.

O mercador havia sido mais feliz: morrera nos braços dos filhos e fora enterrado ao lado da sua mulher, que partira dois anos antes. Duas lajes de mármore, com os nomes deles, estavam lado a lado, em um canto assombreado por quatro ciprestes. Maximilian estava apoiado em uma dessas árvores, olhando, sem ver, os dois túmulos.

– Você me disse que gostaria de ficar alguns dias em Marselha – Monte Cristo disse ao jovem. – Não mudou de ideia?

– Acho que o tempo de espera passará de forma menos dolorosa aqui.

– Então eu vou deixá-lo aqui, mas não se esqueça do seu juramento. Você é um homem de honra, e eu quero que renove aqui, diante do túmulo dos seus pais, o seu juramento.

– Tenha piedade de mim, conde, eu sou tão infeliz!

– Leva muito tempo para que os olhos que estão inchados de chorar vejam com clareza. Mas conheci um jovem que passou por muitos infortúnios: foi abandonado e perseguido injustamente. Na sua ausência, o seu pai morreu de fome, e a mulher que amava se casou com outro. Ele era mais infeliz que você e, revoltado, demorou a admitir que Deus fosse misericordioso.

– E este homem acabou encontrando consolo?

– Pelo menos encontrou a paz.

– É possível que este homem volte a ser feliz um dia?

– Esta é a esperança dele.

– Está bem, conde. Renovo, então, o meu juramento, mas...

– Eu o espero, no dia 5 de outubro, na Ilha de Monte Negro. No dia 4, um iate chamado *Eurus* estará à sua espera no porto de Bastia. É só você dar o seu nome ao capitão, e ele o levará até mim. Isso está claro?

– Está, conde. Farei o que o senhor manda. Mas isso significa que vai me deixar sozinho?

– Sim. Tenho uns assuntos a resolver na Itália. Deixo você a sós com a sua dor.

Morrel acompanhou o conde até o porto, e lá os dois se despediram.

Por volta das seis da tarde do dia 5 de outubro, um pequeno e elegante iate cortava o Mediterrâneo rumo a uma ilha, como um cisne abrindo suas asas para o vento e deslizando na água. O sol de outono criava uma luz opalina no ar, que era fresco e tinha o perfume de árvores misturado ao cheiro de sal do mar.

Em pé, na praia, Monte Cristo observava a aproximação do iate, que ancorou a poucos metros do porto. Uma lancha os esperava, e em poucos minutos eles estavam na desembocadura de um riacho, encalhados na areia fina.

– Por favor, senhor, suba nos ombros desses homens – disse o comandante a Morrel, apontando dois marinheiros que tinham descido do barco –, e eles o carregarão para terra seca. Morrel, porém, entrou na água com eles, encharcando-se.

Ao pisar em terra, já estava escuro. Morrel sentiu uma mão no seu ombro.

– Boa noite, Maximilian. Você é muito pontual – disse o anfitrião.

– Oh, conde! – cumprimentou Morrel, pegando as duas mãos de Monte Cristo nas suas e, pela primeira vez desde a morte de Valentine, sentindo-se alegre.

– Venha, tenho uma casa preparada para você, onde pode descansar da viagem e se secar.

Monte Cristo dispensou os marinheiros. Os dois amigos caminharam alguns minutos em silêncio, cada um perdido em seus próprios pensamentos. Então Morrel suspirou.

– Vim para lhe dizer, como o gladiador dizia ao imperador romano: "Aquele que vai morrer o saúda" – brincou ele.

– Isso quer dizer que você não encontrou consolo?

– O senhor realmente achou que eu encontraria? – respondeu Morrel com amargura. – Vim morrer nos braços de um amigo. O senhor prometeu, conde, que vai me conduzir aos portões da morte por caminhos agradáveis. Com quanta paz e contentamento eu dormirei nos braços dela!

Diante da determinação de Maximilian, Monte Cristo estremeceu.

Morrel seguiu-o mecanicamente, e os dois entraram na gruta. De repente o jovem percebeu que pisava em um tapete, e uma porta se abriu, exalando perfumes e dando passagem a uma luz forte que ofuscou os seus olhos.

Maximilian parou, desconfiado de todos aqueles encantos que o cercavam. Monte Cristo o puxou para dentro, com muita gentileza. Os dois se sentaram, um de frente para o outro, em uma sala magnífica.

Estátuas de mármore exibiam tochas nas mãos e cestas nas cabeças, carregadas de flores e frutas.

– Conde, o senhor, que é a essência do conhecimento humano, me diga: é doloroso morrer? – perguntou Morrel, indiferente a tudo que o cercava.

– Sim, sem dúvida é doloroso quando se rompe, violentamente, esse organismo mortal que insiste obstinadamente em viver – respondeu Monte Cristo com muita ternura. – Dependendo de como vivemos, a morte é uma amiga, que nos acalanta com a gentileza de uma mãe, ou uma inimiga, que arranca a alma do corpo com violência.

– Entendo agora por que o senhor me trouxe para este palácio subterrâneo em uma ilha deserta no meio do oceano. É porque o senhor me ama, não é, conde? O senhor me ama o suficiente para me dar uma morte sem agonia, uma morte em que irei embora suavemente, segurando a sua mão e murmurando o nome de Valentine.

– Sim – respondeu, simplesmente Monte Cristo, enquanto pensava consigo: "Preciso restaurar a felicidade a este jovem; ele já passou por dor suficiente e agora merece a felicidade". – Ouça, meu amigo. Sei que a sua dor é avassaladora. Sou sozinho no mundo e aprendi a considerá-lo como a um filho. Para salvar este filho, eu sacrificaria a minha vida e até a minha fortuna.

– O que isso quer dizer?

– Que você deseja deixar este mundo porque não conhece todos os prazeres que uma grande fortuna pode proporcionar. Maximilian, eu tenho quase cem milhões. Eu os dou a você, de forma que, com essa fortuna, você pode ter tudo. Se tiver alguma ambição, todas as carreiras lhe estarão abertas. Faça o que quiser do mundo, mas viva!

– O senhor prometeu, conde – disse Morrel com frieza. – Eu cumpri a minha palavra, e o senhor deve cumprir a sua.

– Então você realmente está decidido a morrer? Apenas um milagre o tiraria dessa infelicidade e o salvaria. Então espere.

Monte Cristo foi até um armário e de lá pegou um estojo de prata lindamente burilada, com as figuras de anjos nos cantos. Ele o colocou em cima da mesa e tirou de dentro uma pequena caixa de ouro, cuja tampa abriu acionando uma mola secreta. Esta caixa continha uma substância oleosa e semissólida, de uma cor indefinível. Era como uma iridescência de azul, roxo e dourado.

O conde pegou uma pequena quantidade dessa substância com uma colher de ouro e a ofereceu a Morrel.

– É isto o que você me pediu, e eu prometi – disse.

Pegando a colher da mão de Monte Cristo, o jovem disse:

– Agradeço do fundo do meu coração. Adeus, meu nobre e generoso amigo. Vou me encontrar com Valentine e contarei a ela o que o senhor fez por mim.

Morrel apertou a mão do conde e lentamente, mas sem hesitação, engoliu a misteriosa substância.

As lâmpadas gradualmente perderam a intensidade nas mãos das estátuas de mármore, e os perfumes pareciam ter-se tornado menos potentes. Sentado em frente ao jovem, Monte Cristo o observava à sombra, e o jovem não via nada além dos olhos brilhantes do conde. Uma tristeza imensa tomou conta de Maximilian.

– Meu amigo, sinto que estou morrendo.

Ele teve então a impressão de que Monte Cristo sorrira; não mais aquele estranho e assustador sorriso, que várias vezes lhe tinha revelado os mistérios daquela mente profunda, mas com a compaixão benevolente de um pai em relação a um filho sem muito juízo. Morrel se jogou para trás na poltrona, e suas veias foram tomadas por um torpor delicioso. Tentou dar a mão a Monte Cristo, mas ela não se mexeu. Desejou dizer um último adeus, mas sentiu a língua pesada na boca. Os olhos se fecharam involuntariamente, mas através das pálpebras ele percebeu uma sombra se mover.

Era o conde, que abria uma porta. Imediatamente a luz brilhante da sala adjacente inundou aquela em que Morrel passava gentilmente para o esquecimento. O jovem, então, abriu os olhos e viu uma mulher de grande beleza, em pé no limiar da porta. Parecia um anjo de misericórdia, pálido e sorridente, que o viera assistir na hora da morte.

"O céu está se abrindo diante de mim?", pensou o moribundo. "Este anjo parece o que eu perdi!"

A jovem avançou em direção à poltrona em que Morrel estava inclinado, com um sorriso nos lábios.

"Valentine! Valentine!", disse a alma de Morrel para ela, mas ele não articulou nenhum som. Apenas um suspiro escapou dos seus lábios, e ele tornou a fechar os olhos. Os lábios dele se abriram, como se estivesse falando.

– Ele a está chamando – disse o conde. – Ele a chama no seu sono. A morte teria separado vocês, mas por sorte eu estava por perto e venci a morte! Sem mim, vocês dois estariam mortos. Eu os entrego um ao outro. Que Deus me dê crédito por essas duas vidas que salvei!

Valentine pegou a mão de Monte Cristo e, movida por uma grande alegria, levou-a aos lábios.

– Eu lhe agradeço de todo o coração! – disse ela. – Se o senhor duvidar da sinceridade da minha gratidão, pergunte à minha irmã, Haydée, que desde a nossa partida da França vem me ajudando a aguardar este dia feliz.

– Você ama Haydée? – perguntou Monte Cristo, tentando em vão ocultar a sua agitação.

– Inteiramente.

– Então eu tenho um favor a lhe pedir, Valentine. Você chamou Haydée de sua irmã; portanto, seja uma irmã de verdade para ela. Dê a ela tudo o que acredita dever a mim. Protejam-na, Morrel e você, pois daqui em diante ela estará sozinha no mundo.

– Sozinha no mundo? – repetiu uma voz atrás do conde. – Por quê?

Monte Cristo se virou e viu Haydée, pálida e imóvel, olhando para ele.

– Amanhã você estará livre, minha filha – respondeu o conde. – Você, então, assumirá o seu próprio lugar na sociedade. Não desejo que o meu destino obscureça o seu.

– O senhor vai me deixar, meu amo? – perguntou Haydée, com a voz sufocada de emoção.

– Haydée! Haydée! Você é jovem e bela. Esqueça-se de mim, até do meu nome, e seja feliz.

– Que seja! – disse Haydée, com um tom de voz que penetrou o fundo do coração de Monte Cristo. – As suas ordens serão cumpridas. Eu vou me esquecer do seu nome e ser feliz!

Os olhos dele se encontraram com os da moça.

– Meu Deus! – exclamou o conde. – Será possível que minhas suspeitas estejam corretas? Haydée, você seria feliz vivendo sempre ao meu lado?

– Sou jovem e amo a vida que o senhor tornou tão doce para mim; lamentaria morrer!

– Isso quer dizer que, se você me deixar...

– Eu morrerei. Sim, meu senhor.

– Você me ama?

– Oh, Valentine, ele me pergunta se eu o amo! – disse Haydée, dirigindo-se à outra jovem. – É como perguntar a você se ama Maximilian!

O conde sentiu o coração inchar dentro de si. Ele abriu os braços, e Haydée se jogou neles, com um grito.

– Sim, eu o amo! Amo-o como se ama um pai, um irmão, um marido! Amo-o como amo a minha vida, pois para mim o senhor é a mais nobre, a melhor e a maior de todas as criaturas!

– Que seja, então, como você deseja, meu doce anjo – disse o conde. – Deus me sustentou contra os meus inimigos, e agora vejo que Ele não deseja que eu termine o meu triunfo com arrependimento. Eu pretendia me punir, mas Deus me perdoou! Ame-me, Haydée! Quem sabe o seu amor me ajude a esquecer tudo de que eu não quero me lembrar! Com uma palavra, Haydée, você me elucidou mais do que vinte anos de amarga experiência. Só tenho a você no mundo, Haydée. Por você eu volto à vida. Por você eu posso sofrer, e por você eu posso ser feliz.

– Ouviu isso, Valentine? – perguntou Haydée. – Ele pode sofrer por mim, que daria a minha vida por ele!

– Seja por recompensa ou por punição, aceito este destino – disse o conde. – Vamos, Haydée!

Abraçando a jovem, Monte Cristo apertou a mão de Valentine e desapareceu.

Mais ou menos uma hora se passou. Valentine manteve os olhos fixos em Morrel, que estava sem respiração e sem voz. Por fim, ela sentiu o coração dele bater, os lábios se entreabriram. Um estremecimento, anunciando a volta à vida, passou por todo o seu corpo. Finalmente os olhos de Maximilian se abriram.

– Ora, ainda estou vivo! – lamentou ele, desesperado. – O conde me enganou.

Morrel estendeu a mão e pegou uma faca, que estava na mesa.

– Meu querido! – atalhou Valentine, com o seu doce sorriso. – Acorde e olhe para mim!

Com um grito frenético, sem poder acreditar e fascinado por aquela visão celestial, Morrel caiu de joelhos.

Ao amanhecer do dia seguinte, Morrel e Valentine caminhavam de braços dados pela praia, enquanto a moça contava a ele que Monte Cristo tinha aparecido no quarto dela, revelado o que estava acontecendo e, finalmente, salvara-a miraculosamente, fazendo com que todos acreditassem que ela estivesse morta.

Os dois tinham saído enquanto as últimas estrelas da noite ainda brilhavam no céu da madrugada. Depois de algum tempo, Morrel percebeu um homem de pé entre as rochas, aguardando permissão para se aproximar.

– É Jacopo, o capitão do iate! – disse Valentine, chamando-o com a mão.

– Tenho uma carta do conde para o senhor – disse o homem.

Morrel a abriu e leu:

Meu caro Maximilian,

Há uma falucha esperando por você. Jacopo o levará a Livorno, onde o senhor Noirtier aguarda a sua neta, para dar a sua bênção antes de você a conduzir ao altar. Tudo que está na gruta, a minha casa na Champs-Élysées, em Paris, o meu pequeno castelo em Tréport, tudo é um presente de casamento de Edmond Dantès para o filho do seu velho patrão, Morrel. Peça à senhorita Villefort que aceite a metade, pois eu suplico que ela dê aos pobres de Paris todo o dinheiro que herdar de seu pai, que perdeu a sanidade, e também do irmão dela, que morreu em setembro, junto com a madrasta dela.

Peça ao anjo que vai cuidar de você, Morrel, para rezar pelo homem que, como Satã, acreditou por um momento ser igual a Deus, mas que agora admite, com toda a humildade cristã, que apenas em Deus estão o poder supremo e a infinita sabedoria. Talvez as preces dela aliviem o remorso das profundezas do coração dele.

Vivam e sejam felizes, amados filhos do meu coração, e nunca se esqueçam de que, até chegar o dia em que Deus decida revelar o futuro ao homem, toda a sabedoria humana está contida nas seguintes palavras: esperar e ter esperança!

Seu amigo,
Edmond Dantès, conde de Monte Cristo

Durante a leitura dessa carta, por meio da qual Valentine tomou conhecimento do destino do seu pai e do seu irmão, ela empalideceu, e um suspiro de dor escapou do seu peito, enquanto lágrimas silenciosas corriam-lhe pela face. Sua felicidade havia-lhe custado caro.

– Onde está o conde? – perguntou a Jacopo, olhando ao redor.

O marinheiro apontou para o horizonte.

– Onde está o conde? Onde está Haydée? – insistiu Valentine.

– Olhem! – disse Jacopo.

Os olhos dos dois jovens seguiram a direção do dedo de Jacopo. No horizonte azul entre o céu e o Mediterrâneo, viram um barco a vela.

– Partiu! – exclamou Morrel. – Adeus, meu amigo e meu pai!

– Partiu! – murmurou Valentine. – Adeus, minha amiga e minha irmã!

– Sabe Deus se algum dia vamos voltar a vê-los! – disse Morrel, secando uma lágrima.

– Meu querido – contestou Valentine –, o conde acaba de nos dizer que toda a sabedoria humana está contida nas palavras "esperar e ter esperança!".